HEDWIG
COURTHS-MAHLER

Juttas Befreiung

HEDWIG COURTHS MAHLER

Juttas Befreiung

WELTBILD VERLAG

Genehmigte Lizenzausgabe für
Weltbild Verlag GmbH, Augsburg 1996

Einbandgestaltung: Peter Engel, München
Umschlagfoto: Superbild, München
Gesamtherstellung: Presse-Druck Augsburg
Printed in Germany
ISBN 3-86047-935-0

Die schlanke Frauengestalt im schwarzen Kleid mit dem blassen Gesicht, aus dem die braunen Augen müde und traurig in die Welt blickten, blieb mitten auf dem Wege stehen und lauschte in den zartgrünen Frühlingswald hinein. Helle, lustige Kinderstimmen waren an ihr Ohr gedrungen. Sie stand wie gelähmt, und nur ihre Augen blickten angstvoll umher, als suche sie nach einem Weg zur Flucht.

Sie ahnte nicht, daß sie beobachtet wurde. Ein Stück tiefer in den Wald hinein saß auf einem Baumstumpf, dicht an einem murmelnden Waldquell, ein junger Mann im Reitanzug. Er war vom Dorf herübergekommen und hielt hier eine kurze Rast, sich an der Schönheit des Waldes erfreuend. Und da sah er die schlanke Frau daherkommen und betrachtete sie, wie man ein schönes Wild betrachtet.

Sie paßte mit ihrem schwarzen Gewand und dem blassen, traurigen Gesicht nicht so recht in den hellen, leuchtenden Frühlingstag hinein; aber trotzdem fesselte ihn ihr Anblick, vielleicht gerade deshalb, weil er nicht in das lachende Landschaftsbild, in das zarte Federgekräusel der werdenden Blätterwelt hineinpaßte.

Er rührte sich nicht, um sich nicht bemerkbar zu machen und die einsam Wandelnde nicht zu stören. Und so wurde er Zeuge einer Szene, die sich ihm unauslöschlich einprägen sollte.

Als die lachenden, jauchzenden Kinderstimmen irgendwo im Wald erklangen, sah er, daß die junge Frau stehenblieb und mit seltsam verängstigtem Blick um sich schaute, als möchte sie fliehen und wisse nicht, wohin. Und dann kamen die Kinder im bunten Wirbel aus dem Waldesdickicht hervor, ganz in der Nähe der jungen Frau.

»Frühling, Frühling wird es nun bald.« So sangen die Kinder, sichtlich Dorfkinder in schlichten, bäuerlichen Anzügen. Aber als sie die blasse, schwarzgekleidete Frau erblickten, verstummte ihr Gesang, und sie standen einen Moment wie gebannt da und sahen mit großen, entsetzten Augen nach ihr hin.

Endlich riß sich ein kleines blondes Mädchen zusammen.

»Die Gifthexe! Die Gifthexe aus dem Schloß!« schrie es gellend aus und rannte wie von Entsetzen gejagt davon.

Nun kam auch Leben in das übrige Häuflein. »Die Gifthexe! Die Gifthexe!« schrien sie durcheinander, und Knaben und Mädchen, große und kleine – alle enteilten in wilder Flucht. Schrill und laut tönte noch einige Male das furchtbare Schimpfwort durch den Wald.

Der Lauscher auf dem Baumstumpf sah, daß ein Schwanken durch den Körper der einsamen Frau ging. Mit toten, leeren Augen starrte sie den Kindern nach, und dann taumelte sie einige Schritte mit ausgestreckten Händen vorwärts. Wie nach einem Halt suchend, umklammerte sie einen Baumstamm und barg ihr Gesicht an dessen rauher Rinde. Wie aller Kraft beraubt, sank sie neben dem Baumstamm in die Knie und brach halb ohnmächtig zusammen. Ein krampfhaftes Schluchzen erschütterte ihren Körper. Da sprang der Lauschende auf, unfähig, länger untätig diesem anscheinenden Verzweiflungsausbruch zuzusehen. Mit schnellen Schritten war er an ihrer Seite und beugte sich zu ihr hinab.

»Kann ich Ihnen helfen?« fragte er warm und mitleidig, voll ritterlicher Teilnahme.

Sie schrak empor und sah mit einem Blick zu ihm auf, der ihn erschütterte und den er nie mehr vergessen konnte. Es lag eine namenlose, stumme Qual in diesem Blick, eine so grenzenlose Verzweiflung, daß er ganz betroffen in das feine, leidvolle Frauenantlitz blickte.

Er streckte unwillkürlich die Arme aus, um sie aufzuheben. Sie erschauerte wie im Frost, und unter seinen teilnahmsvollen Blicken ging ein Zucken über ihr Gesicht. Aber dann nahm sie alle Kraft zusammen, taumelte empor und verhüllte ihr Antlitz. So rang sie mühsam um Fassung.

Er wußte nicht, ob er ein Mädchen oder eine junge Frau vor sich hatte. Sie mochte im Beginn der Zwanzig stehen, und es lag etwas Reines, Unberührtes über ihrer Erscheinung, etwas durchaus Mädchenhaftes, aber zugleich gab ihr ein Zug von Tragik etwas Gereiftes, das über ihre Jahre hinausging.

Eine Weile stand sie so, das Gesicht verhüllend und am ganzen Körper bebend, vor ihm, dann ließ sie die Hände schlaff herabfallen, sah ihn noch einmal mit einem qualvollen Blick an und lief dann, ohne ein Wort zu sprechen, wie ein gejagtes Wild davon, ohne sich noch einmal umzusehen.

Seltsam berührt sah er ihr nach. Er wußte, dies leidvolle Frauenantlitz würde er nie vergessen. Unauslöschlich hatte sich ihm ihr Antlitz in das Herz gegraben. Langsam schritt auch er nun davon, auf demselben Wege, auf dem sie entflohen war. Ihm war, als müsse er zu ihrem Schutz in der Nähe bleiben, als könne ihr noch etwas Schlimmes geschehen, das er vielleicht abwenden konnte.

Eine Weile sah er die schlanke Gestalt noch vor sich, dann bog sie plötzlich in einen Seitenweg, und als er diesen erreicht hatte, war sie verschwunden.

Von einer unerklärlichen Regung getrieben, schritt er den Seitenweg entlang, forschend um sich blickend, und da entdeckte er nach kurzer Zeit einen hohen natürlichen Zaun, den verschnittene und ineinander verwachsene Schlehen bildeten. Dieser umgab anscheinend einen großen Park, und in diesem Zaun erblickte er, nachdem er einige Schritte weitergegangen war, eine kleine, grüngestrichene Holzpforte. Nun war ihm das Rätsel des Verschwindens der jungen Dame gelöst – durch diese Pforte war sie gegangen.

Er blieb eine Weile stehen und sah die Pforte an, als könne sie ihm das Rätsel dieses Frauenschicksals lösen. Daß er einer durch ein schweres Schicksal Gebeugten gegenübergestanden hatte, war ihm sofort klar gewesen.

Die Gifthexe aus dem Schloß! So hatte das blonde Mädchen gerufen. Und alle Kinder waren über den Anblick der schönen, blassen Frau entsetzt gewesen. Die Gifthexe? Nein, dieser entsetzliche Schimpfname schien ihm nicht auf diese Frau zu passen. Ein tief unglückliches Menschenkind hatte er vor sich gesehen, das hilflos unter einer furchtbaren Beschimpfung zusammenbrach. Was hatte ihr diesen Schimpf eingetragen?

Ein brennendes Interesse war in ihm wach geworden – er mußte zu ergründen suchen, wer sie war und weshalb die Kinder entsetzt vor ihr flohen und sie beschimpften.

Langsam, in Gedanken verloren, ging er weiter, immer an dem Zaun entlang, der eine große Ausdehnung hatte.

Als er ihn von zwei Seiten umgangen hatte und nun an der dritten Seite entlangschritt, sah er ein hohes, schmiedeeisernes Tor, mit zwei mächtigen Steinsäulen. Durch dieses Tor blickte er in einen parkähnlichen Garten. Im Hintergrund sah er ein großes, schloßähnliches Gebäude liegen, das einen sehr vornehmen, abgeschlossenen Eindruck machte.

Ah – das scheint Untergriesbach zu sein, dachte er und betrachtete interessiert das Gebäude. Eine große, breite Freitreppe, rechts und links von einer Auffahrt flankiert, führte zu einer Säulenhalle empor; das schwere, mit

Eisenornamenten beschlagene Portal aus Eichenholz war geschlossen. Auch sämtliche Fenster waren geschlossen und mit Stores verhängt, die teilweise sehr kostbar waren. Eine breite Terrasse zog sich in der Höhe der Freitreppe am ganzen Gebäude entlang.

Interessiert betrachtete Frank Rüdiger das Gebäude und ließ seinen Blick über die langen Fensterreihen dahingleiten. Ihm war, als bewege sich vor einem der Fenster, dicht über der Terrasse, ein Store, wie durch den Griff einer bebenden Hand.

Stand die schöne Unbekannte vielleicht hinter diesem Vorhang? Blickten ihre leidvollen Augen auf ihn?

Er erschien sich plötzlich wie ein unberufener Lauscher und schritt davon, dem Dorfe Griesbach zu, das sich in einer Talmulde zwischen schneebedeckten Höhenzügen anmutig dahinstreckte, mit seinen hübschen, stattlichen Gehöften und der schmucken Kirche. Als er das Dorf erreicht hatte, sah er das Häuflein Kinder, das er vorhin im Walde gesehen hatte, dicht vor dem Dorfwirtshaus stehen, in dem er sein Pferd eingestellt hatte. Er merkte, daß die Kinder einigen Frauen aufgeregt etwas erzählten. Langsam schritt er näher und hörte nun, daß die Kinder von der Gifthexe sprachen, die sie im Walde gesehen hatten.

Am liebsten wäre er stehengeblieben und hätte zugehört, aber er bezwang sich und betrat das Gasthaus.

Hier kam ihm der Wirt entgegen.

»Grad kommen der gnädige Herr zurecht – das Mittagessen ist fertig«, sagte er dienstbeflissen.

Frank Rüdiger nickte. »Es ist gut, Herr Wirt, lassen Sie gleich auftragen, ich möchte dann weiterreiten.«

Der Wirt verneigte sich. »Soll sogleich geschehen, gnädiger Herr!«

Dann trat er ärgerlich vor die Tür.

»Was macht ihr für Lärm! Geht weiter, ihr Rangen, ihr stört halt meine Gäste, das leid ich nit!« rief er den Kindern zu.

Frank Rüdiger war stehengeblieben und konnte sich nun doch nicht enthalten, zu fragen:

»Was haben die Kinder für eine Aufregung? Sie schwatzen von einer Gifthexe, die sie im Walde gesehen haben.«

Der Wirt sah ihn an. »Ah – da kann ich mir die Aufregung denken. Die Gifthexe, das ist die junge Witwe von unserem seligen gnädigen Herrn. In der Hochzeitsnacht hat sie ihn halt umgebracht. Gift hat sie ihm gegeben, aber man hat es ihr halt nit nachweisen können; sie ist aus Mangel an Beweisen freigesprochen worden. Aber deshalb ist doch jeder davon überzeugt, daß sie ihm das Gift beigebracht hat – wer soll es auch sonst getan haben? Die Kinder gruseln sich vor ihr und laufen davon, wenn sie in ihrem schwarzen Gewand mit dem weißen Gesicht auftaucht. Man sieht es ihr freilich nit an, daß sie eine Mörderin ist, aber – na – ich will halt nix gesagt haben. Fest steht nur, daß kein Mensch an ihre Unschuld glaubt, am wenigsten ihre Verwandten. Die machen keinen Hehl daraus, daß sie ihren Mann umgebracht hat.«

Frank Rüdiger hatte mit einem ihm selbst unbegreiflichen Interesse zugehört. Er sah im Geiste wieder die haltlos zusammengebrochene Frau vor sich, sah ihr schönes, leidvolles Gesicht, ihre bangen, verzweifelten Augen. War das das Antlitz einer Verbrecherin?

Er wandte sich an den Wirt, der sich mühte, ein einwandfreies Hochdeutsch zu sprechen.

»Das müssen Sie mir einmal ausführlich erzählen, Herr Wirt. Kommen Sie, leisten Sie mir Gesellschaft bei meinem einsamen Mittagsmahl. Wie ich Ihnen schon sagte, ist meine Wirtschafterin krank, deshalb speise ich gleich bei

Ihnen, während ich auf die Medizin warte, die der Arzt mir zusammenstellt.«

»Sie werden gut bedient sein bei mir, gnädiger Herr, ich halte auf gute Küche; der ›Rote Löwe‹ hat einen guten Klang in der ganzen Gegend.«

»Ich weiß, Herr Wirt.«

Sie betraten das einfache, ländliche Gasthauszimmer und gingen durch dieses hindurch in das Honoratiorenstübchen. Hier stand vor einem altmodischen, großen Ledersofa ein mächtiger runder Tisch, über dem eine Hängelampe schwebte. Zwei kleinere Tische am Fenster und an dem großen Kachelofen waren mit Stühlen umgeben.

Der Tisch am Fenster war sauber gedeckt. Hier nahm Frank Rüdiger Platz.

Der Wirt brachte sogleich die Suppe, die ihm die Wirtin durch ein Schiebefenster aus der Küche zureichte.

»Es ist so leer bei Ihnen, Herr Wirt. Geht das Geschäft so schlecht?« fragte der junge Mann.

»No – man kann nit klagen, gnädiger Herr. Aber um diese Zeit ist es halt leer bei uns. Die paar Mittagsgäste sind schon wieder fort, die haben grad' nur Zeit, ihre Mahlzeit einzunehmen. Und die Bauern kommen nur abends ins Wirtshaus oder wenn sie mal ein Geschäft abschließen mit dem Vieh- oder Getreidehändler. Und Sommergäste sind noch nit da, jetzt im April. Die ersten kommen im Mai, falls er warm und sonnig ist. Dann wird es lebhaft bei uns. Nit ein Zimmerchen bleibt dann unbesetzt – sogar im Heustadel schlafen die Touristen, und alles speist dann im ›Roten Löwen‹, weil ich gute Küche zu soliden Preisen gebe. Dann geht das Geschäft!«

»Das ist erfreulich für Sie.«

»Wird's auch für Sie sein, gnädiger Herr! Sonst liegt ja Obergriesbach gar zu still für so einen jungen Herrn, wie

Sie sind. Sie würden sich wohl ein bissel einsam fühlen, da oben in den Bergen. Aber im Sommer brauchen Sie nur herunterzukommen in den ›Roten Löwen‹, da ist es lebhaft, und es fehlt nit an schönen Stadtfräulein und lustigen jungen Herren.«

»Also sonst, meinen Sie, ist für mich hier keine Gesellschaft zu finden?«

»Na – außer dem Herrn Pfarrer und dem Herrn Doktor ist kein Umgang hier für einen so vornehmen Herrn, und das sind allweil nur zwei alte Leut', die nit viel Lustigkeit haben. Drüben in Schloß Untergriesbach ist ja jetzt kein Leben mehr. Früher, als der selige gnädige Herr noch lebte, da gab es zwischen Obergriesbach und Untergriesbach einen lebhaften Verkehr. Der Herr Bergmann, dem Sie das Gut Obergriesbach abgekauft haben, der war halt gut Freund mit unserem gnädigen Herrn. Und Gäste gab es das ganze Jahr in Ober- und Untergriesbach. Seit Herr von Tübingen ermordet wurde und kein Mensch mehr im Schloß Untergriesbach ein und aus ging, wurde es dem Herrn Bergmann in Obergriesbach zu einsam, und deshalb hat er verkauft und ist zu seiner verheirateten Tochter nach München gezogen. Na, das wissen Sie ja selbst.«

»Obergriesbach und Untergriesbach gehörten wohl früher zusammen einem Besitzer?«

»So ist es, gnädiger Herr. Die Herren Grafen von Griesbach waren vor Jahrhunderten Herren der ganzen Gegend. Ihnen gehörte das Dorf Griesbach und das Schloß Untergriesbach, und später bekam ein jüngerer Sohn das Gut Obergriesbach mit dem Herrenhause, das Sie jetzt bewohnen. Nach und nach sind die Griesbachs aber verarmt, und da wurde erst Obergriesbach an den Herrn Vater von Herrn Bergmann verkauft, und dreißig Jahre später mußte der letzte Graf Griesbach auch Untergriesbach an Herrn von Tübingen verkaufen. Und nun sitzen Sie auf Obergriesbach, und Herr von Tübingen ist tot, und seine Witwe ist jetzt Besitzerin von Untergriesbach. Ein fettes Erbe hat ihr der Herr Gemahl hinterlassen – es hat sich schon gelohnt für sie, ihn umzubringen.«

Frank Rüdiger zog die Stirn kraus. Ihm war, als dürfe er es nicht anhören, daß man die schöne, blasse Frau beschuldigte.

»Sie wollten mir doch erzählen, wie das zugegangen ist«, sagte er schnell.

Der Wirt sah nach dem Schiebefenster, an das seine Frau eben klopfte.

»Ich will nur erst noch den Braten herbeiholen, gnädiger Herr.«

Damit eilte der behende Wirt an das Fenster und holte Braten, Gemüse und Kompott für den Gast herbei. Man merkte ihm die Abstammung aus Welschland an; in diesen bayrischen Grenzdörfern kreiste von Tirol herüber unbedingt ein welscher Einschlag im Blut der Eingeborenen. Der Wirt war kein bayrischer Hias mit schwerfälligen Bewegungen. Es lag eine behende Grazie in all seinem Tun, und die schwarzen Augen funkelten lebhaft und munter.

Als er alles sauber und appetitlich vor den Gast hingestellt hatte, ließ er sich etwas abseits in einen Stuhl gleiten und erzählte:

»Ungefähr zwei Jahre ist es jetzt her, da hieß es, unser gnädiger Herr, der in Nauheim zur Kur war wegen seines Herzleidens, bringe eine Braut mit heim. Die Hochzeit sollte am Tage nach seiner Heimkehr in Griesbach stattfinden.

Herr von Tübingen war schon in den Sechzigern, und man hatte allgemein angenommen, daß er als Junggeselle seine Tage beschließen würde. Seine Cousine, Frau von Tölz, und ihr Sohn aus erster Ehe, Herr Norbert von Hall, hatten wenigstens sicher damit gerechnet. Sie sahen sich schon als seine Erben. Aber damit war es nun aus und vorbei. Herr von Tübingen hatte an seine Cousine geschrieben, sie möge mit ihren beiden Kindern – es ist da noch eine Tochter aus zweiter Ehe – wieder in ihre Stadtwohnung nach München zurückkehren. Er wolle sich verheiraten und bringe seine Braut gleich mit. Diese sei aber in Trauer um ihre kürzlich verstorbene Mutter, und die Hochzeit solle in aller Stille gefeiert werden. Auch seine Verwandten sollten nicht daran teilnehmen. In den nächsten Monaten wolle er mit seiner jungen Frau ganz allein sein; wenn er wieder Gäste empfangen wolle, werde er es ihnen mitteilen. Jedenfalls sollten sie Untergriesbach verlassen, ehe er eintreffen würde. So hörte ich von der Dienerschaft im Schlosse. Frau von Tölz soll außer sich gewesen sein. Ihre Tochter habe sie kaum beruhigen können, und ihr Sohn, Herr von Hall, habe eine kostbare Vase vor Wut über diese Heiratsanzeige zertrümmert. Es mag ja auch ein harter Schlag gewesen sein für die Herrschaften, daß ihnen ein so reiches Erbe verlorenging. Allerdings hat unser gnädiger Herr nicht viel von seiner Cousine gehalten, und Herrn von Hall hat er erst recht nicht leiden mögen, weil er ein Tunichtgut und ein Spieler ist; aber immerhin waren sie doch seine einzigen Verwandten und hatten fest daran geglaubt, daß sie seine Erben sein würden.

Aber ändern konnten sie an der Sache nichts, und am Morgen des Tages, da Herr von Tübingen am Nachmittag mit seiner Braut eintreffen sollte, reiste Frau von Tölz mit ihren Kindern ab.

Als Herr von Tübingen am Nachmittag mit seiner Braut eintraf, fühlte er sich nach der Nauheimer Kur sehr matt und elend, und er bestand plötzlich darauf, daß seine

Hochzeit noch an demselben Tag stattfinden solle. Seine Braut hatte ihm zugeredet, er möge sich erst ausruhen, aber er hatte behauptet, er fühle sich noch ganz frisch, und er bestehe auf der sofortigen Trauung. Sie fand auch statt, und somit waren alle Erbaussichten der Frau von Tölz zunichte.«

»Waren die Herrschaften nicht selbst vermögend?« fragte Frank Rüdiger, der aufmerksam zugehört hatte.

»O nein – Frau von Tölz lebte von einer kleinen Pension. Ihr Sohn, der früher Offizier gewesen war, lag ihr stets auf der Tasche, und eine Tochter hatte sie auch noch zu unterhalten. Sie hatten in München eine ganz bescheidene Dreizimmerwohnung, waren aber meistens den ganzen Sommer in Schloß Untergriesbach zu Gast. Schulden sollen sie überall gehabt haben. In einem Gasthaus hört man so allerlei. Hier im Schloß lebten sie auf Kosten unseres gnädigen Herrn auf großem Fuße, und er soll sie nicht sehr gern gesehen haben. Und nun mußten sie wieder in ihre Not zurück. Angenehm war ihnen das sicher nicht. Aber sie waren fort, und noch am Abend desselben Tages hatte das Schloß eine neue Herrin. Ich kann Ihnen sagen, gnädiger Herr, nie hätte man der jungen Gnädigen etwas Schlimmes zugetraut. So jung und unschuldig sah sie aus, und ihre Augen lachten so freundlich und gut – ich bin mitgelaufen bis zum Schloß, um sie nur immer anschauen zu können. Der Wagen fuhr von der Kirche aus im Schritt. Aber kein Hochzeitskleid und keinen Kranz hat sie getragen, einfach im Reisekleid ist sie getraut worden. Und der gnädige Herr hat neben ihr gesessen, wie ein Vater, der auf seine schöne Tochter stolz ist, aber nicht wie ein Hochzeiter. Wir sind ihm alle gut gewesen, unserm gnädigen Herrn, und haben ihm von Herzen Glück gewünscht, aber ich habe mir gleich gedacht, daß es nit gut ausgeht – so eine blutjunge Frau und so ein alter Herr. Vierzig Jahre ist er älter gewesen als sie. Aus Liebe hat sie ihn sicher nit geheiratet, so etwas gibt es doch nit.

Das gibt nix Gutes, hab' ich mir gedacht. Und richtig, am nächsten Morgen ging es wie ein Lauffeuer durchs Dorf – Herr von Tübingen sei in der Hochzeitsnacht vergiftet worden. Niemand ist bei ihm gewesen als die junge Gnädige. Sie hat ihm den Schlaftrunk an das Bett gebracht – er hat halt jeden Abend ein Glas Portwein an seinem Lager stehen gehabt und es in der Nacht, wenn er wach wurde, ausgetrunken. Also, die junge Gnädige hat ihm den Wein gebracht und in dem Rest des Weines hat man halt Gift gefunden. Natürlich will sie nit wissen, wie das Gift in den Wein gekommen ist. Sie hat ausgesagt, sie habe ihrem Manne noch ein Stündchen vorgelesen, als er sich schon niedergelegt hatte. Er sei dann bald eingeschlafen, und sie selbst sei auch so müde gewesen, daß sie im Lehnstuhl an seinem Bett eingeschlafen sei. Aber plötzlich sei sie wieder aufgewacht durch ein leises Geräusch, das sie sich nicht habe erklären können. Es sei gewesen, als rolle eine Erbse langsam auf dem Fußboden hin. Sie habe dann gefroren, weil das Fenster noch offenstand, und habe es geschlossen, weil sie gemeint hat, es müsse ihrem Manne auch zu kalt werden. Aber so leise sie auch das Fenster geschlossen habe, sei ihr Mann darüber aufgewacht. Von der Kirche herüber habe es gerade Mitternacht geschlagen. Ihr Mann habe sie freundlich ausgescholten, daß sie noch nicht zu Bett gegangen sei. Und da er seinen Wein hätte trinken wollen, habe sie ihm das Glas an die Lippen gehalten. Er habe es leer getrunken und ihr noch zärtlich über die Hand gestreichelt. Dann sei sie aus dem Zimmer gegangen, um ihr Schlafzimmer aufzusuchen, und habe geschlafen, bis man sie weckte und ihr sagte, der Herr sei tot. Na – ich bitte Sie, gnädiger Herr, das klingt doch alles sehr verdächtig. Ein neugebackener Ehemann läßt sich doch in der Hochzeitsnacht nicht von seiner jungen Frau vorlesen und schläft dabei ein – wenn er auch in den Sechzigern ist. Sie ist aber, ohne zu wanken, bei der Aussage geblieben, und man hat ihr nit nachweisen können, woher sie das Gift gehabt hat, womit der Herr von Tübingen elend umgebracht worden ist. Also, sie ist damals verhaftet worden, und die Herren vom Gericht sind im Schloß gewesen und haben alles aufgenommen. Frau von Tölz hatte man ein Telegramm geschickt, und sie kam mit ihren Kindern sofort wieder zurück von München. Sie leben heute noch drüben im Schloß. Frau von Tölz tat sich gleich als Erbin auf, denn sie und ihre Kinder wußten ja nicht, daß die Trauung einen Tag früher stattgefunden hatte. Sie meinten, sie könnten das reiche Erbe noch einstreichen. Aber damit war's aus und vorbei. Die junge Gnädige war schlauer gewesen als sie, sogar ein Testament war da, das Herr von Tübingen gleich bei der Hochzeit unterschrieben hat und in dem er seine junge Frau zur Universalerbin einsetzte. Frau von Tölz und ihr Sohn sollen wie verstört gewesen sein, als sie hörten, daß die Hochzeit schon am Tag vorher stattgefunden hatte. Herr von Hall ist wie ein Toter lang umgefallen, das hat ein Diener gesehen, und nur Fräulein Blandine von Tölz, seine Schwester, soll die Nachricht mit Ruhe und Würde aufgenommen haben. Frau von Tölz hat gleich gerufen, die junge Gnädige sei die Mörderin ihres Cousins. Und sie und ihr Sohn erklärten jedem, der es hören wollte, die junge Gnädige sei eine raffinierte, scheinheilige Person, die mit ihrer Sanftmut die Leute hinters Licht führen wolle. Aber wir Griesbacher sind nit auf den Kopf gefallen, uns hat sie nix vormachen können, die Gifthexe. Wir glauben so fest daran wie Frau von Tölz und ihr Sohn, daß sie den gnädigen Herrn umgebracht hat. Wer soll es denn sonst gewesen sein? Aber freilich, die Herren vom Gericht hat das schöne Gesicht bestochen, und man hat ihr nichts beweisen können. So hat man sie halt aus Mangel an Beweisen freigesprochen. Sie ist dann wieder hierher nach Griesbach gekommen und lebt nun im Schloß als Herrin, und Frau von Tölz und ihre Kinder, die haben halt froh sein können, daß sie ihnen erlaubt hat, auch in Untergriesbach zu bleiben.«

»Also, die Verwandten des Herrn von Tübingen leben mit ihr zusammen im Schloß?« fragte Frank Rüdiger nachdenklich.

»Ja, sie sind halt nit wieder fortgegangen, und Frau von Tübingen hat sie auch nit fortgeschickt. Frau von Tölz hatte, während Frau von Tübingen in Untersuchungshaft war, die Zügel des Hauswesens in die Hand genommen. Sie ist eine sehr energische Dame. Und Herr von Hall hat sich gleich als Verwalter des Gutes aufgespielt und tut sich ganz so auf, als sei er der Herr. Frau von Tübingen wagt auch nit zu mucksen, sie denkt halt, ihre Verwandten rühren den Prozeß noch mal auf, wenn sie drauf besteht, daß sie fortgehen. Na, ein angenehmer Herr ist Herr von Hall auch nit, die Leute klagen viel über ihn, wenn er auch sein wüstes Leben ein bissel gebessert hat. Unsern verstorbenen gnädigen Herrn ersetzt uns niemand, der hatte ein Herz für seine Leute und half jedem, der in Bedrängnis war, mit Rat und Tat. Das war ein Mann! Und wenn er nicht die Torheit begangen hätte, sich eine junge Frau zu nehmen, dann wäre er wohl jetzt noch am Leben. Herr von Hall ist ein Taugenichts – mit Verlaub –, das sagt hier ein jeder, aber man ist in manchen Dingen von ihm abhängig, weil Frau von Tübingen ihn den Herrn spielen läßt. Sie lebt ganz zurückgezogen, man sieht sie selten, und wer sie sieht, der weicht ihr aus. Sie ist halt verfemt, und die Kinder schreien laut auf vor Entsetzen, wenn sie ihr mal begegnen. Herr von Hall ist es selber gewesen, der ihr den Namen, die Gifthexe, gegeben hat. Einmal hat er den Kindern gesagt: Lauft vor der Gifthexe davon, sonst bringt sie euch um. Seither heißt sie nit anders als die Gifthexe. Ausschauen tut sie aber beileibe nit wie eine solche – schier wie eine Heilige ist sie anzuschauen –, aber das ist eben ihre Scheinheiligkeit, und Herr von Hall hat mir einmal, als ich ihm sagte, daß sie eher wie ein Engerl ausschaut als wie ein Teufel, gesagt, das sind die Schlimmsten, denen man die Teufelei nit ansieht.«

»Also, Herr von Hall glaubt fest daran, daß Frau von Tübingen ihren Gatten ermordet hat?«

»Ganz gewiß, gnädiger Herr. Kein Mensch zweifelt daran, wenn man ihr auch nit hat an den Kragen gehen können.«

Frank Rüdiger sah nachdenklich vor sich hin. Dann sagte er langsam: »Es wundert mich nur, daß er dann mit ihr zusammen in einem Hause wohnt, Wohltaten von ihr annimmt und Mutter und Schwester mit ihr zusammensein läßt.«

»Du lieber Gott, gnädiger Herr, das war halt die Not, die ihn dazu trieb. Sie sind ja völlig verarmt. Und Herr von Hall hat Schulden gehabt bis über die Ohren, er hatte ja alles verspielt und verjuchheit. Ein bissel vernünftiger ist er schon geworden, seit er Verwalter des Gutes ist, und – es fließt wohl manches in seine Tasche. In allen Ehren natürlich, ich will nix gesagt haben. Bitter genug mag es den Herrschaften schon sein, von so einer abhängig sein zu müssen.«

Frank Rüdiger trank einen Schluck und sagte dann, sich schüttelnd: »Lieber möcht' ich Straßenkehrer sein, als daß ich Wohltaten annehmen würde von einer Frau – und gar von einer, die ich für eine Mörderin halten müßte!«

»Wohl, wohl, gnädiger Herr, das ist auch meine Ansicht. Aber Herr von Hall hat einmal hier im Gastzimmer dem Herrn Doktor und dem Herrn Gemeindevorstand erklärt, in Wahrheit sei er der Erbe von Untergriesbach, Frau von Tübingen habe sich das Erbe nur erschlichen. Und er betrachte es nicht als Wohltat, sondern als sein gutes Recht, daß er es verwalte. Nun, dagegen kann man nichts sagen, aber sehr genau nimmt es Herr von Hall nit mit solchen Dingen. Ihm ist alles recht, was ihm Nutzen bringt.«

»Und niemand ist auf den Gedanken gekommen, daß Frau von Tübingen doch schuldlos sein könne?«

»Aber, ich bitte Sie, gnädiger Herr, es ist ja kein anderer Mensch als sie beim gnädigen Herrn gewesen in jener Nacht. Die Dienerschaft war zu Bett gegangen. Sie selbst hat den Wein aus einer Flasche eingeschenkt, in deren Inhalt keine Spur des Giftes zu finden war. Nur hat man nicht ergründen können, woher sie das Gift genommen hat. Und ihr Verteidiger war ein schneidiger Herr und hat sie herausgehauen, so daß man sie hat freisprechen müssen. Haben Sie nichts von dem Prozeß gehört?«

»Nein, ich war jahrelang im Ausland. Gleich nach Beendigung des Krieges bin ich nach Borneo gegangen und bin erst vor einigen Monaten zurückgekommen.«

»Ah, den Krieg haben Sie aber mitgemacht, gnädiger Herr?«

Frank Rüdiger nickte. Seine harten, strengen Züge strafften sich noch mehr, und die mit diesen Zügen kontrastierenden weichen, guten Augen zeigten einen Ausdruck, wie ihn die Männer draußen im Feld bekommen hatten, als sie das Grauen kennenlernen mußten.

»Ja, von Anfang an, bis zu Ende.«

Der Wirt nickte. »War eine schlimme Zeit, und das schlimmste das, was hernach kam.«

Frank Rüdiger strich sich über die schöngebaute Stirn und schob den Teller zurück: »Das weiß Gott. Das Elend damals nicht länger mit ansehn zu müssen, ging ich fort. Aber nur einige Jahre hat es mich draußen gelitten. Die Sehnsucht hat mich in die Heimat zurückgeführt. Und was ich draußen verdient, was ich in der Fremde verdient habe, habe ich nun angelegt in einem Stückchen deutscher Erde.«

»Sie haben gut gekauft, gnädiger Herr. Obergriesbach ist immer gut bewirtschaftet gewesen, und der Boden ist gut. Sie sollen ein tüchtiger, energischer Herr sein, das hört man von allen Seiten, obwohl sie erst seit zwei Wochen hier sind. Na, und jung und stark sind Sie auch, da kann es nit fehlgehen.«

Frank Rüdiger erhob sich. »Meine Rechnung, Herr Wirt! Ich will heim, es ist Zeit. Die Medizin für meine Haushälterin wird der Doktor fertig haben. Ich reite an seinem Haus vorüber.«

Er bezahlte und ging, von dem Wirt gefolgt, aus dem Haus. Ein Knecht hielt sein Pferd. Er sprang in den Sattel und ritt grüßend davon.

Aber auf dem ganzen Heimweg konnte er an nichts anderes denken als an Frau von Tübingen, die ihren um 40 Jahre älteren Gatten in der Hochzeitsnacht ermordet haben sollte. Hatte sie es wirklich getan?

Es gibt kein größeres Rätsel als das Weib. Frank Rüdiger wußte das. So manche Frau hatte seinen Lebensweg mehr oder minder beeinflußt. Er gehörte zu den Männern, denen die Frauenherzen zufliegen, obwohl sie sich nicht darum mühen. Seine selbstverständliche Ritterlichkeit, die vornehme Güte seines Wesens und sein sympathisches Äußere hatten ihm manches Frauenherz erobert. Und er hatte die verschiedenartigsten Frauen kennengelernt, ohne daß eine von ihnen einen nachhaltigen Eindruck auf ihn gemacht hätte. Eine Frau von besonderem Wert war nicht darunter gewesen. Aber auf viel Rätselhaftes war er doch gestoßen.

Jetzt schien er der rätselhaftesten Frau begegnet zu sein, die je seinen Weg gekreuzt hatte. Er versank unwillkürlich ins Grübeln.

War es möglich, daß hinter diesem schönen, reinen Gesicht eine schwarze Seele wohnte? Konnten ihre schlanken, weißen Hände dem alternden Gatten den Gifttrank gereicht haben? Es konnte dann doch nur aus Gier nach dem reichen Erbe geschehen sein. Habgier aber prägt jedem Antlitz seinen Stempel auf, und in diesem Frauengesicht fehlte dieser Stempel. Nein – nein – diese Frau konnte keine Mörderin sein – nicht aus niedrigen Motiven.

Aber – vielleicht hatte sie das Grauen vor dem alternden Gatten zu der Tat getrieben? Wollte sie die Konsequenzen dieser ungleichmäßigen Verbindung nicht tragen? Nein, nein – sie konnte keine Mörderin sein.

Aber freilich, daß sie, das junge Geschöpf, in eine Ehe mit dem alternden Manne willigte – war das nicht schon ein Zug von niedriger Denkungsart? Ein Weib soll sich nur aus Liebe verschenken, nicht verkaufen. Hatte sie sich nicht verkauft, um äußern Glanzes willen? Ein so junges Geschöpf konnte doch nur aus Berechnung die Frau eines alten Mannes werden und ihm für Geld Seele und Körper verkaufen.

Oder lagen doch andere Gründe vor?

Immer wieder tauchte vor seinem Geiste das blasse Frauengesicht auf, und ihre verzweifelten Augen sahen ihn an, als flehten sie um sein Mitleid – um Hilfe. Und immer wieder sagte er sich: Sie kann keine Verbrecherin sein, kann nicht aus niedrigen Motiven diese Ehe geschlossen haben. Solch einer ungeheuerlichen Tat kann diese Frau nicht fähig sein.

Und je mehr er darüber nachdachte, desto erregter wurde er. Wenn sie schuldlos war – mußte er ihr dann nicht zu Hilfe kommen?

Schließlich suchte er, ärgerlich über sich selbst, seinen Gedanken eine andere Richtung zu geben. Er zwang sich, an seine landwirtschaftlichen Pflichten zu denken, an Dinge, die ihn ablenkten.

Sein Weg führte ihn höher hinauf aus dem Tal in die Berge, und der Ritt hatte fast eine Stunde gedauert, bis er das Herrenhaus von Obergriesbach vor sich auf einer Halde liegen sah. Es war ein stattliches, freundliches Gebäude, in Holzarchitektur auf hohem Steinfundament gebaut. Das war sein Heim. Das Herz ging ihm auf. Es war ein wundervolles Landschaftsbild, das sich seinen Blicken darbot.

Er schob alle quälenden Gedanken von sich. Er würde dieser Frau von Tübingen weit aus dem Wege gehen und seine Gedanken von ihr ablenken. Zuviel schon hatte er sich mit ihr beschäftigt. Was ging ihn diese Frau an, die von den Dorfkindern Gifthexe genannt wurde.

Er sprang vor seinem schönen, stattlichen Hause, das freilich nicht so imposant war wie das Untergriesbacher Schloß, vom Pferde und übergab es einem herbeieilenden Knecht. In der großen, hohen Flurhalle kam ihm eine Frau in der Mitte der Fünfziger entgegen. Sie verzog das Gesicht schmerzhaft und sah ihn wehleidig an.

»Nun, Frau Remblin, nicht im Bett? Ich hatte Ihnen doch gesagt, Sie sollten sich niederlegen.«

»Ich hab' keine Ruh', gnädiger Herr, es treibt mich rastlos umeinander.«

Er zog die Medizin aus der Tasche.

»Also geht es noch nicht besser?«

»O nein – es ist noch immer, als würden mir Messer im Leib herumgedreht. Ich werde wohl sterben müssen, gnädiger Herr.«

Er lachte herzlich. »Aber, Frau Remblin, Sie sind nur das Kranksein nicht gewöhnt, weil Ihnen nie etwas gefehlt hat. Hier, nehmen Sie die Medizin nach Vorschrift, dann ist es morgen schon besser. Ans Sterben geht's noch lange nicht. Was sollte ich denn anfangen ohne Sie? Und jetzt schnell zu Bett und warme Umschläge gemacht, dann wird es schnell besser.«

»Sie müssen doch erst noch essen, gnädiger Herr!«

»Nein, nein, ich habe im ›Roten Löwen‹ in Griesbach gegessen – legen Sie sich ruhig nieder; es muß auch einmal ohne Sie gehen.«

»Ach, gnädiger Herr, mein Lebtag habe ich mich nicht so übel gefühlt. Das kenne ich doch nicht – Kranksein.«

»Weil Sie es nicht kennen, scheint es Ihnen so schlimm. Nur nicht bange, morgen ist alles wieder gut.«

Zweifelnd sah ihn die alte Frau an. »Glauben Sie wirklich?«

Er nickte ganz zuversichtlich. »Ganz gewiß! Nehmen Sie die Medizin und trinken Sie ein Glas Rotwein. Dann einen warmen Umschlag und Ruhe; und morgen sind Sie wie neu geboren.«

Sie atmete auf. Die Angst wich aus ihren Zügen. »Hab' ich doch gedacht, mein letztes Stündel ist gekommen und ich hätte die Cholera.«

Er lachte herzlich. »Gott bewahre, es ist nur ein harmloser Magenkatarrh. Sie werden zu viel frisches Brot gegessen haben. Gute Besserung, Frau Remblin.«

»Dank' auch schön, gnädiger Herr! Sie sind gut und haben ein Herz für Ihre Leute, das hab' ich gleich gemerkt.

Gleich sind Sie für mich zum Doktor nach Griesbach geritten.«

»Ich will doch keine kranken Leute haben, wenn ich es ändern kann.«

Er nickte ihr nochmals zu und betrat das behaglich ausgestattete Wohnzimmer. Daß Frau Remblin nur einen akuten Magenkatarrh hatte, war für ihn nicht schwer zu erkennen gewesen. Solche Fälle waren im Krieg bei seinen Leuten oft vorgekommen. Er hatte nur die nötige Medizin nicht zur Hand gehabt und hatte dem Arzt gleich den Auftrag gegeben, ihm eine Hausapotheke zusammenzustellen. Wäre Medizin im Hause gewesen, hätte er nicht nach Griesbach reiten müssen, und hätte der Arzt die Medizin nicht erst zusammenstellen müssen, hätte er keinen Aufenthalt in Griesbach gehabt. Er wäre dann auch nicht, um sich die Zeit zu kürzen, in den Wald gegangen und hätte nicht am Waldquell Rast gehalten. Und dann wäre er auch nicht Zeuge jener Szene gewesen – er hätte Frau von Tübingen nicht gesehen und hätte nichts gehört von ihrem Schicksal. Vielleicht hätte er sie dann nie zu Gesicht bekommen, da sie ganz zurückgezogen lebte. Da waren seine Gedanken also schon wieder bei dieser Frau. Konnte er denn an nichts anderes mehr denken?

Er trat an das Fenster und schaute hinüber zu den schneebedeckten Berghäuptern. Sein Blick ergötzte sich daran – aber seine Gedanken weilten bei der blassen, traurigen Frau.

Jutta von Tübingen war wirklich, wie Frank Rüdiger annahm, durch die kleine grüne Pforte im Parkzaun verschwunden. Sie liebte es, diesen verschwiegenen Ausgang zu benutzen, wenn sie im Wald spazierengehen wollte. Dann brauchte sie nicht durch das große Portal ins Freie zu gehen, wo man sie von der Fahrstraße aus beobachten konnte.

Sie war menschenscheu geworden, seit jenem Tag, an dem man sie als des Mordes an ihrem Gatten verdächtig verhaftet und in das Untersuchungsgefängnis geführt hatte. Wenn sie an jene Zeit dachte, flog ein Schauer des Entsetzens über ihren Leib.

Die einsamsten Wege suchte sie auf, wenn sie das Haus verließ, um spazierenzugehen, um nicht mit Menschen zusammenzutreffen, die an ihre Schuld glaubten und in deren Gesichtern sie erbarmungslose Verachtung las. Am ärgsten war es ihr, wenn sie Kindern begegnete und diese ihr, wie heute, den furchtbaren Schimpfnamen zuriefen, der sie jedesmal wie ein Schlag ins Gesicht traf. Sie wußte nicht, daß sie diesen Schimpfnamen Norbert von Hall verdankte, und glaubte, die Kinder selbst hätten ihn für sie gefunden.

Gifthexe!

Sie erschauerte, als sie die kleine grüne Pforte hinter sich schloß und sich eine Weile kraftlos dagegenlehnte: Gottlob, nun war sie wieder in Sicherheit – in Sicherheit vor der harten, mitleidslosen Abneigung der Kinder und vor dem mitleidigen, erbarmenden Blick dieses fremden Mannes, der mit einem so gütigen, teilnahmsvollen Ausdruck in ihr Elend geschaut hatte. Er war ein Fremder, ein Tourist vielleicht. Noch nie hatte sie ihn gesehen, und er wußte wohl nichts von ihrer Schmach, von dem furchtbaren Verdacht, der sie trotz des Freispruches umkreiste wie ein schwerer Zauberbann, von dem sie sich nicht lösen konnte. Hätte er davon gewußt, wäre er ihr wohl gleichfalls schaudernd ausgewichen, wie alle andern Menschen auch.

Und seltsam – ihr war, als hätte sie das besonders schwer verwunden müssen.

Mit verhaltenem Atem lauschte sie hinaus. Sie hörte

seine Schritte, merkte, daß er vor der Pforte eine Weile stehenblieb und dann weiterging.

Wie gejagt lief sie nun durch den Park zum Schloß hinüber. Ohne einem Menschen zu begegnen, eilte sie in ihr Zimmer und trat an das verhängte Fenster, mit brennenden Augen hinausspähend. Und da erblickte sie drüben am Parktor den Fremden. Sah, daß seine Augen forschend herüberblickten. Ihre Augen hingen mit großem, ernstem Blick an seinem interessanten, großzügigen Gesicht, an seiner vornehmen, schlanken Erscheinung, die von energischer, kraftvoller Männlichkeit zeugte. Ihre Hand griff zitternd in den kostbaren Spitzenstore, als brauche sie einen Halt. Und so starrte sie zu ihm hinüber, bis er weiterging und ihren Blicken entschwand. Wenn er jetzt ins Dorf kam und nach ihr fragte, dann erfuhr er – daß sie eine Mörderin war. Man glaubte es ja überall.

Mit einem halberstickten Wehlaut brach sie in einem Sessel zusammen, stützte die Ellenbogen auf die Knie und faltete die Hände.

Wie lange noch würde sie unter diesem furchtbaren Verdacht leben müssen? Durfte sie nie wieder den Menschen frei und offen ins Antlitz sehen, ohne fürchten zu müssen, ihre Verachtung zu lesen? Keine Seele brachte ihr Glauben entgegen.

»Erlöse mich, Vater im Himmel, erlöse mich endlich von dieser Pein! Was tat ich nur, daß du mich so furchtbar strafst?«

So betete sie, und ihr blasses Gesicht glich dem einer Sterbenden.

Einige Minuten saß sie so da, eine Beute nagender Verzweiflung. Da wurde an ihre Tür geklopft. Sie raffte sich auf, erhob sich und zwang den ruhigen, starren Ausdruck in ihr Gesicht, den sie stets den wenigen Menschen zeigte, mit denen sie umgehen mußte. Dann rief sie zum Eintritt.

Eine schlanke, mittelgroße junge Dame trat in das Zimmer. Sie mochte zwanzig Jahre zählen und hatte feine, reizvolle Züge. Ihr hellblondes Haar in der Farbe reifer Ähren war kleidsam und zwanglos frisiert. Klare blaue Augen blickten aus einem Gesicht, dessen größte Schönheit ein blütenfrischer Teint war. Um den feingeschnittenen Mund spielte ein etwas verlegenes Lächeln. Sie trug ein hübsches, schlichtes Kleid von königsblauem Frottee, das an Hals und Ärmeln mit weißen Aufschlägen geschmückt und mit großen weißen Knöpfen verziert war.

»Ich wollte nur sehen, Jutta, ob Sie von Ihrem Spaziergang schon zurück seien«, sagte sie, die Tür hinter sich schließend.

Jutta strich sich das goldbraune Haar, das in einem weichen, dicken Knoten auf dem Nacken lag, aus der Stirn.

»Ich bin soeben zurückgekommen«, sagte sie mit einer weichen, vollen Altstimme.

Blandine von Tölz trat an sie heran und sah ihr forschend in das Gesicht. »Sie sehen so bleich aus – und so verstört, Jutta – es ist Ihnen doch nichts Unangenehmes widerfahren?« fragte sie besorgt.

Ein bitteres Lächeln huschte um Juttas Mund. »Die Dorfkinder haben mich wieder einmal attackiert und mir den Schimpfnamen zugerufen, den sie immer für mich haben.«

Blandine legte unwillkürlich den Arm um Jutta, als wollte sie diese schützen. »Sie Ärmste! Gibt man Ihnen nicht endlich Ruhe?« fragte sie mitleidig.

Jutta seufzte auf. »Ich werde nie Ruhe finden, wenn nicht ein Wunder geschieht und der Mörder meines Gatten entdeckt wird.«

Blandine sah mit starrem Ausdruck an Jutta vorbei.

»Wie kann man Sie nur mit diesem ewigen Mißtrauen verfolgen?« sagte sie tonlos.

Jutta faßte mit hartem, rauhem Griff ihre Hand. »Sie selbst tun es doch auch, Blandine. Sie glauben so wenig an meine Unschuld wie Ihre Mutter und Ihr Bruder, der mich freilich immer glauben machen will, daß er es tut.«

Blandine sah Jutta fest und ruhig an. »Doch, Jutta – ich glaube an Ihre Schuldlosigkeit, ich muß daran glauben.«

Bitter lachte Jutta auf. »Ja, Sie zwingen sich dazu, wie es auch Ihr Bruder tut, – weil ihr sonst nicht in meinem Hause leben könntet. Deshalb seid ihr unehrlich gegen euch selbst – und gegen mich. Die einzige, die mir wenigstens ehrlich zeigt, daß sie an meine Schuld glaubt und nur der Not gehorchend eine Freistatt in diesem Hause angenommen hat, ist Ihre Mutter. Und glauben Sie mir, Blandine, diese ehrliche Überzeugung ist mir lieber als eure Heuchelei.«

Blandine schwieg eine Weile, und in ihrem Gesicht zuckte es seltsam. Und plötzlich warf sie beide Arme um Juttas Hals und sah sie flehend an. »Jutta – liebe Jutta – glauben Sie mir doch. Ich bin ganz fest von Ihrer Unschuld überzeugt – wie von meiner eignen. Norbert – ja – der heuchelt – ich – ja – ich glaube, daß er nur heuchelt, – ich wünsche es, – denn wenn er so fest an Ihre Unschuld glaubte, wie ich es tue – dann – dann –«

Sie brach ab, ließ Jutta schnell los, als schäme sie sich ihrer Erregung, und trat an das Fenster, um ihr zuckendes Gesicht zu verbergen.

»Dann? Was ist dann, Blandine?« fragte Jutta aufatmend.

Blandine hatte sich gefaßt und wehrte mit einem schwachen Lächeln ab. Sie wollte, durfte nicht sagen, was ihr über die Lippen wollte.

»Ach, ich meine, dann müßte er irgend etwas zu Ihrer Verteidigung tun, draußen, vor den Menschen. Er dürfte nicht leiden, daß man Sie beschimpft.«

»Tun *Sie* denn etwas zu meiner Verteidigung, Blandine?«

»Ich? Ach, mein Gott, Sie wissen doch, daß ich mit keinem Menschen zusammenkomme. Ich bin froh, wenn ich niemand sehe.«

Jutta verzog schmerzlich den Mund. »Weil Sie sich schämen, daß Sie im Hause einer Frau leben, die als Mörderin gilt«, sagte sie herb.

»Nein – nicht deshalb schäme ich mich. Aber ich schäme mich furchtbar, daß ich Wohltaten von Ihnen annehmen muß, daß wir alle es tun, obgleich Mutter und Bruder Ihnen feindlich gegenüberstehen.«

»Und Sie? Stehen Sie mir nicht auch feindlich gegenüber?«

Blandine faßte wie beschwörend Juttas Hand. »Bitte, glauben Sie das nicht! Kennen Sie mich so schlecht, Jutta?«

»Ich kenne Sie sehr wenig, Blandine. In den zwei Jahren, die Sie nun in meinem Hause leben, haben wir noch nie so viel miteinander gesprochen wie heute. Wir sahen uns meist nur bei Tisch, und da saßen Sie mir immer mit niedergeschlagenen Augen gegenüber. Wie kann man da einen Menschen kennenlernen? Daß Sie mich heute in meinem Zimmer aufsuchen, ist ein seltenes Ereignis.«

»Ich hätte es auch heute nicht gewagt. – Sie zeigen sich mir immer so starr und abweisend. Aber ich sah Sie wie verstört und entsetzt durch den Park heimkommen – und da trieb es mich zu Ihnen. Fühlen Sie denn nicht, Jutta, daß ich Ihnen zugetan bin und fest, ganz fest an Ihre Unschuld glaube? Wer *Sie* für eine feige, heimtückische Mörderin halten kann, der muß ein sehr schlechter Menschenkenner sein.«

Das alles kam so warm und tiefempfunden aus Blandines Herzen heraus, daß Jutta stutzte und sie forschend ansah.

»Das klingt – als sei es Wahrheit«, sagte sie leise.

Blandine nickte lebhaft und faßte ihre Hände. »Es ist Wahrheit, glauben Sie mir doch.«

Sie standen eine Weile Aug' in Auge, ohne ein Wort zu reden. Dann zog Jutta das junge Mädchen plötzlich an sich. »Liebes, gutes Kind! Zürnen Sie mir nicht, daß ich zweifle. Ich kann es kaum fassen, daß es in meiner Umgebung einen Menschen gibt, der an mich glaubt. Das ist für mich eine unbeschreibliche Wohltat, es erscheint mir ganz wunderbar. Darf ich das wirklich glauben?«

»Sehen Sie mir doch ins Auge, Jutta. Könnte ich Sie belügen – für alle Wohltaten, die Sie mir erweisen? Wie verächtlich würde ich mir selbst erscheinen.«

Ein tiefer Atemzug hob Juttas Brust. »Ein Mensch, der an mich glaubt – wie ein Wunder scheint es mir«, sagte sie erbebend.

Blandine streichelte bewegt ihre Hand. »Nicht einen Augenblick habe ich an Ihrer Schuldlosigkeit gezweifelt, nachdem ich Sie gesehen hatte. Ehe ich Sie sah, als wir damals von München hierher zurückkamen, da glaubte ich auch eine Weile an Ihre Schuld, angesichts aller Argumente, die gegen Sie sprachen. Aber als ich Ihnen dann gegenüberstand, da wußte ich es ganz gewiß, daß Sie keine Mörderin waren. Ich hätte es Ihnen schon damals gern gesagt, aber ich hatte mit Mutter und Bruder zu tun, die Ihnen Ihr Erbe streitig machen wollten, und dann – dann waren Sie immer so kalt und abweisend zu mir. Wie sollten Sie auch anders – ich war Ihnen doch so fremd.«

»Sie erschienen mir feindlich gesinnt, wie Ihre Angehörigen, Blandine.«

»O nein, nein, niemals. Vielleicht war ich ungeschickt.

Ich wurde in jener Zeit durch allerlei unklare Empfindungen hin und her gerissen. Immer grübelte ich darüber nach, wer der Mörder sein könne, und das machte mich ganz wirr im Kopf. Es quält mich jetzt noch zuweilen. Denn ich war Onkel Malte sehr gut, wenn ich es ihm auch nie zu zeigen wagte. Sein Tod schmerzte mich. Und mir war, als tappe ich im Finstern und fürchte mich doch vor der Helle. Sicher habe ich mich dabei auch Ihnen gegenüber recht töricht benommen. Aber eines stand immer fest bei mir – daß Sie keine Mörderin sein können.«

Jutta faltete die Hände und sah wie betend zum Himmel empor.

»Gott im Himmel allein weiß es, Blandine, warum er mir diese furchtbare Prüfung auferlegt hat; das habe ich mich oft gefragt, ohne eine Antwort zu finden. Vielleicht überhebe ich mich, wenn ich sage, daß ich nie etwas Böses getan habe, wir Menschen sind ja alle nicht ohne Fehler, aber nein – nein – etwas so Schlimmes habe ich nie getan, daß ich diese Strafe verdient hätte.«

»Davon bin ich überzeugt, Jutta. Bitte, glauben Sie mir, daß ich Sie für schuldlos halte, und zum Beweis, daß Sie mir glauben, gestatten Sie mir im Verkehr mit Ihnen das verwandschaftliche Du.«

Jutta sah lange und ernst in Blandines Augen, die klar und offen ihren Blick aushielten.

»Ich glaube dir, Blandine, und ich danke dir für die Wohltat, die du mir erweisest. Eine Seele habe ich nun wenigstens, die an mich glaubt.«

Sie umarmten sich herzlich. Dann sagte Blandine bewegt: »Wenn ich dir doch helfen könnte, Jutta, helfen dürfte.«

Jutta streichelte ihr Haar. »Du kannst mir nicht helfen – das kann nur Gott im Himmel. Aber einen Trost gibst du mir. Es ist ein furchtbares Gefühl, zu wissen, daß alle Menschen voll Verachtung auf mich sehen. Ich leide sehr unter der Feindseligkeit deiner Mutter – aber – etwas quält mich noch mehr.«

»Willst du mir nicht sagen, was es ist?«

»Ja, Blandine – du sollst es wissen – und ich glaube, es wird dir rätselhaft sein wie mir. Du weißt doch besser noch als ich, wie feindselig mir dein Bruder gegenübersteht, obwohl er mir immer Glauben an meine Unschuld heuchelt!«

Blandines Gesicht rötete sich. »Leider weiß ich es, Jutta – und – ich finde es sehr häßlich von Norbert, daß er dir ins Gesicht diesen Glauben heuchelt und nach außen nichts tut, um für dich einzutreten – im Gegenteil.«

Mit geschlossenen Augen nickte Jutta vor sich hin. »Siehst du! Und nun kannst du dir vielleicht meinen haltlosen Schrecken denken, wenn ich dir sage, daß Norbert gestern abend, als er hier in mein Zimmer geschäftliche Berichte gebracht hatte, plötzlich eine leidenschaftliche Liebeserklärung hervorbrachte und mich bat, seine Frau zu werden.«

Blandine zuckte zusammen und starrte Jutta mit großen Augen an.

»Nein – nein – das kann doch nicht wahr sein!« stammelte sie mit blassen Lippen.

Ein bitteres Lächeln huschte um Juttas Lippen. »Nun erschrickst auch du. Ist dir bange, daß ich mein elendes Leben noch fester an euch knüpfen könnte? Sei ruhig – ich habe Norberts Werbung zurückgewiesen. Aber nun weiß ich gar nicht mehr, was ich von ihm halten soll. Ich würde überhaupt nie einem Manne angehören, solange mein Name nicht rein von jedem Makel ist. Und Norbert – ihn würde ich auch nicht heiraten, wenn das geschehen würde, denn – ich will ganz offen zu dir sein in dieser Stunde, da du mir durch deinen Glauben ein so kostbares Geschenk gemacht hast – ich hege eine tiefe Abneigung gegen deinen Bruder, obgleich er sich mir immer angenehm zu machen sucht. Er kann nichts für mich empfinden, obgleich er mir eine große Leidenschaft vorheuchelte – ich weiß, ihm ist es nur darum zu tun, mit meiner Hand das Erbe an sich zu bringen, das ihm entgangen ist. Das ist ganz gewiß der einzige Beweggrund für seine Werbung. Und ich muß dir sagen, daß ich es sehr niedrig von ihm finde, daß er um meine Hand anhielt, zumal er doch daran glaubt, daß ich eine Mörderin bin.«

Kraftlos war Blandine in einen Sessel gesunken. Sie krampfte die Hände zusammen und sah mit einem seltsamen Blick zu Jutta auf.

»Warum behieltst du uns in deinem Hause? Warum läßt du dir von Mutter Feindseligkeiten gefallen, und warum schweigst du zu Norberts Heucheleien? Nichts bringen wir dir ins Haus als Unahnnehmlichkeiten, und alles vergiltst du mit Wohltaten. Warum nur – warum?« klagte sie leidenschaftlich.

»Warum? Weil ich weiß, daß ich euch Hoffnungen auf ein Erbe zerstört habe; ein Erbe, das mir zufiel. Ich habe es gleich am ersten Tage unserer Bekanntschaft von deiner Mutter gehört, daß ich ihr diese Hoffnung zerstört habe, daß ihr fest angenommen hattet, Onkel Malte zu beerben. Ihr habt nicht geglaubt, daß Onkel Malte sich noch verheiraten würde, und bei seinem Alter war es auch nicht vorauszusehen. Daß er mich heiratete, – er wurde durch die edelsten Gründe dazu veranlaßt –, das hat mich gewissermaßen verpflichtet, und deshalb habe ich versucht, euch wenigstens in etwa zu entschädigen. Ich weiß, daß ihr von meinem Manne unterstützt wurdet und daß ihr oft wochenlang in Untergriesbach weiltet. Obwohl mich mein Mann ganz uneingeschränkt zu seiner Universalerbin einsetzte, fühle ich mich doch verpflichtet, in seinem Sinne weiter an euch zu tun, was er getan hat. Deshalb schickte ich euch nicht fort, als ich euch noch hier fand, als ich aus dem Untersuchungsgefängnis nach Hause kam. Und da dein Bruder sich schon um die Verwaltung des Gutes verdient gemacht hatte, beließ ich ihn auf seinem Posten. Ich wußte ja, daß er sonst existenzlos sein würde. Ihr hattet gehofft, daß ich noch nicht Onkel Maltes Frau sei, als ihr von München hierher zurückkamt und glaubtet, es sei kein Testament vorhanden. Dann wäre euch das Erbe sicher gewesen. Aber – hätte mich Onkel Malte nicht geheiratet, und hätte er mich nicht zur Erbin eingesetzt, dann – das muß ich dir einmal sagen – dann wäre euch das Erbe auch entgangen. Mein Mann zeigte mir, kurz bevor wir getraut wurden, ein früher von ihm aufgesetztes Testament, das er dann vernichtete. In diesem Testament überging er euch – für deine Mutter war nur eine ganz bescheidene Rente ausgesetzt –, alles andere wäre dem Fiskus zugefallen. Er sagte mir, der Gedanke, daß Untergriesbach einmal in Norberts Hände fallen könne, würde ihm keine Ruhe im Grabe lassen. Norbert sei ein Spieler – und noch Schlimmeres, was er mir nicht sagen wolle. Du solltest dich mit deiner Mutter in die Rente teilen und nach ihrem Tode sollte dir dein Anteil weitergezahlt werden. So stand es in seinem alten Testament. Und wahrscheinlich hätte er auch in seinem neuen Testament, das er zu meinen Gunsten machte, etwas für dich und deine Mutter ausgesetzt, wenn er nicht davon überzeugt gewesen wäre, daß ich euch nicht darben lassen würde. Verzeih mir, daß ich dir das alles sage – ich will dich bloß überzeugen, daß ich euch im Grunde nichts genommen habe. Mein Mann stand Norbert ganz antipathisch gegenüber, auch deine Mutter liebte er nicht – nur gegen dich hatte er nichts einzuwenden.«

Blandine nickte. »Ich weiß es, Jutta, ich weiß, daß du wahr sprichst. Onkel Malte war ein guter Menschenkenner. Was ihn auch veranlaßte, dich zu heiraten – er war doch Herr seines Willens. Und wie die Dinge jetzt liegen, ist es sehr großmütig von dir, daß du uns in deinem Hause duldest, uns ein sorgenloses Leben bereitest und es uns an nichts fehlen läßt. Eines will ich aber noch klarstellen. Du merktest, wie ich erschrak, als du mir von Norberts Werbung sprachst. Es geschah aber nicht, weil wir uns dadurch nähergekommen wären, sondern – weil ich Norbert eine solche Schändlichkeit nicht zugetraut hätte, obwohl ich leider keine hohe Meinung von ihm haben kann.«

Die letzten Worte stieß Blandine in leidenschaftlicher Heftigkeit hervor.

Fragend sah Jutta in ihr Gesicht. »Warum nennst du seine Werbung eine Schändlichkeit?«

Blandine faßte sich mühsam. Ihr Blick glitt von Jutta ab und bohrte sich starr in den Fußboden. Sie mußte daran denken, daß Norbert überall Juttas Schuld als erwiesen hinstellte, daß er sie schmähte, wo er nur konnte, und verächtlich von ihr in ihrer Abwesenheit sprach. Mit der Mutter zusammen schalt er feindselig auf sie, und er hörte es ruhig und befriedigt an, wenn die Mutter ihrem Haß gegen Jutta Luft machte. Blandine wußte auch, daß Norbert den Schimpfnamen Gifthexe für Jutta geprägt hatte, er hatte sich dessen seiner Mutter gegenüber in ihrer Gegenwart selber gerühmt. Und nun spielte er Jutta eine Leidenschaft vor und warb um ihre Hand. Das war in ihren Augen eine Schändlichkeit.

»Warum?« fragte sie heiser. »Weil es eine Schändlichkeit

ist, daß er sich um deine Hand bewirbt – nur – weil er deinen Besitz an sich bringen will. Nur darum hat er um dich angehalten – nur darum!«

»Ich weiß es, Blandine.«

»Ich schäme mich seiner – ich schäme mich seiner!« rief Blandine außer sich.

Jutta zog sie in ihre Arme. »Nimm es dir nicht zu sehr zu Herzen. Die Angelegenheit ist erledigt. Ich wollte es dir nur nicht verheimlichen. Norbert schien durch mein striktes Nein maßlos beleidigt zu sein, er war unglaublich erregt und starrte mich mit seltsamen Blicken an. Jedenfalls hatte er seine Rolle als leidenschaftlicher Liebhaber so gut gespielt, daß es mir peinlich war. Nur, daß du und deine Mutter hier im Hause seid, macht es mir möglich, ihn noch in meinem Hause zu dulden.«

Blandine warf sich in Juttas Arme. »Laß es mich nur nicht entgelten, Jutta! Du weißt nicht, wie froh ich bin, daß ich mich endlich einmal mit dir aussprechen konnte – und – daß du mir eine Freundin sein willst. Nicht wahr – das willst du doch?«

»Wenn du eine so unglückliche Frau wie mich zur Freundin haben willst.«

»Ach, Jutta – du ahnst nicht, was deine Freundschaft mir wert ist. Auch ich habe keinen Menschen, der mir nahesteht. Mutter liebt nur Norbert – ich bin ihr nichts. Wir stehen uns fremd gegenüber.«

»So wollen wir treu zusammenhalten, Blandine. Aber jetzt muß ich dich fortschicken, ich muß mich für die Mittagstafel umkleiden.«

Mit einer stummen Umarmung schieden sie.

Blandine betrat nach einer Weile das Speisezimmer, das im andern Flügel des Schlosses lag. Sie mußte eine ganze Zimmerreihe passieren, und als sie ins Speisezimmer trat, hörte sie im Nebengemach Mutter und Bruder zusammen sprechen. Weil sie noch zu erregt war, blieb sie im Speisezimmer am Fenster stehen. Daß sie so jedes Wort der Unterhaltung zwischen Mutter und Sohn hören mußte, kam ihr momentan gar nicht zum Bewußtsein. Aber dann schrak sie plötzlich auf aus ihren Gedanken, als sie die Mutter sagen hörte:

»Abgewiesen hat sie dich? Sie hätte ihrem Gott auf den Knien danken müssen, daß ein Mann sich herablassen will, sie zu seiner Frau zu machen. Oft genug habe ich es ihr doch klargemacht, daß sie mit ihrem besudelten Namen keine Hoffnungen haben darf, daß sich ein Mann um sie bewirbt.«

»Das hast du ihr gesagt, Mama?« fragte Norbert sichtlich erschrocken.

»Ja, natürlich habe ich ihr das gesagt. Soll ich Umstände machen mit einer Verbrecherin? Ich muß dir sagen, Norbert, du hast mich zu Tode erschreckt, als du mir eben sagtest, daß du dich um sie beworben hast. Ein Glück, daß sie dich abgewiesen hat. Das beweist immerhin Verständnis für ihre Lage. Wie konntest du nur?«

»Aber verstehe doch, Mama, nur auf diese Weise hätte ich das uns entgangene Erbe zurückerobern können, und wir hätten nicht zu fürchten brauchen, daß sie sich eines Tages anderweitig verheiratet.«

»Ja, ja – aber um diesen Preis – nein, mein Sohn, um diesen Preis nicht. Es ist schlimm genug, daß wir in Abhängigkeit von ihr leben müssen. Ich ertrage es auch nur in dem Bewußtsein, daß im Grunde wir hier die rechten Herren sind und sie die Geduldete. Und wenn es eine

Gerechtigkeit im Himmel gibt, dann wird ihre Schuld doch noch einmal bewiesen.«

In diesem Augenblick trat Blandine auf die Schwelle des Zimmers.

»Ihr redet hier so laut und ungeniert. Statt meiner hätte auch Jutta das Speisezimmer betreten und eure Unterhaltung hören können. Sie wird gleich hiersein. Aber ich will diese Gelegenheit nicht vorübergehen lassen, ohne euch zu sagen, daß, wenn es eine Gerechtigkeit im Himmel gibt, nicht Juttas Schuld, sondern ihre Unschuld bewiesen wird.«

Frau von Tölz, eine hagere, hochmütig aussehende Dame in der Mitte der Fünfzig, sah ihre Tochter mit kalten Augen an. »Was erlaubst du dir für einen Ton, Blandine? Was fällt dir ein?«

»Nichts weiter, Mama, als daß ich auch vor euch endlich unumwunden ausspreche, daß ich fest von Juttas Unschuld überzeugt bin.«

Norbert sah seine Halbschwester mit einem seltsam stechenden Blick an. »So, so – du glaubst an ihre Unschuld? Du bist ein Schäfchen, Blandine. Wer anders als sie soll Onkel Malte umgebracht haben?«

Es lag ein lauernder Ausdruck in seinen Augen, die meist unstet hin und her irrten und auch jetzt Blandines Blick auswichen, der groß und ernst in dem seinen ruhte.

»Ich weiß es leider nicht – denn, wenn ich es wüßte – müßte ich mir sehr verächtlich vorkommen, wenn ich es Jutta nicht offenbaren würde. Vielleicht ist es gut für mich, wenn ich es nie erfahre.«

»Was willst du damit sagen?«

»Nichts, als daß wir eigentlich alles daransetzen müßten, um Juttas Unschuld zu beweisen.«

»Wie sollten wir das?«

»Auch das weiß ich nicht. Ich weiß nur, daß ich, wäre ich ein Mann wie du, alles aufbieten würde, um Juttas Schuldlosigkeit aufzuklären. Statt dessen bestärkst du alle Menschen in ihrem Mißtrauen gegen Jutta und stachelst sie immer wieder zu Feindseligkeiten auf. Ist das ritterlich gegen eine schutzlose Frau, die uns Wohltaten erweist?«

»Ritterlich – gegen eine Verbrecherin?« höhnte er mit funkelnden Augen.

»Ritterlich gegen eine Frau, die dir Existenz und Obdach gewährt und deiner Mutter und Schwester auch. Sie kam eben wieder ganz verstört und abgehetzt aus dem Walde, wo ihr die Kinder wieder den Schimpfnamen zugerufen haben, den du für sie geprägt hast. Und du wagtest es, um ihre Hand anzuhalten? Das ist schmutzig – schmutzig und gemein.«

In tiefster Erregung stieß die junge Dame diese Worte hervor.

Norbert trat hart an sie heran. »Zähme deine Zunge, du Natter! Was fällt dir ein? Was wagst du?« knirschte er. Aber er wich ihrem furchtlosen Blicke aus.

»Die Wahrheit – nichts als die Wahrheit!« rief sie außer sich.

»Blandine!« rief die Mutter, »was ist das für ein zügelloses Betragen? Was ficht dich mit einem Male an, daß du dich zu Juttas Verteidigerin aufwirfst und deinen Bruder zu beleidigen wagst.«

Mühsam drängte Blandine ihre Erregung zurück. »Ich hätte schon immer Jutta verteidigen sollen nach meiner Überzeugung; ich hätte nicht still sein dürfen, wenn ihr sie schmähtet. Jetzt soll es nicht mehr geschehen – ich bin Juttas Freundin und will mir ihre Freundschaft verdienen.«

»Du bist von Sinnen, Blandine – Freundschaft verschwendet man nicht an unwürdige Objekte.«

»Sei unbesorgt, sie verdient meine Freundschaft eher als ich die ihre. Aber das soll anders werden. Ich leide nicht mehr, daß ihr sie schmäht. Wenn ihr es tut, dürft ihr nicht mehr in ihrem Hause bleiben und ihre Wohltaten annehmen, das ist nicht vornehm.«

»Du bist wahnsinnig – einfach übergeschnappt!« stieß Norbert wütend hervor.

Blandine sah ihn groß und forschend an. »Ich möchte nur wissen, wie es in dir aussieht – was dein wahres Gesicht ist«, stieß sie hastig hervor.

Er verfärbte sich, zuckte aber, überlegen tuend, die Achseln.

»Ich sage es ja, du bist nicht bei Sinnen, bist einfach hysterisch. Laß mich mit solchen Torheiten zufrieden.«

»Wir haben doch ein Recht, hier zu sein, Blandine, das vergiß nicht«, fiel die Mutter ein. »Jutta hat uns aus unserm Erbe getrieben, ich habe durchaus nicht das Gefühl, daß sie uns Wohltaten erweist. Sie weiß es auch recht gut, daß sie uns benachteiligt hat, und wenn noch ein Funken von Ehrgefühl in ihr ist, dann muß sie sich dauernd bemühen, an uns gutzumachen und es uns an nichts fehlen zu lassen.«

»Mein Gott, das geschieht doch wahrlich in vollstem Maße!« rief Blandine.

»Nun ja, weil ich es ihr nahegelegt habe. Und du hast jedenfalls kein Recht, deinen Bruder zu beleidigen, weil er, auch für dich und mich, das Opfer bringen wollte, Jutta zu heiraten, trotz seiner Abneigung. Er wollte es unmöglich machen, daß eines Tages irgendein Abenteurer kommt, der Jutta trotz ihres schlechten Rufes heiratet. Denn wenn das geschieht, sind unsere Tage hier gezählt. Das darf nicht geschehen; Jutta darf niemals wieder heiraten, und wir müssen zusammenstehen und das auf jeden Fall zu verhindern suchen«, sagte Frau von Tölz.

Blandine sah ihre Mutter fest und ruhig an. »Ich würde mich keinesfalls dazu hergeben, Jutta an einer Heirat zu hindern, falls sie eines Tages eine solche eingehen wollte. Aber ihr könnt ruhig sein, sie denkt nicht daran, sich wiederzuverheiraten, solange nicht ihre volle Schuldlosigkeit erwiesen ist. Das hat sie mir soeben selbst gesagt.«

Norbert richtete sich plötzlich auf, als sei eine Last von ihm abgefallen. Seine Augen blickten unruhig forschend in Blandines Gesicht.

»Ist das wahr? Hat sie das ganz bestimmt erklärt?«

»Gewiß, sonst würde ich es nicht sagen.«

»Nun, um so besser, wenn sie zu der Einsicht gekommen ist, daß sie nicht wieder heiraten darf«, sagte Frau von Tölz.

»Still – sie kommt!« rief Norbert leise. Das Gespräch verstummte. Norbert trat an das Fenster und sah hinaus. Blandine blickte ihm forschend nach und zog die Stirn wie im Schmerz zusammen. Und ihre Mutter ließ sich in einen Sessel gleiten und spielte wie gelangweilt mit ihrem Lorgnon.

Jutta trat ein. »Habe ich auf mich warten lassen, so bitte ich um Verzeihung. Wir können sogleich zu Tisch gehen«, sagte sie.

Frau von Tölz erhob sich, ging an ihr vorüber in das anstoßende Speisezimmer und klingelte nach der Küche, daß aufgetragen wurde. Blandine legte die Hand auf Juttas Arm und führte sie hinüber. Norbert aber sah mit einem seltsam brennenden, flackernden Blick hinter Jutta her. Sie trug wieder ein schwarzes Kleid von weicher, fließender Seide, das die Unterarme und einen Streifen des Nackens frei ließ. Weich und schwer lag der goldbraune Flechtenknoten auf dem weißen, edelgeformten Nacken. Sie sah wunderschön aus – und in Norberts Augen flammte es auf wie verhaltene Leidenschaft. Aber es war kein reines Feuer, was in seinen Augen brannte.

Er war ein großer, schlanker Mensch, im Beginn der Dreißig. Sein Gesicht war nicht unschön, aber trotzdem unsympathisch und trotz seiner Jugend schon ziemlich verwüstet und wie von unreinen Leidenschaften zerstört. Langsam folgte er den Damen in das Speisezimmer. Es war, wie alle Räume des Hauses, vornehm und gediegen ausgestattet. Die runde Tafel war sorgsam gedeckt mit feinstem Damast. Reiches Silbergerät, blitzendes Kristall und feines Porzellan verrieten den Reichtum dieses Hauses. Auch auf den schweren, mächtigen Kredenzen, die reich geschnitzt waren, standen kostbare Geräte.

Ein Diener servierte die Speisen, die von den vier Menschen ziemlich schweigend eingenommen wurden. Erst als sich der Diener, nachdem er das Dessert aufgetragen, entfernt hatte, berichtete Norbert, daß Obergriesbach einen neuen Herrn bekommen habe.

»Er soll schon seit zwei Wochen in Obergriesbach residieren. Ich hörte es vom Gemeindevorsteher«, sagte er.

»Was ist er denn für ein Mensch?« fragte seine Mutter.

Norbert zuckte die Achseln. »Er soll Offizier gewesen sein; hat den Krieg mitgemacht und ist nach dem Kriege mit einem holländischen Freunde nach Borneo gegangen, wo er mit diesem ein geschäftliches Unternehmen gründete, das anscheinend guten Gewinn abgeworfen hat, da er Obergriesbach gekauft und bar bezahlt hat.«

»So ist er wohl noch ziemlich jung?« fragte Frau von Tölz mit einiger Unruhe.

»Mitte Dreißig.«

»Verheiratet?«

»Ich glaube nicht.«

Jutta hatte die Augen nicht von ihrem Teller gehoben, aber ihr Herz klopfte seltsam unruhig. War es der neue Besitzer von Obergriesbach gewesen, der ihr heute im Walde begegnet war? Es konnte sehr wohl sein. Sie hätte gern nach seinem Namen gefragt, aber sie hielt diese Frage zurück.

Als die Mahlzeit beendet war, sprang Blandine auf und trat hinaus auf die im Sonnenschein liegende Terrasse. Die Aprilsonne meinte es gut und lockte ins Freie.

Frau von Tölz zog sich zu einem verschwiegenen, nie eingestandenen Mittagsschläfchen zurück.

Jutta wollte Blandine folgen. Da vertrat ihr Norbert den Weg.

»Sie zürnen mir, Jutta«, stieß er sichtlich erregt hervor und sah sie mit brennenden Blicken an.

Ruhig blickte sie zu ihm auf. »Warum soll ich Ihnen zürnen?«

»Weil ich Sie um Ihre Hand gebeten habe.«

Ein leichtes Rot huschte über ihr Gesicht. Sie sah ungemein jung und reizend aus. »Es ist das Vorrecht der Männer, solche Wünsche aussprechen zu dürfen. Aber nun wollen wir dies Thema nie mehr berühren. Es ist mir peinlich, und wir müssen es zu vergessen suchen, wenn wir weiterhin unter einem Dache leben wollen.«

Er atmete gepreßt. »Sie lassen mir keine Hoffnung, Jutta?«

»Nein.«

Hart und schneidend kam dies Nein über ihre Lippen. Sein Gesicht verfärbte sich. »Sie sind grausam«, stieß er heiser hervor.

»Bitte – kein Wort mehr darüber«, sagte sie kalt und abweisend.

Er verneigte sich, die Hacken zusammenschlagend, in

korrekter Weise. »Ihr Wunsch ist mir Befehl.«

Sie neigte leicht das Haupt und folgte Blandine auf die Terrasse, die auch hier an der hinteren Fassade des Schlosses lag. Eine breite Treppe führte von hier aus in den Park hinunter.

Norbert sah ihr mit lodernden Blicken nach, aus denen ein unreines Begehren brannte. Sie wird schöner mit jedem Tag, und man könnte um ein Weib wie sie schon den Verstand verlieren, dachte er. Dann wandte er sich schnell ab und verließ das Haus, um sich nach den Ställen zu begeben, die abseits hinter dem Park bei den Wirtschaftsgebäuden lagen. Hier machte er seiner schlechten Laune Luft, indem er die Domestiken ausschalt und hin und her jagte.

Blandine und Jutta promenierten Arm in Arm eine Weile im Park. Sie plauderten heute freier und ungezwungener als sonst und auch viel herzlicher. Jutta fühlte, daß Blandine ihr wirklich zugetan war und ihr ein warmes Empfinden entgegenbrachte. Aber sie merkte auch, daß sie von irgend etwas bedrückt war.

Lastete es so schwer auf ihr, daß sie den Bruder so niedrig einschätzen mußte? Oder bedrückte sie das einsame, zurückgezogene Leben, das sie führen mußte?

»Es ist nicht gut für dich, Blandine, daß du dein junges Leben in diesen Mauern vertrauern mußt, auf denen der Fluch eines ungesühnten Mordes lastet«, sagte sie ernst.

Blandine atmete tief auf. »Mußt du das deine nicht auch vertrauern? Du zählst doch kaum drei Jahre mehr als ich, und viel Schweres lastet auf dir.«

»Eben, weil Schweres auf mir lastet, bin ich hier in der Stille am besten aufgehoben. Aber du? Wenn ich nur wüßte, wie ich dir ein wenig Sonnenschein und Freude schaffen könnte.«

Blandines Augen wurden feucht. »Wie gut, wie großherzig du bist, Jutta! Aber sorge dich nicht um mich. Wenn du mir eine Freude machen willst, laß uns in Zukunft unsere einsamen Stunden teilen. Ich bin ebensoviel allein wie du. Mit meiner Mutter verstehe ich mich nicht gut. Was sie an Liebe zu geben vermag, gehört Norbert. Wir haben uns immer ziemlich fern gestanden. Deshalb habe ich mir schon oft gewünscht, daß ich dir näherkommen möchte.«

Mit warmem, festem Druck faßte Jutta ihre Hand. »Warum hast du mich das nicht wissen lassen? Ich bin dir gut, Blandine. Und wenn du an meine Schuldlosigkeit glaubst, können wir einander sehr viel sein.«

»Das wollen wir, Jutta.«

Und sie plauderten offenherziger und freier miteinander als bisher.

Da die Aprilsonne außergewöhnlich warm herabschien, setzten sie sich im Park an einer sonnigen Stelle auf eine Bank. Hier hatten sie eine herrliche Aussicht auf ein wundervolles Bergpanorama. Eine Weile betrachteten sie es in schweigender Andacht. Dann sagte Blandine, Juttas Hand fassend:

»Sieh es nicht als eine Aufdringlichkeit oder als müßige Neugier an, wenn ich dich bitte, mir doch einmal offen zu erzählen, wie es kam, daß du Onkel Maltes Frau wurdest. Wir haben nie darüber gesprochen, und mir ist, als müsse mir ein Rätsel gelöst werden in dieser Angelegenheit.«

Ein leises Lächeln flog über Juttas feine Züge. »Du meinst, es müsse ein Rätsel sein, daß ein so junges Mädchen wie ich die Frau eines so viel älteren Mannes wurde?«

»Ja, Jutta – es paßt nicht zu deiner Wesensart. Liebe kannst du nicht für Onkel Malte empfunden haben.«

»Nein, Blandine, nur kindliche Verehrung und Hochachtung. Und er liebte mich auch nicht, wie ein Mann seine Frau lieben soll, er brachte mir nur väterliche Liebe entgegen. Das wirst du alles verstehen, wenn ich dir alles erzählt habe. Also – Onkel Malte hatte in seinem Leben nur eine große Liebe, der er bis an sein Ende treu geblieben ist – meine Mutter. Um ihretwillen blieb er unverheiratet so lange Zeit. Onkel Malte und meine Mutter waren, gegen den Wunsch ihrer Familien, heimlich verlobt. Eine heimtückische Intrige brachte sie auseinander. Onkel Malte reiste damals ins Ausland, weil man ihm berichtet hatte, meine Mutter sei ihm treulos gewesen. Er schrieb ihr kurz und bündig, er gäbe sie frei. Meine Mutter glaubte wiederum, er habe sie treulos verlassen, und in stolzem Trotz nahm sie den ersten besten Bewerber an. Aber am Tage vor ihrer Verlobung schrieb sie noch einmal an Malte von Tübingen und machte keinen Hehl daraus, daß nur seine Treulosigkeit sie in eine Ehe ohne Liebe hineingetrieben hatte und daß es schlecht von ihm gehandelt sei, sich nach allem, was er ihr von seiner großen Liebe erzählt habe, so von ihr loszusagen.

Malte von Tübingen, der eine Weltreise machte, erhielt diesen Brief erst, als es zu spät war. Zwar brach er sofort seine Reise ab und kam zurück – aber er kam gerade an dem Tage heim, da meine Mutter Hochzeit hielt. Sie hatte das bindende Ja schon gesprochen, als man ihr ein Billett von Malte von Tübingen brachte, in dem er sie beschwor, von dieser Verbindung zurückzutreten, es sei ein Verrat an ihnen geübt worden.

Meine Mutter war außer sich – ein letztes Zusammentreffen zwischen ihr und Malte klärte alles auf – eine Cousine meiner Mutter, die sich selbst Hoffnungen auf Malte gemacht hatte, war die Intrigantin, die das Glück dieser beiden Menschen zerstört hatte.

Sie schieden für immer voneinander. Meine Mutter führte eine sehr unglückliche Ehe, denn mein Vater war ein leichtsinniger, oberflächlicher Mensch, der geglaubt hatte, mit meiner Mutter eine glänzende Partie zu machen. Daß sie ihm weniger Mitgift brachte, als er erhofft, ließ er sie fühlen. Und er verschwendete bald, was sie ihm zugebracht hatte. Meine arme Mutter hat viel Not und Sorge kennengelernt, und als mein Vater starb – ich zählte damals erst zwölf Jahre –, stand meine Mutter dem Nichts gegenüber.

Aber sie war eine tapfere Frau und nahm den Lebenskampf auf, indem sie ihr großes zeichnerisches Talent ausnützte und Illustrationen für Zeitungen lieferte. So war sie imstande, mir eine gute Erziehung geben zu können. Als ich gerade so weit war, daß ich hätte für mich selbst sorgen können – ich hatte eine gutbezahlte Stellung als Sekretärin bei einem berühmten Schriftsteller bekommen –, wurde das Herzleiden meiner Mutter so schlimm, daß sie nicht mehr arbeiten und verdienen konnte. Darüber war sie so unglücklich, daß sich ihr Leiden noch verschlimmerte. Ich mußte nun für uns beide einstehen, und es ging auch ganz gut, nur war ich nicht in der Lage, meiner Mutter eine Kur in Nauheim zu ermöglichen, die der Arzt für notwendig hielt. Darüber war ich sehr traurig.

Sorgenvoll saß ich eines Tages im Arbeitszimmer meines Chefs, der mir gerade eine Szene aus einem seiner Schauspiele diktierte, als ein Besuch gemeldet wurde.

›Empfangen Sie den Herrn, ich muß mir schnell noch einige Notizen machen, ich möchte den mir sehr lieben Besuch aber nicht abweisen lassen. Unterhalten Sie meinen Besucher, bis ich hinüberkomme‹, sagte der Schriftsteller zu mir.

Ich ging in das Empfangszimmer und stand vor Malte von Tübingen. Du mußt wissen, Blandine, daß ich meiner Mutter so ähnlich war, daß es allen Menschen auffiel.

Malte erkannte mich an dieser Ähnlichkeit, oder vielmehr glaubte er einen Moment, meine Mutter stehe so vor ihm, wie er sie vor langen Jahren zuletzt gesehen hatte.

›Rose! Rose von Letzow!‹ rief er überrascht.

Ich sagte ihm, das sei der Name meiner Mutter aus ihrer Mädchenzeit. Er entschuldigte sich ganz benommen. Wir kamen in ein Gespräch, und ich mußte erzählen, wie es meiner Mutter ergangen sei.

Ich sagte ihm alles, denn du weißt, er hatte etwas so Ritterliches, Vertrauenerweckendes in seinem Wesen, und ganz von selbst kamen mir meine Sorgen um Mutters Zustand über die Lippen, ich vertraute ihm an, daß Mutter nach Nauheim müsse und ich zu arm sei, ihr die Kur zu ermöglichen.

›Ihre Mutter muß nach Nauheim‹, sagte er bestimmt. Und dann fragte er nach unserer Adresse. Wir wohnten in einer Vorstadt von Berlin. Ich gab ihm die Adresse, und dann kam mein Arbeitgeber, der mich entließ. Als ich wieder mit ihm allein war, machte er mir Vorwürfe, daß ich ihm meine Sorge nicht anvertraut habe. Er habe eben erst von Herrn von Tübingen gehört, daß meine Mutter krank sei und nach Nauheim müsse. Und er drängte mir direkt einen Vorschuß auf, den er mir in ganz kleinen Raten abziehen wolle. Ich solle sofort mit meiner Mutter nach Nauheim reisen. Urlaub sei mir ohnedies auch nötig.

Wie dankbar nahm ich das an. Ich will dir aber hier gleich berichten, Blandine, daß Onkel Malte meinem Chef das Geld für die Reise gegeben hatte. Ich sollte nur nicht beschämt werden und meine Mutter auch nicht. Das wußte ich aber damals noch nicht; ich erfuhr es erst viel später.

Froh eilte ich nach Hause. Es war ein Sonnabend. Und ich teilte meiner Mutter meine Erlebnisse mit. Sie bekam große, glänzende Augen und erzählte mir, was Malte von

Tübingen einst für sie gewesen sei.

Am nächsten Vormittag suchte uns Malte auf. Nie, meine liebe Blandine, vergesse ich dies Wiedersehen der beiden Menschen, die sich noch immer im Herzen trugen und sich so lange nicht gesehen hatten. Laß mich davon schweigen, es wäre ein Sakrileg, wollte ich davon sprechen.

Dies Wiedersehen hatte den Zustand meiner Mutter verschlimmert. Wir mußten sofort aufbrechen nach Nauheim, und zu unserer Überraschung hörten wir, daß auch Malte auf dem Wege nach Nauheim sei, da auch er an einem langjährigen Herzleiden krankte. Er hatte sich schon Zimmer bestellt und war nur nach Berlin gekommen, um Geschäftliches zu erledigen und einige alte Freunde wiederzusehen.

So reisten wir in seiner Begleitung nach Nauheim. Aber, war das Leiden meiner Mutter schon zu schlimm geworden, oder hatte sie das Wiedersehen mit dem einstigen Geliebten und Nievergessenen zu sehr aufgeregt, vier Tage nach unserer Ankunft in Nauheim raffte sie ein Herzschlag dahin. Ich war ganz verstört, und Malte, der auch tief ergriffen war, nahm mir alles Schwere ab und tröstete mich, wie ein guter Vater. Wir kamen uns innerlich sehr nahe in diesen Tagen, und er wollte mich nicht von sich lassen.

Eines Tages sagte er mir, daß er in mir ein teures Vermächtnis sähe und daß er, um Vaterrechte über mich zu bekommen, jetzt noch meine Mutter geheiratet hätte, wenn sie am Leben geblieben wäre. Er habe meiner Mutter versprochen, für mich zu sorgen und mich zu seiner Erbin zu machen. Niemand stehe seinem Herzen nahe. Und um alles ohne Schwierigkeiten regeln zu können, möge ich dem Namen nach und vor den Gesetzen seine Frau werden. Er brauche mir nicht erst zu sagen, daß es sich nur um eine Scheinehe handle, denn seine Liebe gehöre noch über das Grab hinaus meiner Mutter. Er habe nur noch wenige Jahre zu leben, diese Zeit möge ich ihm schenken, als ein geliebtes Töchterchen. Nur wie Vater und Tochter wollten wir zusammen leben. Aber als seine Frau könne ich immer um ihn sein und ihm seine letzten Lebenstage verschönen. Daß mein Herz völlig frei sei, wisse er von meiner Mutter, und wenn ich es eines Tages an einen Mann verlieren werde, dann sei er wohl schon nicht mehr am Leben. Ich solle mich in Ruhe bedenken und meine Hand dann vertrauensvoll in die seine legen; es sei nur eine treue, sorgende Vaterhand.

Sieh, Blandine, ich war ein armes Mädchen, hatte gar keine Aussichten, mich je zu verheiraten, und was mir Malte bot, war so großmütig und so verlockend, ich überlegte nicht lange und flüchtete mich mit all meinem Leid und meinen Sorgen in seine treuen Vaterarme. Vertrauensvoll ging ich mit ihm hierher und wurde dem Namen nach seine Frau. Malte war so einzig gut zu mir, wie nur ein guter Vater zu seinem Kinde sein kann. Ich gewann ihn herzlich lieb, und du kannst mir glauben, daß mich sein jäher Tod namenlos betrübte. Nach meiner Mutter Tod war er der einzige Mensch, der noch zu mir gehörte, und nie, niemals werde ich vergessen, daß er mein Wohltäter war. So, Blandine, nun weißt du, wie es kam, daß ich seine Frau wurde.«

Mit warmem, festem Druck faßte Blandine Juttas Hand.

»Ich danke dir, daß du mich deines Vertrauens wert hieltest, Jutta. Nun ist mir auch der letzte Schatten von deinem Bilde geschwunden. Ich hätte auch nicht verstehen können, daß du wirklich Onkel Maltes Frau hättest werden können. So liebenswert er auch als Mensch war – er war doch ein Greis und du so jung. Aber nun erzähle mir auch noch einmal ausführlich, was geschah, als du mit Onkel Malte hierher nach Untergriesbach kamst. Ich habe ja immer nur Bruchstücke gehört und möchte mir doch gern ein klares Bild von allem machen.«

Jutta nickte.

»Auch das will ich dir ausführlich erzählen. Also, wir kamen am Bahnhof an und wurden vom Auto abgeholt. Der Form halber sollte ich die erste Nacht im Gasthof zubringen, da unsere Trauung erst am nächsten Tag stattfinden sollte. Aber plötzlich überlegte es sich Malte anders. Er sagte mir, nachdem er mit dem Gemeindevorsteher und dem Pfarrer gesprochen hatte, unsere Trauung könne sofort stattfinden. Es sei ihm lieber, ich brauche dann nicht erst im Gasthof zu logieren.

Ich bat ihn, daß er sich erst Ruhe gönnen möge, denn er war durch den Tod meiner Mutter und durch die Reise sehr angegriffen. Aber es war, als habe er keine Ruhe, bevor ich seine Frau war, und so willigte ich ein. Er ließ auch gleich nach der Hochzeit sein Testament vom Gemeindevorsteher beglaubigen, und bei dieser Gelegenheit zeigte er mir auch das alte, jetzt ungültige Testament, von dem ich dir erzählte.

Der Leute wegen ließen wir es nicht mit einer standesamtlichen Trauung bewenden, der Herr Pfarrer sollte auch zu seinem Rechte kommen. Der Arzt und der Lehrer waren die Trauzeugen. Es ging ganz unfeierlich zu. Ich wurde im Reisekleid getraut, denn es war ja nur eine Formsache, und mir lag daran, daß Malte bald zur Ruhe kam. Wir speisten dann mit den vier Herren, die bei der Trauung fungiert hatten, und dann bat ich Malte, er möge sich zur Ruhe begeben, damit er nicht Schaden leide an seiner Gesundheit. Er wollte aber noch mit mir plaudern, und so sagte ich ihm, ich würde mich noch ein Stündchen an sein

Bett setzen und ihm etwas Beruhigendes vorlesen.

›Gut, mein Töchterchen, damit bin ich einverstanden‹, sagte er.

Und er ließ sich durch seinen Diener zu Bett bringen. Dann rief mich dieser zu ihm.

Ich setzte mich zu ihm, und da sagte er lächelnd zu mir:

›Es ist ein schöner Lebensabend für mich, Töchterchen. Ich kann mir nun einbilden, daß deine liebe Mutter bis an ihr Lebensende mit mir gegangen ist und mir ein liebes Kind hinterlassen hat. Du verkörperst mir meine entschwundene Jugend und machst mir zugleich mein Alter warm und sonnig. Wie schön, daß ich dich nun immer bei mir haben werde, solange mir Gott das Leben noch läßt.‹

Und dann bat er mich, ich möge ihm noch, wie er es gewohnt sei, ein Glas Wein an sein Bett stellen. Das pflege er des Nachts auszutrinken, wenn er aufwachte. Wasser sei ihm zu fade. Er sagte mir, wo ich Glas und Weinflasche finden würde. Beides befand sich in einem Wandschrank in seinem Schlafzimmer.

Ich füllte das Glas mit dem Portwein und stellte es auf den Nachtschrank. Dann ließ ich mich wieder in den Lehnstuhl nieder und las ihm vor. Wenn ich von dem Buche aufsah, nickte er mir lächelnd zu.

›Schnurrbehaglich ist das, Töchterchen‹, sagte er. Und dann, als ich wieder einmal aufsah, merkte ich, daß er eingeschlafen war.

Ich ließ das Buch in meinen Schoß gleiten und wollte noch eine Weile warten, bis er auch wirklich fest schliefe. Dabei bin ich aber selbst eingeschlafen, ganz fest, denn ich hatte auch unruhige Tage hinter mir und war sehr müde.

Wie lange ich so schlief, weiß ich nicht. Plötzlich wachte ich auf – ich weiß nicht, wodurch. Nur entsinne ich mich ganz deutlich, daß ich ein seltsames, leises Geräusch hörte, etwa, als wenn eine Erbse am Fußboden dahinrollte. Ich dachte aber nicht lange darüber nach und sah nur nach Malte. Er schlief ganz ruhig. Aber ich schauerte vor Frost zusammen, denn das Fenster nach der Terrasse stand offen. Du weißt, Onkel Maltes Zimmer lag nach der Terrasse hinaus. Ich meinte, ihm müsse auch zu kalt werden, denn ich wußte nicht, daß er stets bei offenem Fenster zu schlafen pflegte, das hörte ich erst später von dem Diener. So leise, wie es mir möglich war, schlich ich zum Fenster und schloß es. Und dabei überlief mich plötzlich etwas wie Furcht – es war wohl nur Nervosität. Als ich dann leise wieder an das Bett trat, wachte Malte auf, und da es Mitternacht schlug, schalt er, daß ich noch nicht zu Bett gegangen sei.

›Gib mir meinen Schlaftrunk noch, Jutta, und dann geh zur Ruhe‹, sagte er.

Ich faßte nach dem Glas, ahnungslos, was es enthielt, und setzte es an seinen Mund. Er trank es leer – nichts warnte mich – ich zog das Glas nicht zurück, bis es leer war, und stellte es lächelnd wieder an seinen Platz.

›Gute Nacht, mein liebes Kind, Gott segne dich. Träume etwas Schönes.‹

Das waren seine letzten Worte.

Ich drehte das Licht ab und verließ das Zimmer. Sofort suchte ich mein Zimmer auf und ging zu Bett. Ich schlief fest und traumlos, bis mich die Dienerschaft mit der Schreckensbotschaft weckte, daß der gnädige Herr tot in seinem Bette liege. Das andere weißt du ja, Blandine.« Seufzend lehnte sich Jutta zurück.

Blandine hatte aufmerksam zugehört. In groben Umrissen kannte sie ja diese Geschichte aus der Gerichtsverhandlung. Nur von dem absolut väterlichen Verhältnis Onkel Maltes zu seiner Frau hatte sie nichts gewußt.

Davon hatte Jutta vor Gericht nichts gesagt. Es war ihr bedeutungslos erschienen, und sie hatte nicht von Malte von Tübingens Liebe zu ihrer toten Mutter sprechen wollen vor all den fremden Menschen. Blandine grübelte nun, wie schon oft, darüber nach, wie das Gift in das Glas Wein gekommen sein konnte. Und sie fragte Jutta, ob sie gar keine Vermutung darüber habe.

Jutta schüttelte seufzend den Kopf.

»Nein, Blandine, es ist mir ebenso rätselhaft wie dir. Ich habe mir während der furchtbaren Tage, da ich in Untersuchungshaft saß, vergeblich den Kopf zergrübelt. Zuweilen wollte mir eine Vermutung kommen, daß es möglich sein könne, daß Malte selber das Gift in den Wein gegeben haben könne, während ich schlief. Denn solange ich wach war, konnte es unmöglich hineingelangt sein. Ich füllte ja das Glas selbst aus der Weinflasche, und in dieser war keine Spur des Giftes enthalten. Es hat sich auch sonst nirgends eine Spur von dem Gift gefunden – nur in dem Glas selbst. Kurzum – ich stehe vor einem Rätsel und habe es längst aufgegeben, dessen Lösung zu finden. Es führt ja doch zu nichts. Ich bin anscheinend verdammt, diesen ominösen Freispruch aus Mangel an Beweisen bis an mein Lebensende mit mir herumzuschleppen.«

Blandine streichelte tröstend ihre Hand. »Ich gestehe, daß auch ich mich immer wieder nach des Rätsels Lösung gefragt habe, denn ich habe dir jedes Wort geglaubt. Es ist wirklich am besten, man denkt nicht mehr darüber nach – es quält einen so.«

Und bei diesen Worten zog Blandine die Stirn wie im Schmerz zusammen und sah starr vor sich hin.

Jutta fröstelte zusammen und erhob sich. »Laß uns hineingehen, es ist doch kühl im Freien. Der Boden ist noch feucht.«

Auch Blandine erhob sich.

»Es liegt Neuschnee auf den Bergen, wir bekommen wohl noch sehr kühle Tage. Aber sieh nur, wie sich die weißen Bergkuppen von dem tiefblauen Himmel abheben. Schön ist das alles, was vor unsern Augen liegt.«

»Ja, Blandine – man könnte froh und glücklich sein. Weißt du, ich habe früher so gern gelacht – jetzt kann ich das nie mehr.«

Blandine umfaßte sie wie in jähem Mitleid.

Frank Rüdiger hatte einen vergeblichen Kampf mit sich selber ausgefochten. Er wollte sich in Gedanken nicht weiter mit Frau von Tübingen beschäftigen, und kam doch nicht davon los. Freilich nahm ihn seine Arbeit so stark in Anspruch, daß er nicht viel Zeit hatte, sonst wäre er wohl immer wieder nach Schloß Untergriesbach geritten und hätte den Park umstreift, wie es seine Gedanken taten, sobald er unbeschäftigt war.

Bei seinen einsamen Mahlzeiten, die ihm Frau Remblin vorzüglich zubereitete, nachdem sie wieder gesund und munter war, dachte er aber sehr intensiv an die bleiche Frau mit dem goldbraunen Haarknoten und dem traurigen Gesicht. Und je mehr er an sie dachte, desto unglaublicher erschien es ihm, daß sie eine Verbrecherin sein sollte.

Am Sonntagnachmittag endlich hielt er es nicht mehr aus – er ließ sich sein Pferd satteln und ritt hinunter nach Untergriesbach. Zum ersten Male fühlte er sich in seinem neuen Wirkungskreis sehr einsam. Es gab wirklich keinen nennenswerten Verkehr in der nächsten Umgegend für ihn, und er sagte sich, es sei doch eigentlich töricht, daß er nicht einfach einen nachbarlichen Besuch im Schloß mache. Er konnte sich doch die Herrschaften einmal ansehen. Auf das Geschwätz des Wirtes vom Roten Löwen war nicht viel zu geben. Vielleicht war dieser Herr von Hall ein ganz annehmbarer Verkehr, und seine Mutter und Schwester konnten doch ganz liebenswürdige Damen sein.

Daß es ihm hauptsächlich darum zu tun war, Frau von Tübingen wiederzusehen, gestand er sich selbst nicht ein. Also, jedenfalls wollte er heute einmal durch den Untergriesbacher Forst reiten. Vielleicht begegnete er Frau von Tübingen wieder. Und bestimmt wollte er dann in den nächsten Tagen einen Besuch im Schloß machen. Schon die Höflichkeit gebot das.

Dieser Entschluß machte ihn sehr zufrieden. Und nun war er langsam an dem hinteren Teil des Parkes vorübergeritten. Er konnte vom Pferde aus einen Teil des Parkes übersehen, aber nirgends erblickte er ein lebendes Wesen.

Etwas unmutig über sich selbst, lenkte er schließlich sein Pferd tiefer in den Wald hinein, und so kam er an eine Waldwiese, die von mächtigen Baumriesen umgrenzt war. Und da zuckte er leicht zusammen. An einen der Bäume gelehnt, stand Frau von Tübingen und schaute mit großen, verträumten Augen nach den schneebedeckten Berghäuptern, die jenseits des Waldes emporragten.

Mit einem eleganten Satz sprang er vom Pferde und schritt, den Gaul am Zügel führend, näher heran. Er wollte sich die Gelegenheit, die Bekanntschaft der jungen Frau zu machen, nicht noch einmal entgehen lassen.

Als er schon dicht bei ihr war, sah sie sich plötzlich erschrocken um und schien Lust zu haben, wieder vor ihm zu fliehen. Aber er zog den Hut, ihr den Weg vertretend, und sagte mit einer Verbeugung:

»Verzeihung, gnädige Frau, wenn ich noch einmal Ihren Weg kreuze. Ich gestatte mir, mich Ihnen als Ihren nächsten Gutsnachbar vorzustellen. Mein Name ist Frank Rüdiger. Seit reichlich zwei Wochen bin ich Besitzer von

Obergriesbach, und ich möchte mich bei diesem zufälligen Zusammentreffen erkundigen, ob ich Ihnen demnächst einen nachbarlichen Besuch machen darf.«

Jutta hatte sich mühsam gefaßt. Gerade hatte sie sich in Gedanken mit dem Manne befaßt, der nun so plötzlich vor ihr stand. Sie wurde abwechselnd rot und blaß unter seinen Blicken und strich hilflos die Handflächen gegeneinander.

»Wir sehen uns nicht das erstemal. Sie kennen mich also?«

Er verneigte sich. »So ist es, gnädige Frau, der Wirt des Gasthofes zum Roten Löwen hat mir Ihren Namen genannt.«

Ein wehes, bittres Lächeln umspielte ihren Mund. »Sie haben ihn gefragt, wer die Gifthexe sei, vor der die Kinder entsetzt davonlaufen?« sagte sie herb.

Er sah sie groß und ernst an. »Daß dieser Name nicht für Sie paßt, habe ich sofort erkannt.«

Jutta strich sich das Haar aus der Stirn, über das die Sonne metallische Goldfunken streute. »Der Wirt hat Sie jedenfalls belehrt, daß ich diesen häßlichen Namen verdiene. Und ich begreife nicht, wie Sie danach den Mut fanden, nachbarliche Beziehungen zu mir anknüpfen zu wollen. Oder sollte man doch versäumt haben, Ihnen zu berichten, wie ich zu diesem Schimpfnamen gekommen bin?«

»Nein, gnädige Frau, man hat es nicht versäumt. Ich weiß sogar, daß Herr von Hall diesen häßlichen Namen für Sie erfunden hat.«

Sie zuckte zusammen und richtete sich jäh auf. »Norbert von Hall?«

»So ist es, gnädige Frau.«

Ihre Augen flammten in edlem Stolze auf.

»Er also – er? Ich hätte es mir denken können.«

Seine Augen konnten nicht von ihr lassen. »Verzeihung – vielleicht war ich indiskret – ich glaubte, Sie wüßten das.«

Ihre Stirn zog sich zusammen. »O nein – ich wußte es nicht, aber ich bin Ihnen sehr dankbar, daß Sie mir den Urheber dieses Namens nannten. Es ist mir immerhin interessant. Aber ich muß Sie noch einmal fragen, wie es möglich ist, daß Sie nachbarliche Beziehungen zu einer Frau aufnehmen wollen, die man ungestraft mit solchen Schimpfnamen nennen darf.«

Er blickte groß und forschend in ihre stolzen, reinen Augen. »Es wird mir eine Ehre sein, wenn Sie mich solcher Beziehungen würdigen – denn niemand scheint mir diesen Namen weniger zu verdienen als Sie. Das muß ein schlechter Menschenkenner sein, der Sie eines fluchwürdigen Verbrechens fähig hält.«

Sie zuckte zusammen und sah ihn an mit einem Blick, der ihn bis ins Herz traf. Dabei wurde sie vor Erregung blaß bis in die Lippen.

»Sie glauben nicht daran – daß ich eine Mörderin bin?« fragte sie mit verhaltener Stimme.

Groß und ruhig ruhte sein Blick in dem ihren. »So wenig, wie ich mich selbst für einen Verbrecher halte«, sagte er fest und bestimmt, denn ihre ganze Art hatte ihn überzeugt, daß sie unschuldig sei.

Ein Zittern flog über sie dahin. Sie schloß einen Moment die Augen und lehnte sich an den Baumstamm zurück, als fasse sie ein Schwindel.

Besorgt sah er sie an. »Gnädige Frau, fühlen Sie sich nicht wohl?«

Schnell richtete sie sich auf. »Nein, nein – es überwältigte mich nur, daß ich einem Menschen begegne, der an meine Schuldlosigkeit glaubt. Alle Menschen in meiner

Umgebung glauben an meine Schuld – mit Ausnahme einer jungen Dame, die mir verwandt ist, und von der ich erst seit wenigen Tagen weiß, daß sie an mich glaubt. Deshalb werden Sie begreifen, wie es auf mich wirkt, daß Sie mich für schuldlos halten. Und Sie kennen mich doch gar nicht. Was veranlaßt Sie, mich für schuldlos zu halten?«

Er sah sie fest an. »Ihre Augen – sie sind traurig, aber stolz und klar. Und Ihre reinen, edlen Züge, Ihr ganzes Wesen. So sind Mörderinnen nicht beschaffen. Wenn Sie mir selbst sagen würden, daß Sie getan haben, was man Ihnen zur Last legte – ich würde es nicht glauben.«

Sie bebte am ganzen Körper, und ihr Gesicht zuckte in tiefster Erregung. Daß ein Mensch so zu ihr sprach, dieser Mann, dem der Adel der Gesinnung auf den stolzen Zügen lag, das erschütterte sie.

»Sie wissen wohl kaum, was das für mich ist – daß ein Mensch so zu mir spricht. Jahrelang sah ich nur in zweifelnde, mißtrauische, verachtende Augen. Ich bitte Sie – lassen Sie mich allein – ich möchte nicht noch einmal vor Ihren Augen meine Fassung verlieren«, sagte sie mit tonloser Stimme.

Er verneigte sich. »Sagen Sie mir nur, ob ich Ihnen meinen Besuch machen darf.«

Sie rang mit sich. Endlich sagte sie leise: »Wenn Sie kommen wollen – ich werde mich freuen. Aber, bitte – sagen Sie keinem Menschen, daß wir uns schon gesprochen haben. Und – lassen Sie meine Verwandten nicht merken, daß Sie an meine Schuldlosigkeit glauben – man würde Sie vielleicht nicht sehr liebenswürdig aufnehmen. Wir wollen uns gegenübertreten, als sähen wir uns das erstemal.«

»Wie Sie wünschen, gnädige Frau.«

Sie neigte leise das Haupt und winkte ab. Da ging er,

ohne ein weiteres Wort, denn er merkte, wie tief sie erschüttert war. Schnell schwang er sich auf sein Pferd und sah noch einmal zu ihr hinüber. Sie lehnte totenbleich an dem Baumstamm, und aus den geschlossenen Augen rannen große Tränen über ihr Gesicht.

Dieser Anblick erschütterte ihn namenlos. Er wäre am liebsten zu ihr hingeeilt und hätte sie tröstend in seine Arme genommen. Aber er begriff, daß sie allein sein wollte, allein sein mußte.

Während er heimritt, sah er sie immer so vor sich, und tiefes Mitleid mit ihr füllte seine Seele. Er wußte nicht, warum er so fest an ihre Unschuld glaubte, aber jetzt, nachdem er mit ihr gesprochen, ihre weiche, dunkle Altstimme gehört und in ihre Augen geschaut hatte, stand es ganz fest bei ihm, daß sie schuldlos war. Und der brennende Wunsch stieg in ihm auf, sie zu erlösen von dem furchtbaren Verdacht, der auf ihr ruhte und ihr Leben verdunkelte. Und plötzlich kam ihm ein Gedanke. Ein Freund von ihm, Doktor Heinz Diehl, mit dem er schon die Schulbank gedrückt hatte und mit dem er dauernd wenigstens in brieflicher Verbindung geblieben, war Jurist und hatte als solcher zu seinem Spezialfach die Kriminalistik gewählt. Erst kürzlich, ehe er seinen neuen Besitz antrat, war er in Berlin mit ihm zusammengetroffen, und dabei waren sie auf allerlei kriminalistische Fälle zu sprechen gekommen. Doktor Diehl hatte ihm erzählt, daß es gewissermaßen ein Sport von ihm sei, rätselhafte Kriminalfälle aufzuklären, und daß er viel Erfolg damit habe. Er war sehr reich und konnte es sich leisten, ganz nach seinen Wünschen zu leben.

Daran mußte Frank Rüdiger denken, und plötzlich wurde es ihm klar, daß er Doktor Diehl für Frau von Tübingens Fall interessieren müsse.

Der Gedanke ließ ihn nicht mehr los, und kaum zu Hause angekommen, setzte er sich an seinen Schreibtisch und schrieb:

»Mein lieber Heinz! Es ist wohl an der Zeit, daß ich Dir melde, daß ich mich bereits in Obergriesbach eingelebt habe. Mein neuer Besitz macht mir viel Arbeit – das ist mir gerade recht – und viel Freude, was mir natürlich erst recht lieb ist. Obergriesbach liegt herrlich – ich schlage Dir vor, sieh Dir hier einmal den erwachenden Frühling an. Ich lade Dich in aller Form ein, mich, solange Du willst, zu besuchen. Erstens möchte ich Dich gern mal wieder auf längere Zeit genießen, denn unser Wiedersehen in Berlin war nach der jahrelangen Trennung viel zu kurz. Zweitens langweile ich mich in meinen wenigen Mußestunden sehr und brenne darauf, Dir Ausführliches über meinen ziemlich abenteuerreichen Aufenthalt auf Borneo zu berichten. Ich habe dort sogar Brüderschaft mit einem Dyak-Häuptling getrunken, der in seiner Jugend sich ganz intensiv mit der Kopfjagd befaßt hat und in seiner Behausung mindestens ein Dutzend Menschenschädel, die er selbst erbeutet hatte, als Nippsachen aufgestellt hatte. Du kannst also allerhand von mir hören. Wenn Dich aber dies alles nicht reizt, so habe ich noch etwas Besonderes für Dich. Es handelt sich um einen unaufgeklärten Kriminalfall. Du könntest Deiner Leidenschaft, Unaufgeklärtes aufzuklären, nach Herzenslust frönen und außerdem ein gutes Werk – und mir einen großen Gefallen tun.

Auf eine Absage gehe ich gar nicht ein. Ich weiß, daß Dich nichts daheim festhält, daß Du Dein Domizil aufschlagen kannst, wo Du willst, und Deine Studien überall treiben kannst. Im übrigen garantiere ich Dir eine erstklassige Verpflegung. Meine Wirtschafterin, Frau Remblin, kocht ausgezeichnet, und ich habe auch hier einen noch ganz hübsch assortierten Weinkeller übernommen, in dem sogar Deine Lieblingsmarke vertreten ist.

Von der Natur brauche ich nicht zu reden. Obergriesbach liegt als Idyll im bayerischen Hochgebirge, nahe der Tiroler Grenze. Du kannst ein Zimmer haben, von dessen Fenstern aus Du die Zugspitze gerade noch über andere Berge hinwegragen siehst, oder eins, von dem aus Du bis nach Tirol hinüberschauen kannst. Auf beiden Seiten hast Du ein Bergpanorama, das Dich in Entzücken versetzen wird. Die deutsche Heimat ist doch wunderschön, mein lieber Heinz, das merkt man erst, wenn man jahrelang fern war. Ich bleibe im Lande und nähre mich redlich. Da ich noch einen Gewinnanteil an dem von mir mitbegründeten Unternehmen auf Borneo beziehe, kann ich eventuell auch einmal einer Mißernte oder einer Viehseuche unbesorgt ins Auge sehen.

Also komm, sobald Du kannst, ich erwarte Dich jederzeit und bitte nur um ein Telegramm, das Deine Ankunft anzeigt, denn bis zur nächsten Bahnstation ist es gut eine Stunde Wagenfahrt, und da muß ein Wagen für Dich am Bahnhof sein.

Bis auf ein frohes Wiedersehen grüßt Dich herzlich

Dein Frank Rüdiger.«

Diesen Brief beförderte Frank Rüdiger gleich selbst zur Poststation in Griesbach. Und nun überkam ihn ein Gefühl, als habe er schon begonnen, Frau von Tübingens Schicksal in andere Bahnen zu leiten. Er atmete befriedigt auf. Ruhig zuzusehen, wie diese Frau gequält wurde, ging über seine Kraft.

Am übernächsten Tage fuhr Frank Rüdiger im Besuchsanzug vor dem Untergriesbacher Schlosse vor. Er gab dem herbeieilenden Diener seine Karte.

»Bitte, fragen Sie, ob die Herrschaften mich empfangen wollen.«

Der Diener verneigte sich und verschwand im Wohnzimmer, wo sich gerade Frau von Tölz mit ihren Kindern in Juttas Gesellschaft befand. Der Diener gab Frau von Tölz die Karte und richtete aus, was ihm Frank Rüdiger aufgetragen hatte. Sie hatte es verstanden, sich selbst zum Mittelpunkt des Hauses zu machen und sich als Herrin desselben aufzuspielen.

Unschlüssig sah sie ihren Sohn an und gab ihm die Karte.

»Der neue Besitzer von Obergriesbach, Herr Rüdiger. Es ist wohl besser, wir nehmen seinen Besuch nicht an. Was meinst du, Norbert?« fragte sie.

Jutta zu fragen, hielt sie anscheinend für überflüssig.

Norbert sah auf seine Fingernägel. »Dieser Herr Rüdiger hat vermutlich keine Ahnung, daß auf diesem Hause das Unglück lastet. Hätte er eine Ahnung davon, hätte er diesen Besuch wohl unterlassen. Es ist besser, wir weisen ihn ab.«

Dabei sahen sich Mutter und Sohn verständnisinnig an. Sie waren sich einig, daß ein unverheirateter Mann nicht in Juttas Nähe zu kommen brauchte. Allerdings dachte Frau von Tölz einen Augenblick daran, daß der Besitzer von Obergriesbach eventuell ein Freier für Blandine sein könne, aber schlimmstenfalls konnte Blandine ihn auch außerhalb des Hauses kennenlernen. Wichtiger war jedenfalls, Jutta von jedem Verkehr mit heiratsfähigen Herren zurückzuhalten.

»Das ist auch meine Meinung. Also sagen Sie dem

Herrn, wir bedauern, keine Besuche empfangen zu können.«

In diesem Moment erhob sich Jutta. Sie sah Frau von Tölz ruhig und bestimmt an. »Warten Sie einen Moment«, sagte sie zu dem Diener, und zu Frau von Tölz gewandt, fuhr sie fort: »Sie gestatten, Tante Herta, daß ich Ihre Entscheidung in diesem Falle annulliere. Herr Rüdiger ist unser direkter Gutsnachbar, und auf die Dauer läßt sich wohl kaum eine Begegnung mit ihm vermeiden. Es könnte ein sehr peinliches Verhältnis werden, wenn wir ihn abweisen würden. Ob er weiß, daß auf diesem Hause das Unglück lastet, oder ob er es nicht weiß, das ist hier nicht die Frage. Weiß er es, so zeigt sein Besuch, daß er trotzdem in nachbarlichen Verkehr mit uns treten will. Weiß er es nicht, so wird er es bald genug erfahren und kann dann seine Besuche nach Gutdünken fortsetzen oder unterlassen.«

Frau von Tölz machte ein pikiertes Gesicht. »Ich wollte nur aus Rücksicht für Sie den Besuch abweisen lassen. Es kann Ihnen doch nicht angenehm sein, gewissermaßen als traurige Rarität angestaunt zu werden.«

Jutta erblaßte, blieb aber ruhig und sagte gelassen: »Sie brauchen keinerlei Rücksicht auf mich zu nehmen. Jedenfalls will ich nicht, daß Sie sich meinetwegen jeden Verkehr versagen. Schon Blandines wegen muß die strenge Zurückgezogenheit aufhören. Sie ist zu jung, um ewig in Klausur gehalten zu werden.«

Und zum Diener gewandt, sagte sie ruhig und bestimmt:

»Führen Sie Herrn Rüdiger in das kleine Empfangszimmer – ich komme sofort.«

Der Diener verschwand.

Frau von Tölz war sichtlich verstimmt und machte noch einen Versuch, Jutta abzuschirmen.

»Schließlich kann ich diesen Herrn Rüdiger erst einmal

allein empfangen, das ist unverbindlich.«

Jutta wußte aber sehr wohl, daß Frau von Tölz den Besucher so empfangen würde, daß er das Wiederkommen vergaß. Und sie zeigte, daß sie einen festen Willen hatte, wenn sie sich auch bisher gleichmütig den Bestimmungen von Frau von Tölz unterworfen hatte.

»Ich danke Ihnen, Tante Herta, aber ich bin hier die Hausfrau, und als solche habe ich die Pflicht, einen Gast zu empfangen. Ich will und kann Ihnen nicht immer mehr Pflichten aufbürden. Wenn es Ihnen recht ist, empfangen wir Herrn Rüdiger gemeinsam.« Damit ging sie ruhig davon, um sich nach dem Empfangszimmer zu begeben. Sie legte ihre Hand in Blandines Arm und führte sie so hinweg.

Mutter und Sohn zögerten eine Weile und sahen sich mit einem bedeutungsvollen Blick an.

»Sie will plötzlich die Herrin herauskehren«, zischte Frau von Tölz wütend.

Norbert zuckte die Achseln. »Vielleicht hast du den Bogen überspannt. Da ist nichts zu machen, Mama. Hoffentlich ist dieser Herr Rüdiger ein Mensch, mit dem wir nicht zu rechnen brauchen.«

»Wenn man mit Blandine rechnen könnte. Vielleicht findet er Gefallen an ihr – man könnte Blandine verheiraten«, erwiderte sie nachdenklich.

Er winkte nervös ab. »Blandine ist unberechenbar, aber vorläufig können wir nichts tun, als den Gast zu empfangen.«

Sie folgten nun den beiden jungen Damen.

Diese hatten inzwischen Frank Rüdiger im Empfangszimmer begrüßt. Kein Zug in seinem Gesicht verriet, daß er Juttas Bekanntschaft schon gemacht hatte. Auch Jutta verriet sich nicht und stellte Blandine vor. Sie plauderten ganz konventionell, bis Norbert mit seiner Mutter eintrat.

Es gibt Sympathien und Antipathien auf den ersten Blick. Frank Rüdiger wußte sofort, daß er diesen beiden Menschen stets antipathisch gegenüberstehen würde. Vor allen Dingen überkam ihn Norbert gegenüber ein direkt feindliches Gefühl. Schon was er über ihn gehört, hatte ihn gegen ihn eingenommen. Seine Persönlichkeit verstärkte das noch. Es lag etwas Haltloses, Schlaffes in Norberts Erscheinung, das Frank Rüdigers energischer Männlichkeit zuwider war.

Und Norbert von Hall war ebensowenig von Frank Rüdiger entzückt, wenn er ihm auch vorläufig nicht feindlich gegenüberstand. Blandine machte auf den Besucher wenig Eindruck, sein ganzes Interesse konzentrierte sich auf Jutta. Aber Blandine mißfiel ihm nicht.

Man unterhielt sich eine Weile in der förmlich liebenswürdigen Art, die bei solchen Besuchen üblich ist, und dann brach Frank Rüdiger wieder auf.

Jutta reichte ihm die Hand, als er ihr sagte: »Ich hoffe, gnädige Frau, daß wir gute Nachbarschaft halten werden in Zukunft.«

»Das wird bei Ihnen liegen, Herr Rüdiger«, erwiderte sie.

Hier griff Frau von Tölz energisch ein. »Ich fürchte, Sie werden sich bei uns langweilen, Herr Rüdiger. Wir leben ganz zurückgezogen, denn auf diesem Hause lastet ein Unstern. Sie wissen vermutlich nicht, daß mein Cousin, der vorige Besitzer von Untergriesbach, ermordet worden ist, und daß dieser Mord noch keine Sühne gefunden hat.«

Juttas Augen hefteten sich wie flehend in die Frank Rüdigers, und deshalb begnügte er sich zu antworten:

»Was mir darüber zugetragen wurde, gnädige Frau, war wohl nur Geschwätz. So etwas ignoriert man. Wenn es den

Herrschaften nicht lästig und unangenehm ist, finde ich mich gern wieder einmal zu einem Besuche ein. Nachbarn sollen zusammenhalten, gerade dann, wenn sie von einem Unglück betroffen worden sind. Ich hoffe, Sie gestatten mir das Wiederkommen, gnädige Frau?«

Damit wandte er sich an Jutta. Ihre leidvollen Augen leuchteten einen Moment in die seinen.

»Sie werden uns immer willkommen sein«, sagte sie.

Er beugte sich über ihre Hand und küßte sie. Dann verabschiedete er sich auch von den andern und verließ das Zimmer.

Als er gegangen war, blieb es eine Weile still. Dann sagte Norbert mit einem seltsam heiseren Ton:

»Hätte man ihm nicht sagen müssen, unter welchem furchtbaren Verdacht Sie leben, Jutta?« Sie richtete sich stolz auf und sah ihn fest und ruhig an.

»Wenn Sie glauben, daß man ihm das verschwiegen hat, dann hätten Sie es ihm ja sagen können. Vielleicht erscheint es Ihnen wichtig, daß auch Herr Rüdiger mich unter dem Schimpfnamen kennenlernt, der mich auf Schritt und Tritt verfolgt und – den ich Ihnen zu verdanken habe.«

Norbert verfärbte sich und trat einen Schritt zurück. »Mir?«

Sie sah ihn verächtlich an. »Ja – Ihnen.«

»Wer wagt das zu behaupten?«

»Das möchte ich für mich behalten. Genug, daß ich weiß, daß Sie den Namen Gifthexe für mich geprägt haben.«

»Jutta!« rief Blandine erschrocken und sah Jutta mit schmerzlichem Mitleid an.

»Ja, Blandine, dein Bruder hat mir diesen häßlichen Namen angehängt«, sagte Jutta bitter.

Norbert hatte sich gefaßt. »Ich muß falsch verstanden worden sein, Jutta, ich habe einmal vor dem Wirtshaus gesagt, Sie seien keine Gifthexe. Das ist dann böswillig verdreht worden, um mich bei Ihnen zu verleumden«, suchte er sich herauszureden.

Müde und abwehrend hob Jutta die Hand. »Es lohnt nicht, viele Worte darüber zu verlieren. Warum sollen Sie Ihrer Überzeugung nicht Ausdruck geben? Ich hätte es Ihnen sicher nicht verargt, wenn Sie mir nicht ins Gesicht die Komödie vorspielten, als glaubten Sie an meine Schuldlosigkeit, und – wenn Sie, mit dieser Überzeugung im Herzen, nicht um meine Hand angehalten hätten. Das erscheint mir allerdings unverzeihlich. Zeigen Sie mir doch wenigstens offen und ehrlich, wie es Ihre Mutter tut, daß Sie mir dies gräßliche, heimtückische Verbrechen an meinem liebsten Menschen zutrauen. Dann wird unser Verkehr erträglicher sein, als wenn Sie mir verlogene Gefühle heucheln.«

Norberts Gesicht war fahl und schlaff geworden. Seine Augen brannten in die Juttas.

»Ich versichere Sie, Jutta, daß ich an Ihre Unschuld glaube«, stieß er heiser hervor.

»Um so schlimmer, daß Sie mich dann hinter meinem Rücken beschimpfen. Aber lassen wir das, ich wollte nur Klarheit zwischen uns schaffen und Sie daran hindern, mir fernerhin eine Komödie vorzuspielen.«

Damit verließ sie in stolzer Haltung das Zimmer. So schreiten Sünderinnen nicht – so schreiten Königinnen, mußte Blandine denken, als sie Jutta nachsah.

Mutter und Sohn sahen sich mit funkelnden Augen an.

»Siehst du wohl, mein Sohn, da hast du für deinen guten Willen, ihre Schande mit deinem ehrlichen Namen zuzudecken, noch Spott und Hohn von dieser Person«, stieß

Frau von Tölz zornig hervor.

Norbert warf den Kopf zurück. »Nun wohl, sie kann haben, was sie will. Aber ich möchte doch wissen, wer ihr hinterbracht hat, daß ich ihr diesen Namen gegeben habe. Sie kommt doch mit keinem Menschen zusammen.«

Frau von Tölz zuckte die Achseln. »Sie hat wohl Geschwätz von der Dienerschaft gehört. Jedenfalls brauchst du ihr nun nicht mehr vorzuheucheln, daß du an ihre Unschuld glaubst.«

Ein häßlicher Ausdruck verzerrte sein Gesicht. »Du hast recht – es lohnt sich nicht mehr, da sie mich abgewiesen hat.«

Jetzt trat Blandine dicht an ihn heran. »Schämst du dich nicht?« fragte sie in unterdrückter Erregung.

Er starrte ihr ins Gesicht mit Augen, die fast ohne Pupille waren und seltsam leer erschienen. »Warum soll ich mich schämen? Aber da fällt mir ein – du hast mich wohl bei Jutta angeschwärzt, kleine Natter, um dich bei ihr in Gunst zu setzen?«

Verächtlich und mit schmerzlichem Zorn in den Augen sah sie ihn an. »Du darfst nicht andere Menschen nach dir selbst einschätzen«, sagte sie herb, und dann wandte sie sich ab und verließ gleichfalls das Zimmer.

Mutter und Sohn sahen sich eine Weile starr an.

»Blandine ist ein ganz gefährliches Geschöpf. Man muß sich vor ihr hüten. Die kleine Natter sticht, wo sie kann«, sagte Norbert heiser.

Frau von Tölz seufzte auf. »Daß ihr euch immer streiten müßt. Du hast sie gereizt.«

»Sie mich auch! Ein amüsantes Leben hier in Untergriesbach! Das klügste wäre, man ginge auf und davon«, sagte er erregt.

»Schwätz doch keinen Unsinn, Norbert. Wo willst du

hin? Wir haben doch keine andere Aussicht, als uns so hier einzunisten, daß man uns nicht mehr herausbringen kann. Täglich die Herrschaft hier etwas mehr an sich reißen – das muß unser Bestreben sein.«

Er lachte heiser auf. »Mir scheint, Jutta hat uns heute eine kleine Probe davon gegeben, daß wir noch weit davon entfernt sind, sie zu beherrschen.«

Die alte Dame zuckte die Achseln. »Das war nur ein kleiner Ausfall – man muß kein Gewicht darauf legen. Sie wagt es doch nicht, ernstlich gegen uns zu revoltieren, weil sie fürchtet, daß wir den Prozeß noch einmal aufrühren.«

Ein seltsamer Ausdruck lag in Norberts Augen. »Meinst du?« fragte er unsicher.

»Ganz gewiß, und in dieser Furcht müssen wir sie halten. Vielleicht gelingt es uns auch wirklich noch, ihr den Mord an Onkel Malte nachzuweisen. Ich bewache sie unentwegt – vielleicht verrät sie sich eines Tages. Die Sonne bringt alles an den Tag. Und dann sind wir unsres Sieges sicher.«

Nervös fuhr Norbert sich über die Stirn. »Ich muß hinaus auf die Felder – auf Wiedersehen!«

Damit stürmte er aus dem Zimmer. Seine Mutter sah ihm ärgerlich nach. So wenig sie Wert legte auf die Charakteranlagen ihrer Kinder, so schwer verzieh sie einen Formfehler.

Norbert verließ aber das Haus noch nicht. Er begab sich in seine im ersten Stock gelegenen Zimmer. Hier fiel er plötzlich, wie aller Kraft beraubt, auf einen Diwan und starrte vor sich hin. Sein Gesicht war schlaff und fahl, und seine Augen glanzlos.

Als er aber zehn Minuten später das Zimmer wieder verließ, sah er ganz verändert aus. Seine Haltung war wieder straff und fest und sein Gesicht frisch und belebt. In scheinbar guter Stimmung bestieg er sein Reitpferd und ritt auf die Felder.

Blandine war zu Jutta gegangen, als sie Mutter und Bruder verlassen hatte. Sie fand sie in ihrem kleinen Salon am Fenster sitzend.

»Störe ich dich, Jutta?«

»Nein, nein, komm nur herein, Blandine.«

Das junge Mädchen setzte sich zu Juttas Füßen, unruhig zu ihr aufsehend. »Nun bist du sicher auch mir sehr böse, Jutta?«

Erstaunt sah diese zu ihr hinab. »Warum soll ich dir böse sein?«

»Du hast mir sicher angemerkt, daß ich wußte, daß Norbert dir den häßlichen Namen gab, und zürnst mir, daß ich es dir verheimlichte.«

»Du wußtest also davon?«

»Ja. Bist du sehr böse?«

»Nein, Blandine, gewiß nicht. Du konntest doch deinen Bruder nicht bei mir anklagen.«

Schnell faßte Blandine ihre Hände. »Nicht wahr, das siehst du ein – und du würdest nie verlangen, daß ich dir etwas sage, was Norbert bei dir schaden könnte?«

»Ganz gewiß nicht, du törichte kleine Blandine. Mit was für schweren Gedanken plagst du dich herum?«

Blandine barg ihr Gesicht in Juttas Schoß. »Ach, liebste Jutta – wie schwer und trübe ist doch das Leben.«

Mit einem gütigen Lächeln streichelte Jutta Blandines blondes Haar. »Arme, kleine Blandine – wenn ich dir doch nur ein wenig Freude und Aufmunterung schaffen könnte.«

»Beides brauchst du ebenso nötig wie ich.«

»Ich habe schon darüber nachgedacht, ob ich dich mit deiner Mutter einige Wochen im Sommer in einen belebten

Kurort schicke, damit du wenigstens einige Zeit unter fröhlichen Menschen lebst.«

Energisch schüttelte Blandine den Kopf.

»Nein – ich bleibe bei dir. Sorge dich nur nicht um mich. Vielleicht heitert uns der Verkehr mit Herrn Rüdiger etwas auf. Wie gefällt er dir, Jutta?«

Ein leises Rot stieg in das Gesicht der jungen Frau.

»Er macht mir einen sehr sympathischen Eindruck. Wie gefällt er dir?«

»Sehr, sehr gut.«

Forschend sah Jutta das junge Mädchen an.

»Das klingt ganz enthusiastisch. Könnte er dir teuer werden?« fragte sie ein wenig unruhig.

Lächelnd schüttelte Blandine den Kopf. »Nicht so, wie du meinst. Aber, ich glaube, er ist ein Mensch, dem man unbedingt vertrauen kann. Er hat so etwas Zuverlässiges, Starkes. Ich möchte gut Freund mit ihm werden, nicht mehr. Mehr darf mir überhaupt kein Mann werden – da bin ich auf der Hut.«

»Warum denn nicht?«

Blandine preßte die Lippen zusammen und sah starr vor sich hin. Dann sagte sie hastig: »Ich habe so viel Törichtes, Unausgeglichenes in mir. Was sollte ein Mann mit mir anfangen.«

»Dich liebhaben, wie du es verdienst. Und wenn du ihn wahrhaft liebtest, würde alles, was du töricht und unausgeglichen nennst, von dir abfallen.«

»Außerdem bin ich aber ein armes Mädchen, und die werden nicht geheiratet.«

»Ich war doch auch ein armes Mädchen.«

»Ja, Jutta, aber dein Fall war doch ein ganz besonderer. Sagtest du nicht selbst neulich, als du mir erzähltest, warum du Onkel Maltes Frau geworden bist: ›Sieh, Blandine, ich war ein armes Mädchen, hatte gar keine Aussichten, mich je zu verheiraten‹.«

Jutta nickte. »Du hast recht, das sagte ich.«

»Nun, siehst du wohl – auch ich habe keine Aussichten, und deshalb hüte ich mein Herz. Aber Herr Rüdiger könnte mir so wenig gefährlich werden wie ich ihm, obwohl er ein Mann ist, der einem Mädchen wohl gefallen kann. Vielleicht hätte er mir gefährlich werden können, wenn ich nicht sofort gemerkt hätte, daß ich dann eine hoffnungslose Liebe im Herzen tragen müßte.«

»Weißt du so genau, daß sie hoffnungslos sein würde?«

»Ganz genau.«

»Wie das?«

Ein schelmisches Lächeln umspielte Blandines Lippen. »Ich habe einen Blick aufgefangen, mit dem er dich ansah, Jutta. Du hast eine Eroberung gemacht.«

Jutta errötete jäh.

»Du Närrchen – wie kannst du so etwas sagen?«

»Es ist aber doch so.«

Jutta sah mit einem wehen Blick zum Fenster hinaus. »Die Gifthexe! Wie sollte die einem Mann gefallen«, sagte sie bitter.

»Ach – da kannst du ruhig sein, er sieht aus, als ob er sich in allen Dingen seine eigene Meinung bildet. Ich habe ihm angemerkt, er weiß alles, was man über dich spricht – aber, er glaubt nicht an deine Schuld, ganz gewiß nicht. Sonst wäre er nicht gekommen. Und er ist gut und stark. Ach, Jutta – wenn er doch wieder Sonne in dein Leben brächte.«

Müde stützte Jutta das Haupt in die Hand. »Ach, liebes Kind, aus meinem Leben ist die Sonne fort für immer.«

»Nein, nein, daran sollst du nicht glauben. Sie hat sich nur eine Weile hinter dunklen, drohenden Wolken versteckt. Eines Tages scheint sie dir wieder.«

Lächelnd streichelte Jutta Blandine die Wange. »Ein wenig scheint sie mir schon wieder – einen kleinen Sonnenstrahl hast du mir zurückgezaubert. Und dafür bin ich dir dankbar.«

»Wie gut, daß du mir auch einmal etwas zu danken hast. Ich bin so tief in deiner Schuld und gerate immer tiefer hinein.«

»Was tue ich nur Großes an dir?«

»Du gibst mir ein Heim, ein sorgloses Leben – nun gar noch deine Freundschaft.«

»Sprich doch nicht davon.«

»Doch, ich muß es tun. Du sollst wenigstens wissen, daß du deine Großmut nicht an eine Undankbare verschwendest.«

»Aber liebes, gutes Kind, was soll ich denn mit dem mir zugefallenen Reichtum beginnen, wenn ich nicht wenigstens von meinem Überfluß abgeben kann. Und wem sollte ich lieber abgeben als euch, die ihr Malte am nächsten steht. Glaube mir, Blandine, wenn du dich Onkel Malte ganz offen so gezeigt hättest, wie du dich mir jetzt zeigst, er hätte dich zu seiner Erbin gemacht, wenn er mich nicht kennengelernt hätte.«

»Aber er hat dich eben kennengelernt und dich würdiger befunden.«

»Auch wenn er mich kennengelernt hätte, wäre er in seiner Güte großmütig zu dir gewesen, hätte er dich richtig erkannt. Und da er nun diesen Fehler nicht an dir gutmachen kann, laß es mich an seiner Stelle tun. Du sollst wie eine liebe Schwester von mir gehalten sein.«

Impulsiv drückte Blandine ihre Lippen auf Juttas Hand. »Du großes Herz.«

»Beschäme mich doch nicht, Blandine. Und nun will ich

meinen täglichen Spaziergang machen.«

»Darf ich dich begleiten?«

Traurig schüttelte Jutta den Kopf. »Nein, ich will nicht, daß du an meiner Seite Beleidigungen ausgesetzt bist. Zuweilen begegnet mir doch jemand. Und du weißt nicht, wie schrecklich es ist, Verachtung und Abscheu in den Augen der Menschen zu lesen. Es könnte auf dich abfärben. Oder wir begegnen Kindern aus dem Dorfe, und sie rufen mir das greuliche Schimpfwort zu und laufen voll Entsetzen davon.«

»Ist das der einzige Grund, weshalb ich nicht mit dir gehen soll?«

»Ja, Blandine.«

»Dann nimm mich mit. Ich will mich zu dir bekennen vor aller Welt, und wenn man dich in meiner Gesellschaft zu schmähen wagt, dann will ich dich verteidigen und für dich eintreten.«

Jutta erhob sich und zog Blandine zu sich empor. »Du bist ein tapferes Geschöpf. So komm mit mir. Wenn ich auch nicht leiden werde, daß du für mich eintrittst, so wird es mir doch eine Wohltat sein, daß ich nicht allein herumstreifen muß.«

Und Arm in Arm gingen sie hinaus in den zartgrünen Frühlingswald. Von diesem Tage an begleitete Blandine Jutta oft auf ihren Waldspaziergängen. Und sie konnten dabei zuweilen harmlos fröhlich sein und alles Schwere vergessen. Sie waren ja noch so jung.

Zwei Wochen waren vergangen, und Frank Rüdiger hatte noch keinen weiteren Besuch in Untergriesbach gemacht. Mutter und Sohn triumphierten. Blandine aber sagte zu Jutta: »Das hatte ich nicht von Herrn Rüdiger geglaubt, daß er sich von dem Gerede der Leute beeinflussen lassen würde. Er hat mich schwer enttäuscht.«

Jutta hatte es am schmerzlichsten getroffen, daß er nicht wiedergekommen war. Sie konnte ja nicht ahnen, wie oft er auf seinem Pferde Schloß und Park unruhig umkreiste, in der Hoffnung, sie zu sehen.

Juttas Gedanken beschäftigten sich mit Frank Rüdiger mindestens ebensoviel, wie sich die seinen mit ihr beschäftigten. Ihr war gewesen, als sei ihr mit ihm ein Streiter erstanden. Und nun er sich nicht mehr sehen ließ, überkam sie eine dumpfe Hoffnungslosigkeit. Ihr Schicksal erschien ihr unerträglicher als je zuvor. »Was soll er auch hier bei uns, wo alles so trübe und traurig ist?« sagte sie.

»Oh, er sollte dich aufheitern, dir durch seinen Glauben an dich das Leben etwas leichter machen, und – ach, ich weiß nicht, was noch alles. Wie gesagt, er hat mich enttäuscht. Ich hatte so viel von ihm gehofft – und nun ist er auch nicht anders als die andern.«

»Warum sollte er auch anders sein?« sagte Jutta hoffnungslos.

An demselben Tage ging Jutta allein in den Wald, weil Frau von Tölz Migräne hatte und Blandine ihr Kompressen auflegen mußte.

Müde und unlustig schritt Jutta auf dem einsamsten Waldweg dahin, plötzlich stockte ihr Fuß. Sie hörte das Schnaufen eines Pferdes, und gleich darauf kam dicht neben ihr ein Reiter aus dem Walde. Es war Frank Rüdiger.

Als er sie erblickte, hielt er sein Pferd an und sprang schnell aus dem Sattel. Mit aufleuchtenden Augen trat er auf sie zu.

»Es freut mich sehr, Ihnen zu begegnen, gnädige Frau – gerade war ich auf dem Wege zu Ihnen. Es hätte mir sehr leid getan, Sie zu verfehlen.«

Sie war rot und blaß geworden und sah ihn mit ihren traurigen Augen an.

»Ich glaubte, Sie würden mein Haus nie wieder betreten, da Sie so lange nicht wiederkamen.«

Lächelnd atmete er auf. »So lange nicht? Es ist mir allerdings auch sehr lang erschienen, aber ich glaubte, ich dürfte Ihnen eher nicht wieder lästig fallen. Vielleicht wäre ich auch heute noch nicht gekommen, wenn ich nicht einen besonderen Grund gehabt hätte.«

Ach – wie leicht war Juttas Herz plötzlich geworden.

»Einen besonderen Grund?« fragte sie.

»Ja – ich hoffte, einige Minuten allein mit Ihnen sprechen zu können. Nun ich Sie hier zufällig treffe, ist es mir um so lieber.«

Fragend sah sie ihn an. »Was haben Sie mir zu sagen?«

Er atmete tief auf. »Gnädige Frau, Ihr Schicksal ist mir so nahe gegangen, daß ich von dem brennenden Wunsche beseelt bin, Ihnen helfen zu können. In Ihrer Umgebung scheint niemand Wert darauf zu legen, den Schleier zu lüften, der auf jenem Verbrechen ruht, das man Ihnen zur Last legt. Ihr Vetter, Herr von Hall, scheint wirklich keinen Zweifel an Ihrer Schuld zu hegen, sonst hätte er längst für Sie eintreten müssen. Ich habe leider kein Recht, es zu tun, es sei denn das Recht der Ritterlichkeit, mit dem jeder rechte Mann für eine hilflose Frau eintreten sollte. Und kraft dieses Rechtes will ich Sie heute fragen, ob Sie mir erlauben wollen, ganz in der Stille Nachforschungen anzustellen, die vielleicht ein Licht in das Dunkel werfen, das Sie umgibt.«

Sie erbebte und krampfte die Hände zusammen. »Ob ich es erlaube? Mein Gott, mit demselben Rechte dürfen Sie einen zum Tode Verurteilten fragen, ob er Ihnen gestatten will, daß Sie ihn den Händen des Henkers entreißen. Ich weiß nicht, wie ich Ihnen danken soll, daß Sie an mich glauben und daß Sie Ihre sicher sehr kostbare Zeit in den Dienst meiner Sache stellen wollen. Es wird nicht leicht sein, dies rätselhafte Dunkel aufzuhellen.«

»Sprechen Sie jetzt nicht von Dank, gnädige Frau. Wenn ich übrigens auch meine ganze Zeit in den Dienst Ihrer Sache stellen wollte, würde ich mir selbst kaum die Fähigkeiten zutrauen, Licht in diese Affäre zu bringen. Aber ich habe einen Freund, der zu seinem Spezialstudium die Aufklärung rätselhafter Kriminalfälle erwählt hat. An ihn habe ich geschrieben, gleich nachdem ich das erstemal mit Ihnen gesprochen hatte. Ich habe ihn eingeladen, mich für längere Zeit zu besuchen, und versprach ihm, daß er Gelegenheit finden würde, einen rätselhaften Kriminalfall aufzuklären. Heute habe ich seine Antwort erhalten – ich will sie Ihnen selbst zu lesen geben.« Damit zog er seine Brieftasche hervor und entnahm ihr ein Schreiben, das er Jutta überreichte.

Ihre Hände bebten leise, während sie las: »Mein lieber Frank! Du machst mir die verlockendsten Anerbietungen. Wenn mich aber Deine Duzbrüderschaft mit dem Dyak-Häuptling auf Borneo noch kalt gelassen hätte und ich den Verlockungen einer guten Verpflegung inklusive Weinkeller zu widerstehen vermöchte – der in Aussicht gestellte Kriminalfall gibt für mich den Ausschlag. Du weißt, etwas Unaufgeklärtes ist meine schwache Seite. Ich bin ein so großer Freund absoluter Klarheit, daß mich etwas Unklares so lange reizt, bis es klar geworden ist. Kurz und bündig – ich komme, und zwar schon Anfang nächster Woche, und ich hoffe, daß mich mein gutes Glück auch diesmal nicht verläßt, zumal Dir besonders viel an der Aufklärung dieses Falles zu liegen scheint. Ich werde all meinen Scharfsinn aufbieten, um ein Resultat zu erzielen.

Sende also Dienstag nachmittag den Wagen zur Bahn, wenn Du mich nicht selbst abholen willst oder kannst. Alles Weitere mündlich. Nur will ich gleich noch bemerken, daß ich das Zimmer mit der Aussicht nach der Zugspitze vorziehe. Die habe ich einmal vor zwei Jahren erklettert, und nun kann ich sie mir behaglich von unten betrachten. Ich freue mich darauf. Also auf Wiedersehen, mein Alter! Dein Heinz Diehl.« Jutta gab das Schreiben zurück und sah Frank Rüdiger mit ihren schönen Augen so durchdringend an, daß ihm das Herz warm wurde.

»Wie soll ich Ihnen nur danken?«

»Dadurch, daß Sie uns ungehindert tun lassen, was nötig ist. Auch müssen Sie meinen Freund, Doktor Heinz Diehl, in Ihrem Hause empfangen. Aber kein Mensch darf wissen, zu welchem Zwecke er hierherkommt, auch Ihre Angehörigen nicht. Das ist Hauptbedingung. Ich werde ihn einfach als meinen Freund vorstellen, der einige Wochen bei mir zu Gaste ist und meine Nachbarn kennenlernen möchte. Wir begnügen uns damit, ihn als Doktor der Philosophie vorzustellen. Daß er Jurist ist, verschweigen wir lieber. Im übrigen sollen Sie sich um nichts kümmern. Nur bitte ich Sie, ihn so oft, als er es nötig findet, in Ihrem Hause zu empfangen. Er wird schon immer selbst die nötigen Gründe angeben. Vielleicht bringen Sie es zuwege, ihn und mich einige Male zum Tee oder zu sonst einer Gelegenheit einzuladen, denn die Hauptsache ist, daß Doktor Diehl den Schauplatz des Verbrechens kennenlernen kann. Dazu wird sich Gelegenheit finden lassen. Ich werde nachher noch offiziell einen Besuch im Schloß machen, um das Nötige einzuleiten. Und wenn Doktor Diehl hier ist, finden wir vielleicht Gelegenheit, mit Ihnen allein zusammenzutreffen – sagen wir, hier an dieser Stelle. Eine Zeit zu vereinbaren, werden wir Gelegenheit finden. Ist Ihnen das recht?«

Sie reichte ihm impulsiv die Hand. »Alles, was Sie bestimmen. Ich danke Ihnen – oh – ich danke Ihnen. Ob es Ihnen und Ihrem Freunde gelingt, mich von diesem furchtbaren Verdacht zu befreien oder nicht – meine Dankbarkeit wird unauslöschlich sein.«

Er zog ihre Hand an seine Lippen. »Es soll keine wichtigere Aufgabe jetzt für mich geben, als den Mörder Ihres Gatten zu entdecken und somit Ihre Schuldlosigkeit zu beweisen.«

Eine Weile standen sie sich stumm gegenüber und sahen sich an. Frank Rüdiger faßte sich zuerst.

»Wir können zunächst gleich einmal die erste Zusammenkunft hier vereinbaren. Dienstag nachmittag kommt Doktor Diehl an. Mittwoch vormittag stelle ich ihn im Schloß vor, und Mittwoch nachmittag wollen wir drei uns dann hier an dieser Stelle zusammenfinden, damit Sie meinem Freund erst einmal über die ganze Affäre genauen Bericht erstatten können. Das wird unerläßlich sein. Er wird Ihnen dann die nötigen Fragen selbst vorlegen. Ist Ihnen das recht?«

»Gewiß.«

»Um welche Zeit paßt es Ihnen am besten?«

Sie dachte nach. »Um vier Uhr, wenn Ihnen das passend erscheint.«

»Selbstverständlich, also Mittwoch nachmittag um vier Uhr an dieser Stelle. Und – heute wäre es vielleicht am klügsten, wenn ich meinen Besuch im Schloß in Ihrer Abwesenheit machte. Das ist unverfänglich.«

»Ja – tun Sie das. Und – lassen Sie sich nicht abschrekken, wenn Frau von Tölz und ihr Sohn nicht nett zu Ihnen sind.«

Er lachte. Es war ein helles, frisches Lachen, das ihr das

Herz warm machte. Wie gern hätte sie mit eingestimmt. Ach – wieder einmal so recht aus freiem Herzen lachen können – wie befreiend müßte das sein.

»An der Freundlichkeit dieser Herrschaften liegt mir, offengestanden, nicht viel. Ich fühle, daß sie Ihnen feindlich gegenüberstehen, und es wird mir eine Ehre und ein Vergnügen sein, ihre Feindschaft mit Ihnen zu teilen.«

Ein leises Lächeln huschte nun doch um ihren Mund. Er fand dies Lächeln entzückend, und er sagte ganz vergnügt: »Gottlob – Sie können auch lächeln – bisher sah ich Sie nur sehr traurig.«

Sie seufzte. »Ich habe es fast verlernt – und doch war ich einmal ein heiteres, tapferes Geschöpf, das sich von keiner Lebenssorge niederdrücken ließ. Wie herzlich habe ich damals lachen können. Lange – lange ist das her.«

»Sie sollen es wieder lernen, das Lachen! Und ich schlage vor, Sie gewöhnen sich schon jetzt langsam wieder daran. Ein wenig Heiterkeit hilft über vieles hinweg. Und all Ihre Sorgen legen Sie jetzt auf meine breiten Schultern.«

Ihre Augen füllten sich mit Tränen, aber sie lächelte tapfer dabei. »Mir ist schon so froh zumute, wie seit Jahren nicht mehr. Sie wissen ja nicht, was es für mich bedeutet, daß ich so zu einem Menschen sprechen kann, wie zu Ihnen, daß ich in eines Menschen Auge nicht dieses fürchterliche Mißtrauen lese.«

»Hatten Sie gar niemand, der an Sie glaubte und für Sie eintrat?«

»Nein! Jahrelang lebte ich in steter Furcht vor der Begegnung mit Menschen. Und erst seit ganz kurzer Zeit bekannte sich Blandine von Tölz zu mir. Ich glaubte erst, sie stehe mir ebenso mißtrauisch gegenüber wie ihre Angehörigen, aber eines Tages erkannte ich, daß ich mich getäuscht habe. Und jetzt ist sie mir eine treue Freundin geworden, und ich erkenne mehr und mehr, wie innig sie mir zugetan ist. Ich hatte sie verkannt. Sie hat mir das Leben in den letzten Tagen schon etwas leichter gemacht – und sie würde sich gewiß freuen, hörte sie, daß Sie sich meiner Sache annehmen wollen. Darf ich wenigstens sie einweihen?«

Energisch schüttelte er den Kopf.

»Nein, auf keinen Fall, gnädige Frau. Wenn ich auch glaube, daß sie es ehrlich mit Ihnen meint, ein junges Mädchen ist unbedacht und verrät sich schnell einmal. Wollen wir aber auf Erfolg rechnen, muß tiefes Geheimnis herrschen über die Absichten meines Freundes. Ich weiß, in diesem Punkte ist er sehr streng, und wir tun gut, das zu respektieren.«

»Nun gut, so muß ich Blandine in diesem Punkte aus meinem Vertrauen ausschließen. Aber nun will ich Sie nicht länger aufhalten, da Sie im Schlosse noch einen Besuch machen wollen.«

Er verabschiedete sich mit einem Handkuß und sagte lächelnd: »Ich werde eine Empfehlung an Sie ausrichten und Frau von Tölz bitten, Ihnen zu sagen, daß ich mir erlauben werde, Ihnen meinen Freund am Mittwoch vorzustellen.«

Wieder flog ein Lächeln über ihr Gesicht. »Ich werde diese Mitteilung ohne Wimperzucken entgegennehmen.«

»Bravo, gnädige Frau. Und nun seien Sie guten Mutes und vertrauen Sie auf den Herrgott und auf die Findigkeit meines Freundes.«

Sie nickte aufatmend. »Ich habe wieder Mut und will ganz tapfer sein. Ganz hat mich der liebe Gott doch wohl nicht vergessen, da er Sie mir über den Weg schickte. Auf Wiedersehen, Herr Rüdiger, und Gott lohne Ihnen, was Sie für mich tun.«

Er sah sie mit einem Blick an, der sie erröten machte. Dann schwang er sich schnell in den Sattel und ritt grüßend davon. Sie sah ihm mit feuchtschimmernden Augen nach, und eine leise Hoffnung auf Erlösung war in ihrem Herzen aufgewacht. Ihr war, als sei sie nun wohlgeborgen. Wenn ein Mann wie Frank Rüdiger ihre Sache vertrat, mußte doch etwas Gutes dabei herauskommen.

Und wenn auch seine und seines Freundes Bemühungen erfolglos waren, dann hatte sie doch wenigstens den Trost, daß sie wieder einen Menschen gefunden hatte, der an sie glaubte. Sie fühlte sich nicht mehr so hilflos und verzagt wie in der ganzen Zeit seit ihres Mannes Tode.

Frau von Tölz empfing Frank Rüdiger mit sauersüßem Lächeln. Auch Blandine war zugegen. Norbert von Hall war abwesend.

Frank Rüdiger bedauerte sehr, Frau von Tübingen und Herrn von Hall nicht anzutreffen.

»Ich wollte die gnädige Frau um Erlaubnis bitten, auch meinen Freund, den ich zu Besuch erwarte, in ihr Haus einführen zu dürfen. Da sie nicht zugegen ist, hoffe ich sehr, daß Sie, verehrte gnädige Frau, mir in Vertretung von Frau von Tübingen diese Erlaubnis erteilen.«

Frau von Tölz wußte im Moment nicht, was sie antworten sollte. Da sie zögerte, ergriff Blandine schnell das Wort. »Jutta wird sich sicher freuen, Mama, du kannst unbedenklich diese Erlaubnis erteilen.«

Frank Rüdiger machte ihr eine lächelnde Verbeugung. »Ich danke für Ihre gütige Unterstützung, mein gnädiges Fräulein.«

Frau von Tölz warf Blandine einen unwilligen Blick zu, sagte aber nun doch mit einem erzwungenen Lächeln: »Selbstverständlich wird es uns angenehm sein. Aber wie ich Ihnen schon sagte, es ist ein trauriges Haus, in das Sie Ihren Freund einführen wollen.«

Frank Rüdiger lachte harmlos. »Oh, mein Freund, Doktor Diehl, ist ein so sonniger, heiterer Mensch, daß er sicher auch in dieses Haus ein wenig Frohsinn bringen wird.«

»Frohsinn – in ein Haus, dessen Herrin, wie Sie vielleicht noch nicht wissen, sich nicht von dem Verdacht des Gattenmordes hat reinigen können?« bemerkte Frau von Tölz abweisend.

Er sah, daß Blandine unwillig zusammenzuckte und ihre Mutter vorwurfsvoll ansah.

Sehr ruhig und bestimmt antwortete er: »Doch – ich weiß es – man hat mir natürlich davon erzählt. Aber daß ich hier bin, muß Ihnen zeigen, welchen Wert ich auf solches Geschwätz lege.«

Mit einem dankbaren Aufleuchten sah Blandine zu ihm empor. Ihre Mutter aber kniff die Lippen ein und sagte ablenkend: »Wie haben Sie sich in Obergriesbach eingelebt?«

Es fiel ihm ein, daß ihn Jutta gebeten hatte, nicht zu verraten, daß er an ihre Schuldlosigkeit glaubte. Er hatte aber nicht anders antworten können, als er es getan hatte. Jedenfalls ging er aber nun schnell auf das andere Thema ein.

»Ich danke für Ihre Nachfrage – ganz ausgezeichnet. Ich bin mit ganzer Seele in meinem Wirkungskreis.«

»Waren Sie immer Landwirt?« fragte Blandine. »Sie machen nicht den Eindruck.«

Er lachte. »Repräsentiere ich nicht zur Genüge den Krautjunker? Sie beobachten anscheinend scharf, mein gnädiges Fräulein; ich war Offizier bis nach Beendigung des Krieges. Als ich dann meinen Abschied nahm, weil man mir keine andere Wahl ließ, ging ich mit meinem holländischen Freunde nach Borneo und legte mein Vermögen dort in einer Handelsgesellschaft an. Aber es hielt mich nicht in der Fremde. Vier Jahre bin ich auf Borneo geblieben, dann zog ich einen Teil meines Kapitals aus dem Unternehmen und kaufte mich damit hier an. Der Landwirt steckt mir im Blut, meine Mutter war eine Gutsbesitzerstochter, und ich habe mir immer gewünscht, einmal meine eigene Scholle bebauen zu können. Gleich nach dem Kriege reichte jedoch mein Vermögen noch nicht aus zu einem nennenswerten Ankauf.«

»Obergriesbach ist ein stattlicher Besitz«, meinte Frau von Tölz bedeutend liebenswürdiger, weil sie merkte, daß Frank Rüdiger Blandine sehr freundlich ansah. Vielleicht bahnte sich doch etwas zwischen ihm und ihrer Tochter an.

Dieser junge Mann war freilich nicht von Adel, was Frau von Tölz sehr bedauerlich erschien, aber sie wußte doch, daß Adel jetzt nicht mehr so hoch im Preise stand wie früher. Wenn sie nur sicher gewesen wäre, daß er sich Jutta nicht zu nähern wünschte, wäre sie sicher noch liebenswürdiger gewesen.

Jedenfalls sah sie sich außerstande, ihn von Untergriesbach fernzuhalten, und so fand sie sich mit konventioneller Liebenswürdigkeit ab.

Frank Rüdiger verabschiedete sich nunmehr und bat um eine Empfehlung an Frau von Tübingen.

Als Jutta nach Hause kam, richtete ihr Blandine getreulich alles aus, was er gesagt hatte.

»Ich freue mich für dich, Jutta, daß er wiedergekommen ist und daß ich mich nicht in ihm getäuscht habe. Und wenn er uns nun auch noch seinen Freund herbringt, werden wir wohl zuweilen ein wenig Unterhaltung haben. Sein Freund soll sehr heiter und vergnügt sein. Das können wir brauchen, nicht wahr?«

Lächelnd nickte ihr Jutta zu. »Ja, Blandine, das können wir gewiß brauchen, und ich würde mich für dich freuen.«

»Und ich mich für dich, Jutta.«

Jutta nahm mit Frau von Tölz und Blandine den Tee ein und danach begab sie sich, wie so oft, in das Sterbezimmer ihres Mannes. Dies Zimmer betrat niemand als sie selbst. Hier hatte sie in den ersten furchtbaren Tagen, nachdem sie aus Mangel an Beweisen freigesprochen war, ihre Zuflucht gesucht vor den gehässigen, mißtrauischen Blikken ihrer Umgebung. Es wäre vielleicht schon ein Beweis für ihre Schuldlosigkeit gewesen, daß sie dies Zimmer so oft aufsuchte und sich dort stundenlang aufhielt. Wäre ihr Gewissen belastet gewesen, hätte sie sicher den Schauplatz ihres Verbrechens eher gemieden als gesucht. Im Sprichwort heißt es zwar, daß der Verbrecher immer nach dem Schauplatz seiner Tat zurückgetrieben wird, aber in Wahrheit wird er denselben wohl eher meiden und fliehen.

Auch heute saß Jutta wohl eine Stunde in dem Lehnstuhl am Bett, in dem sie in jener Nacht eingeschlafen war. Sie faltete die Hände.

»Lieber Malte, lieber väterlicher Freund, schaust du herab auf mich, die sie deine Mörderin nennen? Kannst du mir nicht helfen, meine Unschuld zu beweisen? Ich weiß, du hast keine Ruhe im Grabe, bis dein Mörder der wohlverdienten Strafe zugeführt wird. Hilf mir – hilf mir doch.«

So sagte sie, wie im Gebet vor sich hin, und ihr war, als sähe sie das edle, gütige Gesicht des Mannes vor sich, der sie vor aller Not und Sorge hatte schützen wollen, weil sie das Kind der Frau war, die ihm bis zum Tode teuer gewesen. Ihretwegen hatte er sie wie ein Vater geliebt, ihretwegen hatte er sie zu seiner Erbin gemacht.

Als sie nach einer Weile das Sterbezimmer verließ, traf

sie im Vestibül mit Norbert zusammen. Er war eben vom Felde heimgekehrt. Er sah sie aus dem Sterbezimmer kommen, und seine Augen flackerten auf, als er sie erblickte. »Kann ich Sie nachher in einer geschäftlichen Angelegenheit sprechen, Jutta?«

Sie neigte das Haupt. »Jederzeit.«

»Dann werde ich Sie in einer halben Stunde in Ihrem Zimmer aufsuchen.«

»Es ist wohl besser, wir besprechen in Zukunft geschäftliche Dinge im Arbeitszimmer meines Mannes.«

Ein seltsamer Blick streifte sie. »Wozu diese Neuerung, wenn ich fragen darf?«

Jutta errötete leicht. Es war ihr unangenehm, Norbert fernerhin in ihrem Zimmer empfangen zu müssen, denn er hatte ihr ein Gefühl von Scheu eingeflößt, das sie nicht wieder loswerden konnte. Vielleicht war es das unreine Feuer seiner Augen, das sie vor ihm warnte. Jedenfalls wollte sie nicht mehr zulassen, daß er ihre Zimmer betrat. Im Arbeitszimmer ihres Mannes konnte sie das Geschäftliche mehr betonen.

Sie hatte ihm gleich zu Anfang ein festes Gehalt ausgesetzt, das sehr anständig war. Für seine Mutter und seine Schwester sorgte sie ebenfalls. Hätte sie einen andern Modus finden können, für ihn zu sorgen, ohne daß er in Untergriesbach bliebe, hätte sie es natürlich vorgezogen, ihn zu entfernen. Aber sie hatte keinen Ausweg gefunden, der ihr schonender erschien. Sie wollte diesen Menschen nicht beschämen, trotz allem, was er ihr angetan hatte. Daß sie weder bei ihm noch bei seiner Mutter ein großes Feingefühl in diesem Punkte zu respektieren brauchte, hatte sie nicht gewußt.

Jedenfalls aber wollte sie Norbert gegenüber, deutlicher als zuvor, einen Abstand markieren. Er sollte merken, daß engere Beziehungen zwischen ihnen unmöglich waren und daß sie nur noch geschäftlich und streng formell mit ihm zu verkehren wünschte. So antwortete sie ruhig:

»Es muß Ihnen genügen, Norbert, daß ich es für richtig halte, wenn wir geschäftliche Dinge in meines Mannes Arbeitszimmer besprechen.«

Er verneigte sich und sah sie halb zornig, halb ironisch an. »Sie wollen deutlich Abstand markieren?«

»Nehmen Sie an, daß es so ist.«

Ein flackernder Blick streifte ihr Gesicht. »Nun gut, ich muß mich fügen. Hoffentlich bereuen Sie es nie, mich zurückgewiesen zu haben.«

»Bitte – davon kein Wort mehr. Also, in einer halben Stunde im Arbeitszimmer.«

»Wie Sie befehlen.«

Damit verneigte er sich, die Hacken zusammenschlagend, und ging die Treppe hinauf zu seinen Zimmern.

Jutta suchte Blandine auf und bat sie um ihre Begleitung. »Du kannst dir denken, Blandine, daß es mir nach deines Bruders Werbung unangenehm ist, mit ihm allein zu sein. Wir werden beide unbefangener sein, wenn noch jemand zugegen ist. Deine Mutter möchte ich nicht in Anspruch nehmen. Du kannst dich ja mit einer Handarbeit oder mit einem Buch zu uns setzen«, sagte sie.

Blandine war gern bereit.

Als Norbert dann seine Schwester am Fenster des Arbeitszimmers sitzen sah, flog ein häßlicher Zug über sein Gesicht. Aber er sagte nichts.

Und er hielt sich an einen streng geschäftlichen Bericht.

Doktor Heinz Diehl war angekommen, und Frank Rüdiger hatte ihn am Bahnhof empfangen. Die beiden Freunde begrüßten sich herzlich.

Doktor Diehl war ein sympathischer Mensch von etwa fünfunddreißig Jahren. Er war schlank und mittelgroß, hatte blondes Haar und stahlblaue Augen. Sein Gesicht erschien auf den ersten Blick weder markant noch bedeutend. Meist sah er harmlos fröhlich aus, aber wenn er sich mit einer Angelegenheit intensiv beschäftigte, konnten seine Augen überraschend aufleuchten, und sein Gesicht bekam dann einen merkwürdig veränderten Ausdruck. Er konnte dann plötzlich sehr ernst und interessant aussehen.

Etwas kleiner als Frank Rüdiger, hatte auch er eine guttrainierte Gestalt und rasche, elastische Bewegungen.

Als sich die beiden Freunde mit herzlichem Handschlag begrüßt hatten, sah sich Doktor Diehl erst einmal prüfend die ganze Umgegend an.

»Donnerwetter, Frank, was hast du dir hier für eine grandiose Umgebung aufbauen lassen. Ist das alles nur für dich?« scherzte er.

Frank lachte. »Natürlich auch für meine Freunde.«

»Wundervoll! Das ist wahrhaftig ein göttliches Erdenfleckchen.«

»Warte nur, es kommt noch schöner. Dies ist hier sozusagen nur das Vorspiel zu einem noch wirksameren Schauspiel. Komm erst nach Obergriesbach.«

Sie bestiegen den leichten Jagdwagen, und nachdem Dr. Diehls Gepäck aufgeladen worden war, fuhren sie davon. Frank Rüdiger kutschierte selbst.

Doktor Diehl sah sich mit strahlenden Augen um.

»Eine feine Sache, das! Herrgott, was ist deine Welt schön!«

»Spare dir noch etwas von deinem Entzücken auf, Heinz. Wenn du dich schon auf der Fahrt so ausgibst, was willst du dann in Obergriesbach tun? Das ist sozusagen der Höhepunkt der Naturschönheit.«

»Gut, ich bin nach dieser Einleitung auf alles gefaßt. Und mir ist zumute wie einem Gymnasiasten, der in die Ferien geht. Mensch – Zeitgenosse –, hast du eine Ahnung, wie gut du es hast, daß du deine Augen täglich an soviel Schönheit weiden kannst?«

»O ja, Heinz.«

»Na, das ist dein Glück. Sonst hätte ich dich zwei Jahre strafversetzt nach Berlin. Du, Berlin ist jetzt – schaudervoll, höchst schaudervoll. Und ich bin zwei volle Jahre nicht herausgekommen und habe mir die Nervenkraft aussaugen lassen wie von einem Vakuum. Jetzt will ich mich verjüngen und erfrischen an dieser göttlichen Natur. Ich bin dir von Herzen dankbar, daß du mich eingeladen hast.«

»Es freut mich, daß du gern gekommen bist.«

Doktor Diehl genoß die Fahrt durch den herrlichen Frühlingstag in vollen Zügen.

»Dieser April gebärdet sich geradezu als Lenzmonat, Frank. Die Sonne scheint wie im Mai, und es erscheint mir ganz rätselhaft, daß ich vorgestern bei einer Wanderung durch die Berliner Straßen ein Paar Gummiüberschuhe sehr vermißt habe. Dies Wetter hast du wohl extra für meine feierliche Einholung bestellt?«

»Natürlich – ich werde mich doch nicht lumpen lassen.«

»Fabelhaft!«

So plauderten die Freunde in munterer Weise. Zuweilen war es ausgeschlossen, mit Heinz Diehl in einer anderen Tonart zu verkehren, und momentan war er in dieser Stimmung. Aber trotzdem fragte er dazwischen ganz ernsthafte Sachen, und Frank gab ihm Antwort. Nur von einem sprachen sie wie auf stumme Übereinkunft kein Wort – von dem eigentlichen Grund für Heinz Diehls Anwesenheit. Jutta von Tübingen wurde nicht mit einer Silbe erwähnt. Frank Rüdiger war das auch recht so – von Jutta wollte er erst sprechen, wenn sie zu Hause waren.

Als der Wagen vor dem idyllischen Herrenhause von Obergriesbach hielt, sprangen die Herren vom Wagen. Frau Remblin stand im grauen Wollkleid mit breiter weißer Schürze am Eingang des Hauses.

»Das ist Frau Remblin, meine Haushälterin«, stellte Frank Rüdiger vor.

Heinz Diehl zeigte sein harmlos vergnügtes Gesicht und schüttelte Frau Remblin lachend die Hand.

»Redliche Hüterin der heimischen Penaten meines besten Freundes, ich begrüße Sie mit schuldiger Ehrfurcht, denn ich habe die Absicht, mich bei Ihnen kolossal einzuschmeicheln. Mein Freund, der Herr und Gebieter von Obergriesbach, hat mir Wunderdinge von Ihrer Küche erzählt – hauptsächlich von einem bayerischen Schmalzstrudel –, mir ist das Wasser im Munde zusammengelaufen. Gelt – den Schmalzstrudel darf ich auch mal probieren?«

Frau Remblin lachte. »Sooft Sie wollen, gnädiger Herr.«

»Famos! Ich freue mich schon. Wissen Sie, was mein Leibgericht ist?«

»Nun, Herr Doktor?«

»Butternockerln mit Backobst.«

»Das können Sie auch haben.«

»Jawohl, Heinz, Butternockerln sind auch meine Spezialität von Frau Remblin. Sie sind weich und duftig und zergehen auf der Zunge.«

»Hör auf, den grünen Lebensmittelteppich vor mir auszubreiten, mein lieber Frank, sonst fange ich an zu dichten – eine Ode an die Schmalzkrapferl oder Schmalzstrudel und eine an die Butternockerln.«

Lachend gingen die Freunde ins Haus.

Frank führte den Freund selbst auf sein Zimmer. Von dessen Fenster blickte man auf ein herrliches Bergpanorama. Doktor Diehl stand eine Weile wie in Andacht versunken. Dann wandte er sich um und reichte mit völlig verändertem, ernstem Gesicht dem Freunde die Hand.

»Du kannst Könige zu Gast laden – ich danke dir, daß ich hier sein darf.«

»Aber Heinz – mach' doch kein Aufhebens.«

Schnell zwang Heinz Diehl seine Bewegung nieder und sagte wieder in seiner lustigen Art:

»Butternockerln, Schmalzstrudel und diese Aussicht auf die Zugspitze – das ist zuviel für einen Sterblichen.«

Frank lachte herzlich. »Ich überlasse dich jetzt den auf dich einstürmenden Gefühlen, Heinz. In einer Viertelstunde erwarte ich dich unten im Eßzimmer.«

»Gut, ich trete mit militärischer Pünktlichkeit zum Essenfassen an.«

Und wirklich saßen die Freunde pünktlich bei Tisch und taten dem leckeren Mahle alle Ehre an.

Während der Mahlzeit plauderten sie von allem Möglichen – nur wieder nicht von dem, was Frank Rüdiger am meisten am Herzen lag. Aber als sie dann nach dem Essen bei einer Tasse Mokka in Frank Rüdigers Rauchzimmer gemütlich eine Zigarette rauchten, sagte Doktor Diehl plötzlich sehr ernst:

»Und nun zu dem Punkt, um den sich alles dreht, Frank. Was hast du mir zu sagen?«

Frank sog noch einmal an seiner Zigarette, stieß den Rauch von sich und atmete tief auf.

»Also – kurz und bündig, Heinz, meine Nachbarin im Schloß Untergriesbach ist Frau Jutta von Tübingen. Und zu ihren Gunsten möchte ich dich für den geheimnisvollen Kriminalfall interessieren. Sie war des Mordes an ihrem Gatten angeklagt und ist aus Mangel an Beweisen freigesprochen worden. Aber hier in der ganzen Umgegend hält man sie für schuldig – nur ich nicht und ihre junge Cousine auch nicht. Ich lege meine Hand dafür ins Feuer, daß sie unschuldig ist, und ich habe den dringenden Wunsch, ihre Unschuld zu beweisen, was natürlich nur geschehen kann, wenn der Mörder entdeckt wird.«

Doktor Diehl sah eine Weile mit nachdenklichen Blicken vor sich hin.

»Sie ist jung?« fragte er dann.

»Höchstens Mitte zwanzig.«

»Und schön?«

»Ja – sie ist sehr schön.«

»Du liebst sie?«

Eine Weile sah Frank Rüdiger versonnen vor sich hin.

»Das ist eine Frage, die ich mir selbst noch nicht einmal beantwortet habe. Jedenfalls hege ich ein tiefes Mitleid mit ihr und möchte ihr helfen.«

»Mitleid ist schon der Anfang von Liebe.«

»Möglich! Vielleicht würde ich dir und mir selbst ohne weiteres eingestehen, daß ich sie liebe, denn, abgesehen von ihrer äußeren Schönheit, halte ich sie für einen wertvollen Menschen. Nur eins stört mich in ihrem Charakterbild.«

»Nun?«

Frank Rüdiger stieß den Rauch der Zigarette von sich und sah ihn starr an.

»Daß sie sich einem Mann als Gattin hingab, der um zirka 40 Jahre älter war als sie. Aus Liebe kann sie diese Ehe nicht eingegangen sein. Geschah es aus Berechnung, dann muß ich irre an ihr werden. Ich könnte es nicht verstehen – und das quält mich.«

»Es kann auch andere Gründe haben.«

»Darum zerbreche ich mir den Kopf. Wie gesagt – es quält mich.«

»Also, du liebst sie doch. Und nun weiß ich, daß für dich viel, sehr viel davon abhängt, daß sie von dem auf ihr lastenden Verdacht befreit wird. Ich bin also bereit, all meine Kraft in den Dienst ihrer Sache zu stellen. Und nun berichte mir alles, was du über diesen Fall weißt.«

Dabei sah Doktor Diehls Gesicht ganz anders aus als zuvor. Die Muskeln strafften sich in konzentrierter Aufmerksamkeit, die Augen blickten scharf und spähend, und die Lippen hatten sich fest geschlossen, so daß ein eigenartig prägnanter Zug um den Mund erschien. Kein Mensch hätte den jungen Mann jetzt für unbedeutend halten können.

Frank Rüdiger erzählte zunächst von seinem ersten Zusammentreffen mit Jutta von Tübingen im Walde, von der Szene mit den Dorfkindern und von ihrem haltlosen Zusammenbrechen und ihrer Flucht vor ihm. Dann berichtete er ziemlich wortgetreu, was ihm der Wirt vom Roten Löwen erzählt hatte. Er wußte, daß es Doktor Diehl oft auf Kleinigkeiten ankam, und verschwieg ihm nichts. Auch nicht, daß Frau von Tölz und Norbert von Hall ihm einen sehr unsympathischen Eindruck gemacht hatten, daß Blandine jedoch auf Juttas Seite stehe und an sie glaube, und daß es Norbert von Hall gewesen sei, der den Schimpfnamen Gifthexe für Jutta geprägt hatte.

Als er geendet hatte, fragte er den Freund: »Was denkst du von der Sache, Heinz?«

Dieser saß eine ganze Weile gedankenverloren, die Augen scharf und fest ins Leere gerichtet, mit einem seltsam zufassenden, suchenden Blick.

Dann richtete er sich auf. »Frau von Tübingen hat also durch ihre Heirat Erbaussichten dieser Verwandten zerstört?«

»So ist es.«

»Und natürlich stehen ihr diese Verwandten deshalb feindlich gegenüber?«

»Mutter und Sohn unbedingt, die Tochter nicht.«

»Und Frau von Tübingen weiß das?«

»Ganz genau.«

»Warum duldet sie diese Menschen in ihrem Hause?«

»Vermutlich, weil sie weiß, daß sie ihretwegen auf das Erbe verzichten mußten. Sie scheint mir sehr großherzig zu sein und will augenscheinlich diese Menschen nicht darben lassen, da ihr das reiche Erbe zufiel.«

»Das wäre allerdings ein Zug von Großmut, zumal sie die Feindseligkeit dieser Menschen fühlt, wie aus ihren Worten dir gegenüber hervorgeht. Hast du ihr gesagt, daß du mich mit der Aufklärung dieses Falles beauftragt hast?«

»Ja.«

»Es wäre vielleicht besser gewesen, sie hätte es nicht gewußt.«

»Aber bedenke, ohne ihre Erlaubnis konnte ich mich doch nicht in ihre Angelegenheiten mischen. So etwas kann man doch nicht heimlich tun.«

Heinz Diehl lächelte. »So etwas kann man im Gegenteil nicht heimlich genug tun. Aber in diesem Falle ist es doch vielleicht besser, sie weiß darum. Wie nahm sie es auf?«

»Sie dankte mir mit Tränen in den Augen und großer Innigkeit und ist sehr gerührt, daß ich an ihre Schuldlosigkeit glaube.«

»Also, sie war bestimmt nicht unangenehm berührt?«

»Ganz im Gegenteil.«

»Weißt du, wie ihre Verbindung mit ihrem Gatten zustande kam?«

»Nein, ich weiß darüber nur, was mir der Gastwirt erzählte – nämlich, daß Herr von Tübingen sie als seine Braut mit hierherbrachte und sich am selben Tage, statt an dem erst bestimmten nächstfolgenden, mit ihr trauen ließ.

»Richtig! Und Herr von Tübingen hatte gewünscht, daß seine Verwandten vorher abreisten. Er legte also Wert darauf, daß sie der Hochzeit nicht beiwohnten?«

»Ganz recht, die Hochzeit sollte in aller Stille stattfinden.«

»Und wie stand die junge Frau mit ihrem Gatten?«

»Das weiß ich nicht, aber sie wird dir sicher auf all deine Fragen bereitwillig antworten.«

»Wobei aber sicher ihre Verwandten zugegen sein werden. Da läßt sich nicht gut fragen.«

Rüdiger lächelte. »Nun, ein wenig Diplomat bin ich auch, Heinz. Ich sah das voraus, und habe Frau von Tübingen für morgen nachmittag um vier Uhr um ein Rendezvous gebeten.«

»Ei, ei – man gewährt dir schon Rendezvous?«

»Nicht so, wie du denkst, Heinz. Ich bat sie nur um dieses Zusammentreffen, weil ich annahm, daß du ihr selbst deine Fragen vorlegen möchtest. Sie weiß, daß du bei mir sein wirst, und daß es nur darum erbeten wurde. Glaube nicht, daß Jutta von Tübingen eine Frau ist, mit der man leichtfertig Rendezvous verabredet. Ich würde es nie wagen.«

»Verzeih, es war nur ein Scherz und nicht böse gemeint. Also gut, ich werde sie morgen nachmittag nach allem Nötigem fragen.«

»Und morgen vormittag machen wir einen offiziellen Besuch im Schloß Untergriesbach.«

»Wobei ich sicher auch die lieben Anverwandten antreffen und etwas sondieren werde.«

»Sicher! Da sie um unsern Besuch wissen, sind sie bestimmt zur Stelle. Ich habe das Gefühl, daß Mutter und Sohn es zu verhindern wünschen, daß Frau von Tübingen eine neue Ehe eingeht, und jeden jungen, heiratsfähigen Mann, der sich ihr nähert, mit Argusaugen bewachen.«

»Das ist erklärlich! Wenn ein neuer Herr im Schloß Untergriesbach einziehen würde, könnten sie wohl kaum noch bleiben. Es ist also Selbsterhaltungstrieb, daß sie eine zweite Ehe der jungen Frau hintertreiben, soweit es in ihrer Macht steht.«

»Sehr richtig.«

»Nun, wir werden sehen. Jedenfalls werden wir sie also antreffen. Und ich werde mich so unwiderstehlich liebenswürdig zeigen, daß sie mich nicht hinauswerfen können. Bitte, wundere dich nicht, wenn ich gegen die Verwandten der Frau von Tübingen sehr freundlich und gegen diese selbst sehr abweisend bin. Ich habe meine Gründe.«

»Ich werde mich überhaupt über nichts wundern, Heinz, denn ich weiß, daß du oft seltsame Wege gehen mußt, um ein Ziel zu erreichen.«

»Gut, und damit wollen wir heute dies Thema beendigen. Laß uns von anderen Dingen plaudern.«

Das geschah. Die beiden Freunde saßen noch eine Weile zusammen und tauschten allerlei Erlebnisse aus, und dann begleitete Heinz Diehl seinen Gastgeber auf die Felder. Frank Rüdiger stellte ihm ein Reitpferd zur Verfügung, und er plauderte nun wieder in seiner harmlos lustigen Weise.

Am anderen Vormittag fuhren die Freunde nach Schloß Untergriesbach und fanden tatsächlich die ganze Familie versammelt. Doktor Diehls unwiderstehlicher Liebenswürdigkeit, seiner heiteren, witzigen Art vermochte nicht einmal Frau von Tölz zu widerstehen, zumal sie merkte, daß er Jutta mit eisiger Zurückhaltung begegnete, während er sich mit Blandine sehr angelegentlich beschäftigte. Die eisige Zurückhaltung gegen Jutta war natürlich Komödie, aber das Interesse für Blandine war echt. Sie gefiel Heinz Diehl ausnehmend, und er fand, daß man mit dieser jungen Dame sehr »vernünftig« reden könne. Außerdem meinte er aber in ihrem Wesen etwas Verhaltenes, Unklares zu entdecken – und das reizte ihn ganz besonders. Er dachte über diese leise Unklarheit in Blandines Wesen nach und sah dabei so oft fragend und forschend in ihre Augen, daß er bei dieser Gelegenheit auch entdeckte, daß diese großen, blauen Augen sehr schön waren und sehr beseelt. Jutta war zunächst ziemlich beklommen zumute, weil Doktor Diehl sich ihr gegenüber so ablehnend verhielt. Betrübt sagte sie sich, daß sie von ihm wohl nicht viel zu hoffen habe. Aber Frank Rüdiger fand Gelegenheit, ihr unbeobachtet einige Worte zuzuflüstern. »Wundern Sie sich nicht über meines Freundes Zurückhaltung, sie ist Maske«, sagte er.

Da atmete Jutta auf. Denn wie hätte sie hoffen können, daß Doktor Diehl mit dem nötigen Eifer für ihre Sache eintreten würde, wenn er sich feindlich zu ihr stellte.

Nun begriff sie, daß er einen besonderen Zweck damit verfolgte, und da wurde ihr wieder leichter ums Herz.

Frau von Tölz fand immer mehr Gefallen an Heinz Diehl, und als sich die Herren entfernt hatten, war sie seines Lobes voll. Auch Norbert von Hall gefiel Doktor Diehl besser als Frank Rüdiger.

Und Blandine?

Sie war ein wenig unruhig und zerstreut, nachdem die Herren gegangen waren. Jutta hatte die Freunde gebeten, am nächsten Abend das Abendessen in Untergriesbach einzunehmen und am Sonntag das Mittagessen. Frau von Tölz hatte seltsamerweise nichts einzuwenden, und Blandines Augen hatten aufgeleuchtet in heimlicher Freude.

Sie plauderte mit Jutta über die beiden Herren und verriet ein großes Interesse an »dem blonden Doktor, der so lustige Augen hatte«.

Jutta war aber heute ein wenig zerstreut und darum sehr froh, daß Blandine nicht zur Stelle war, als sie sich kurz vor vier Uhr entfernte. Pünktlich waren die Herren schon zur Stelle, als sie am Rendezvousplatz eintraf.

Doktor Diehl sagte sofort:

»Vor allen Dingen muß ich mich entschuldigen, gnädige Frau, daß ich mich fast unartig gegen Sie betragen habe. Das geschah hauptsächlich darum, um zu sondieren, wer in Ihrer Umgebung sich darüber freut und wer sich darüber ärgert, wenn man Ihnen nicht liebenswürdig begegnet. Sie müssen mir im voraus Absolution erteilen, wenn ich noch eine Weile eisige Zurückhaltung markiere. Es liegt in meinem Sinne, daß man glaubt, ich stehe Ihnen feindlich gegenüber und glaube an Ihre Schuld. Und es wäre mir sehr erwünscht, wenn auch Sie mir gegenüber eine gewisse Antipathie an den Tag legten.«

Jutta atmete auf. »Das wird mir recht schwerfallen, Herr Doktor. Ich war schon ganz verzagt, daß Sie sich mir so feindlich zeigten, aber nun können Sie mich so schlecht behandeln wie Sie wollen. Heute vormittag sagte ich mir unter Ihren eisigen Blicken: Von diesem Manne wird dir keine Hilfe kommen. Aber jetzt bin ich schon ganz hoffnungsvoll.«

Bewundernd schaute er in ihr schönes, leidvolles Gesicht. Und er konnte Frank Rüdiger sehr gut verstehen.

»Ob ich Ihnen Hilfe bringen kann, weiß ich freilich noch nicht, aber daß ich alles tun werde, was in meinen Kräften steht, um es zu tun, das versteht sich von selbst. Und ich bitte Sie nun, gnädige Frau, mir einige Fragen recht ausführlich zu beantworten. Je genauer ich über alles orientiert bin, desto leichter wird es mir werden, Licht in diese für Sie so schmerzliche Affäre zu bringen. Auch das scheinbar Unwichtigste ist zuweilen sehr nützlich.«

»Bitte, fragen Sie nur, ich werde so ausführlich wie möglich antworten.«

Er verneigte sich. »Also bitte: Wie kam Ihre Verbindung mit Herrn von Tübingen zustande? Während Sie uns das erzählen, können wir auf diesem schönen Waldweg promenieren. Falls uns zufällig jemand begegnet, geben wir uns den Anschein, als seien wir hier ganz zufällig zusammengetroffen.«

Jutta erzählte nun, was sie neulich Blandine über diese Angelegenheit berichtet hatte – wie ihre Heirat zustande kam und wie sie nach Untergriesbach gekommen sei.

Frank Rüdiger war zumute, als fiele ihm eine drückende Last vom Herzen, als er hörte, daß zwischen Jutta und ihrem Manne nur eine Scheinehe bestanden habe und daß sie in ihm nur einen väterlichen Freund gesehen hatte.

Heinz Diehl warf ihm einen lächelnden Seitenblick zu, der zu fragen schien: »Bist du nun über diesen Punkt beruhigt?« Ja, Frank Rüdiger war beruhigt. Juttas Bild hatte nun keinen Schatten mehr für ihn, und ein wunderbares Gefühl der Befreiung erfüllte sein Herz. In andächtigem Entzücken hingen seine Augen an Juttas reinem Profil.

Als sie mit ihrer Erzählung zu Ende war, fragte Doktor Diehl: »Also, Ihr Gatte wollte nicht, daß seine Verwandten an Ihrer Hochzeit teilnahmen?«

»Nein, das wollte er nicht.«

»Wissen Sie seine Gründe?«

»Ja, ich war darüber erstaunt und fragte ihn darum. Und da sagte er mir, diese Verwandtschaft sei ihm unangenehm, hauptsächlich Norbert von Hall.«

»Warum gerade er?«

»Er sagte mir, er sei ein Spieler und noch Schlimmeres.

Und deshalb würde er auch sein Erbe dem Fiskus hinterlassen haben, wenn er mich nicht gefunden und zur Erbin eingesetzt hätte. Er wollte nicht, daß sein Besitz am Spieltisch vergeudet würde. Und nach Frau von Tölz wäre doch ihr Sohn Herr in Untergriesbach geworden, wenn er sie zu seiner Erbin eingesetzt hätte. Außerdem sei sie zu nachgiebig gegenüber ihrem Sohn, sagte er mir.«

»So? Also ein Spieler – und Schlimmeres? Haben Sie eine Ahnung, was er mit dem Schlimmeren andeuten wollte?«

»Nein, er meinte, mit solchen Dingen wolle er mir das Herz nicht beschweren, das sei nichts für ein junges Gemüt.«

Doktor Diehl sah eine Weile sehr nachdenklich vor sich hin. Dann fragte er weiter:

»Wußten seine Verwandten, daß sie ihn nicht beerben würden, auch wenn Sie nicht seine Frau geworden wären?«

»Nein, das wußten sie bestimmt nicht.«

»Aber Ihr Herr Gemahl hatte noch kein Testament gemacht, das seine Verwandten von seinem Erbe ausschloß?«

»Doch, er zeigte es mir und vernichtete es vor meinen Augen, als er gleich nach unserer Hochzeit das Testament zu meinen Gunsten gemacht hatte.«

»Und Ihre Verwandten wußten nicht, daß Ihre Hochzeit einen Tag früher stattgefunden hatte?«

»Bestimmt nicht, denn als nach meines Mannes plötzlichem Tode Frau von Tölz mit ihren Kindern von München zurückkam – man hatte sie telegraphisch herbeigerufen –, gebärdete sie sich ganz als die Herrin des Hauses und redete mich mit ›Fräulein‹ an. Sie behandelten mich fast wie eine hergelaufene Dirne, Frau von Tölz und ihr Sohn. Erst als ich mir das verbat und ihnen mitteilte, daß ich bereits Frau von Tübingen sei, begriffen sie, daß sie kein Recht hatten, sich als Erben aufzuspielen.«

»Wie nahmen sie diese Enthüllung auf?«

»Sehr seltsam.«

»Wie das?«

»Frau von Tölz starrte mich entgeistert an und schrie mir ins Gesicht: ›Sie haben Malte in der Hochzeitsnacht ermordet! Nur Sie können es getan haben, ich protestiere, daß Sie das Erbe antreten.‹ – Norbert von Hall aber wurde totenbleich und fiel wie vernichtet in sich zusammen. Es war grauenhaft anzusehen, wie ihn diese Enttäuschung niederwarf. Ich behielt das im Gedächtnis, obgleich ich an jenem Tage ganz fassungslos war infolge des Entsetzlichen, das auf mich einstürmte. Meines treuesten, besten Freundes jäher Tod, der mir so unerklärlich war, hatte mich tief erschüttert, alle Menschen sahen mich mißtrauisch an, und Frau von Tölz schrie mir die Anklage ins Gesicht. Als das geschah, stob die Dienerschaft auseinander, und zwei Stunden später wurde ich verhaftet, es sprach ja alles zu meinen Ungunsten.«

Doktor Diehl sah scharf und fest in ihre Augen. »Wollen Sie mir sagen, gnädige Frau, welche Verdachtsmomente sich gegen Sie ergaben?«

Jutta strich sich wie besinnend über die Stirn, während Frank Rüdiger sie besorgt ansah. »Es wird Ihnen doch nicht zuviel, gnädige Frau?« fragte er teilnahmsvoll.

Hastig schüttelte sie das Haupt. »Nein, nein, ich könnte das Schwerste vollbringen, wenn ich meine Unschuld an den Tag bringen könnte. Also: Ich war zuletzt allein mit meinem Manne gewesen; ich selbst habe ihm das Glas Wein gebracht, aus dem er den Tod trank; habe ihm sogar das Glas an die Lippen gesetzt, ehe ich ihn verließ.«

Und sie erzählte noch einmal ganz genau den Vorgang an

jenem Abend. Als sie von dem leisen Geräusch sprach, das sie gehört hatte, als sie aus dem Schlafe im Lehnstuhl erwachte, fragte er:

»Was war das für ein Geräusch?«

Sie beschrieb es, wie sie es Blandine beschrieben hatte, und fuhr dann fort in ihrem Bericht bis zum Ende.

»Und was hat Ihr Verteidiger zu Ihren Gunsten vorgebracht?«

»Er hat nachzuweisen versucht, daß mein Mann wohl selbst das Gift in den Wein getan habe, während ich schlief. Nur in dieser Zeit konnte es in das Glas gelangt sein. Er behauptete, mein Mann müsse Selbstmord verübt haben, vielleicht, um sich von seinem schmerzhaften Herzleiden zu befreien. Aber obwohl ich daraufhin schließlich freigesprochen wurde, behaupte ich dennoch, daß mein Mann nicht durch Selbstmord endete. Er war ein viel zu religiöser Mensch und verabscheute den Selbstmord, und er war tapfer und starkmütig. Auch war er viel zu umsichtig, als daß er sich nicht hätte sagen müssen, daß sein Tod mir zur Last gelegt werden könne, wenn er sich nicht selbst angeklagt hätte. Nein, nein – niemals glaube ich, daß er Hand an sich gelegt hat. Nie hätte er zugelassen, daß ich ihm das Glas reichte. Das hätte ich auch laut in der Gerichtsverhandlung erklärt, wenn mich mein Verteidiger nicht beschworen hätte, still zu sein.«

»Also, es erscheint Ihnen ausgeschlossen, daß Ihr Herr Gemahl sich selbst vergiftete?«

»Ganz ausgeschlossen«, entgegnete sie fest und bestimmt.

»Wie lange schliefen Sie in jener Nacht im Lehnstuhl?«

»Es kann eine Stunde lang gewesen sein.«

»Und Sie schliefen fest?«

»Ganz fest, denn ich war sehr müde und konnte mich

schon während des Vorlesens kaum wach halten.«

»Weshalb mögen Sie denn nicht länger geschlafen haben?«

»Ich weiß es nicht. Vielleicht war mir zu kalt, denn als ich erwachte, fror ich und schloß deshalb das Fenster.«

»Es stand offen?«

»Ja, und wie ich später hörte, schlief mein Mann stets bei offenem Fenster. In jener Nacht aber schloß ich es, und dabei überkam mich plötzlich ein Gefühl der Furcht – als laure draußen eine Gefahr auf mich.«

»Ihr Herr Gemahl pflegte also stets bei offenem Fenster zu schlafen?«

»Ja.«

»Und das wußte man im Hause?«

»Jedermann, außer mir.«

»Wo lag das Zimmer – in welchem Stock?«

»Im Parterre, es liegt nach der Terrasse hinaus, wie fast alle Parterrezimmer.«

In Doktor Diehls Augen glomm ein Licht auf.

»So, so – nach der Terrasse hinaus? Nun, also weiter. Als Sie aus der Haft entlassen waren, kehrten Sie nach Untergriesbach zurück?«

»Ja, ich hatte kein anderes Heim. Die Wohnung meiner Mutter in Berlin hatte ich aufgegeben. Und es trieb mich auch hierher, als könnte ich vor Schmach und Not nur Schutz finden im Hause meines Wohltäters, dessen Güte mir das Leben hatte leichtmachen wollen.«

»Sie fanden die Verwandten Ihres Gatten noch hier?«

»Ja! Herr von Hall hatte die Verwaltung des Gutes wie selbstverständlich übernommen. Seine Mutter schaltete als Hausfrau in meinem Hause. Sie hatten ja beide bestimmt erwartet, daß ich verurteilt würde, denn sie glaubten fest an meine Schuld, wenn es Herr von Hall auch mir gegenüber nicht zugeben will.«

»Wie begegneten sie Ihnen?«

»Frau von Tölz mit ostentativer Feindseligkeit und Verachtung. Sie machte keinen Hehl daraus, daß sie mich für die Mörderin meines Mannes hielt. Norbert von Hall heuchelte Glauben an meine Unschuld, beschimpfte mich aber hinter meinem Rücken und prägte den Namen Gifthexe für mich, den mir die Kinder nachrufen, wie Ihnen Herr Rüdiger bestätigen wird.«

»Allerdings«, warf dieser ein.

Jutta fuhr fort. »Seine Schwester Blandine begegnete mir mit einer seltsamen Scheu. Ich hatte das Gefühl, daß auch sie mich für eine Verbrecherin hielt und mich nur nicht mit Verachtung zu behandeln wagte, weil ich ihr und ihren Angehörigen in meinem Hause eine Heimat geboten hatte. Denn ich wollte die Verwandten meines Mannes nicht darben lassen und beließ auch Herrn von Hall den Posten als Verwalter, für den er Gehalt bezieht. Kurzum, ich glaubte, Blandine halte mich für schuldig. Aber seit einiger Zeit weiß ich, daß sie an mich glaubt. Es kam zu einer Aussprache zwischen uns, und ich habe in ihrem Wesen große Werte entdeckt. Wir sind jetzt innig befreundet, und ich weiß, daß sie ihrer Mutter innerlich fremd gegenübersteht. Noch fremder aber ihrem Halbbruder – das habe ich am deutlichsten an jenem Tage bemerkt, als ich ihr mitteilte, daß er um meine Hand angehalten hatte.«

Die beiden Herren zuckten betroffen zusammen. »Wie? Herr von Hall hat sich um Sie beworben?« fragte Frank Rüdiger erregt.

Sie nickte. »Ja – obwohl ich fest überzeugt bin, daß er mich haßt.«

»Das ist schändlich!« stieß Frank Rüdiger hervor.

Ein mattes Lächeln huschte um Juttas Mund. »Genau so

nannte es seine Schwester.«

Doktor Diehl horchte auf. »Warum fand es Fräulein von Tölz schändlich von ihrem Bruder, daß er sich um Sie bewarb? Verzeihen Sie meine Gründlichkeit, aber es ist alles von Interesse für mich.«

»Sie fand es schändlich, weil sie, gleich mir, wußte, daß er es nur tat, um das ihm entgangene Erbe an sich zu bringen.«

»Sie wiesen also Herrn von Hall ab?«

»Ja.«

»Gaben Sie ihm Gründe an?«

»Da er sie verlangte, ja. Ich sagte ihm, daß ich es unverzeihlich finde, daß er um mich werbe, obgleich er an meine Schuld glaube. Und ich sagte ihm auch, daß ich nie meine Hand in die eines Mannes legen würde, solange nicht der wahre Mörder entdeckt sei.«

»Hat er sich damit zufriedengegeben?«

»Nicht ganz. Er machte noch Versuche, mich umzustimmen. Deshalb sagte ich ihm, daß ich wisse, daß er mir den Namen Gifthexe angehängt habe.«

»Was sagte er dazu?«

»Er suchte sich herauszureden. Und kürzlich meinte er, ich werde es hoffentlich nie bereuen, ihn zurückgewiesen zu haben.«

Wieder dachte Doktor Diehl eine Weile nach. Schließlich fuhr er fort: »Also, Fräulein von Tölz steht Mutter und Bruder ziemlich fremd gegenüber?«

Jutta atmete tief auf.

»Das arme Kind – es leidet unter dieser Fremdheit und macht sich wohl noch Vorwürfe darüber, obwohl Blandine ganz schuldlos daran ist. Frau von Tölz ist sehr herzenskalt. Was sie an warmen Gefühlen aufbringen kann, gehört ihrem Sohne aus erster Ehe. Ihm gegenüber ist sie ziemlich schwach. Blandine, die von ihr ziemlich streng und lieblos behandelt wird, fühlt das sehr wohl, und sie begreift die Mutter nicht. Herr von Hall benimmt sich seiner Schwester gegenüber sehr unritterlich. Sie sieht seine Fehler mit scharfen Augen und mit schmerzlichem Groll. Oft liegt in ihren Augen, wenn sie ihn ansieht, ein seltsamer Ausdruck. Irgend etwas bedrückt sie – ich weiß nur nicht, was, und will sie nicht fragen. Sie klagt sich selbst an, daß sie etwas Unfreies, Unausgeglichenes in ihrem Wesen habe, das sie nicht überwinden kann. Und gerade ihrem Bruder gegenüber kommt das zum Ausdruck. Sie weicht ihm aus, wo sie kann, und wenn sie mit ihm spricht, liegt viel Schärfe in ihrem Ton, die ihr sonst fremd ist, und eine grübelnde Unruhe. Jedenfalls ist die arme Blandine nicht glücklich und deshalb harmonieren wir vielleicht so gut miteinander.«

Doktor Diehl hatte sich während dieses Verhörs verschiedene Notizen gemacht und nun dachte er, daß er Fräulein von Tölz dazu bringen müsse, ihm ihr Vertrauen zu schenken, einmal aus einem ganz besonderen Grunde und dann weil sie ihm sehr gefiel und ihn sehr interessierte.

Aufatmend sagte er nun: »Jetzt habe ich Sie aber genug gequält. Ich weiß vorläufig alles, was ich wissen muß. Aber, nun habe ich noch verschiedene Wünsche, die Sie mir erfüllen müssen.«

»Gern, wenn es in meiner Macht steht.«

»Nun wohl – ich muß unbedingt einmal das Sterbezimmer Ihres Herrn Gemahls besichtigen. Aber das muß geschehen, ohne daß ich Zeugen dabeihabe. Am liebsten wäre es mir, wenn kein Mensch außer uns etwas davon erführe – schon weil niemand ahnen darf, in welcher Eigenschaft ich hier bin. Wie können wir das einrichten?«

Jutta dachte nach. Und da blitzte es in ihren Augen auf.

»Es trifft sich gut! Nächsten Dienstag fährt Frau von Tölz mit ihrem Sohn nach München. Sie wollen dort Bekannte treffen, die München auf der Durchreise passieren, und wollen außerdem verschiedene Einkäufe machen.«

»Und Fräulein von Tölz?«

»Sie konnte sich noch nicht entschließen, ob sie Mutter und Bruder begleiten oder zu meiner Gesellschaft zurückbleiben soll.«

»Dann müssen Sie die junge Dame irgendwie bestimmen, daß sie auch mit nach München fährt. Ich habe dann mindestens einen Tag frei, um mir in Ruhe alles ansehen zu können. Der Dienerschaft wegen werde ich Ihnen am Dienstag mit meinem Freunde einen Besuch machen und den Wunsch äußern, das Schloß besichtigen zu dürfen. Sie führen uns dann im Schlosse umher. Dabei wird sich Gelegenheit finden, daß ich das Sterbezimmer Ihres Herrn Gemahls besichtige, ohne daß jemand in der Nähe ist.«

»Gewiß, Herr Doktor, das läßt sich einrichten. Es soll alles zu Ihrer Zufriedenheit geordnet werden.«

»Vor allen Dingen sorgen Sie dafür, daß Fräulein von Tölz mit abreist.«

»Ich werde sie bitten, verschiedene Einkäufe für mich zu besorgen, mit denen ich ihre Mutter nicht behelligen möchte.«

»Gut. Und noch eine Frage – ist im Sterbezimmer Ihres Herrn Gemahls alles so geblieben, wie es war in jener Nacht, als er starb?«

»Ja, es ist nur Ordnung geschaffen worden.«

Doktor Diehl lachte ein wenig ärgerlich.

»Oh – diese Ordnungsliebe, die mir schon manchen Streich gespielt hat! Hoffentlich waren Ihre Domestiken nicht gar so gründlich. Sind wenigstens die Möbel alle an ihrem alten Platz geblieben?«

»Ja, dafür habe ich gesorgt, ich wollte nicht, daß etwas geändert wurde.«

»Das ist mir sehr angenehm. Und nun, meine verehrte gnädige Frau, sind wir für heute mit unserm Verhör zu Ende, und ich kann Ihnen zum mindesten sagen, daß ich, wie mein Freund, ganz fest von Ihrer Schuldlosigkeit überzeugt bin.«

»Das ist für mich schon sehr viel, Herr Doktor.«

»Für mich auch, gnädige Frau, dann tappe ich wenigstens über diese Frage nicht mehr im dunkeln.«

»Wie aber ist Ihnen die Überzeugung gekommen, daß ich schuldlos bin?«

Doktor Diehl lächelte. »Dafür gab es zwei Beweise. Erstens merke ich, daß Sie mit Feuereifer bei dieser Aufklärungsarbeit sind. Das wäre nicht der Fall, wenn Sie sich schuldig fühlten. Und dann treten Sie so energisch dafür ein, daß Ihr Herr Gemahl keinen Selbstmord verübt hat. Wären Sie schuldig, würden Sie ebenso energisch für das Gegenteil eintreten, um den Verdacht von sich abzulenken.«

»Ich meine, dieser Beweise würde es gar nicht bedürfen, um die gnädige Frau schuldlos zu finden – man braucht sie nur anzusehen, um das zu wissen«, warf Frank Rüdiger ein.

Jutta errötete, und Doktor Diehl sagte lächelnd: »Du begnügst dich mit Beweisen, die im Gefühl liegen, ich muß mich an positivere Dinge halten. Also, gnädige Frau, verzeihen Sie, daß ich Sie so lange belästigt habe.«

Sie reichte ihm schnell die Hand. »Belästigt man einen Gefangenen, wenn man sich bemüht, ihm die Fesseln abzustreifen?« fragte sie.

Und dabei glitt ein so reizendes Lächeln über ihre Züge,

daß Frank Rüdiger sie entzückt ansah und sehr bedauerte, daß dies Lächeln nicht ihm galt. Er neidete es fast dem Freunde.

Jutta sah nach ihrer Armbanduhr. »Haben Sie sonst noch Wünsche, Herr Doktor?«

»Nein, gnädige Frau, vorläufig nicht.«

»Dann möchte ich nach Hause gehen. Man wird mich zum Tee erwarten.«

»Wir dürfen Sie nicht zurückhalten; es darf nicht auffallen, daß Sie zu lange ausbleiben.«

»Also, morgen abend erwarten wir die Herren zum Abendessen.«

»Wir werden pünktlich erscheinen. Und bitte, gnädige Frau – nicht vergessen, daß wir beide einander unausstehlich finden.«

Jutta lachte leise. Aber so verzagt dies Lachen auch noch klang, Frank Rüdiger drang es wie Glockenton ins Herz.

»Ich werde mich sehr bemühen, Sie unausstehlich zu finden, Herr Doktor.«

»Tun Sie das. Und wenn Ihnen irgend etwas an mir auffällt oder Ihnen unverständlich erscheint, dann achten Sie nicht darauf, und fragen Sie nicht.«

»Das will ich gewiß nicht tun. Ich füge mich ganz still und vertrauensvoll in alles, was Sie für gut finden.«

»Auch wirklich vertrauensvoll?«

Mit einem schönen, warmen Lächeln reichte sie ihm die Hand. »Ja, wirklich vertrauensvoll, denn Herr Rüdiger hat Sie mir gebracht, und er hat mir schon so viel Gutes getan, daß ich überzeugt bin, daß von seiner Seite mir nur Gutes kommen kann. Leben Sie wohl, meine Herren, und morgen abend auf Wiedersehen!«

Frank Rüdiger zog ihre Hand an seine Lippen, und seine Augen leuchteten einen Moment unbeherrscht in die ihren.

Sie riß sich errötend los und eilte davon.

Selbstvergessen sah ihr Frank Rüdiger nach. Doktor Diehl stand an einen Baum gelehnt und wartete, bis der Freund sich aufatmend nach ihm umwandte.

»Nun – wieder zurück aus dem Himmel?« fragte er.

Ein Lächeln glitt über Frank Rüdigers Züge. »Ist sie nicht eine entzückende Frau?«

»Ohne Zweifel.«

»Wie konnte man sie nur für eine Mörderin halten?«

Doktor Diehl zuckte die Achseln. »Das frage ich mich auch, mein lieber Frank. Durch diese klaren Frauenaugen kann man wahrhaftig ungehindert bis ins Herz sehen.«

»Und was denkst du nun über alles, was du gehört hast?«

»Sehr viel, aber nichts, was ich dir schon verraten möchte.«

»So hast du schon eine Spur?«

»Vielleicht, aber ich lege mich nie fest, solange ich nicht bestimmten Anhalt habe. Erst muß ich am Ort der Tat meine Beobachtungen gemacht haben. Leider wird nach zwei Jahren mancherlei verwischt sein, was ich gleich nach frischer Tat gefunden hätte. Aber manchmal erhalten sich geheimnisvolle Spuren überraschend frisch. Darauf will ich hoffen. Halte mich nicht für einen Geheimniskrämer, mein lieber Frank, aber siehst du, es ist möglich, ich tappe auf falscher Fährte, und dann will ich mich nicht blamieren. Wenn man derartige Sachen sozusagen als Sport betreibt, packt einen der Ehrgeiz – man möchte unfehlbar sein und zum mindesten anderen Menschen nicht eingestehen, daß man auf dem berüchtigten Holzweg ist. Respektiere also meine Zurückhaltung in dieser Angelegenheit, zumal darüber jedes Wort zuviel ist, wodurch die Sache nicht unbedingt gefördert werden kann.«

»Sag' mir nur, ob du Hoffnung hast, Frau von Tübingens Unschuld zu beweisen?«

»Mit dieser Hoffnung kam ich schon hierher. Ob sie begründet ist, wird die Zeit lehren. Und nun hast du wohl nichts dagegen, wenn wir nach Obergriesbach zurückkehren. Frau Remblin hat mir Knusperchen und Eierwaffeln zum Tee versprochen, und ich bin äußerst gespannt auf diese verheißungsvollen Dinge.«

Die letzten Worte sagte Doktor Diehl wieder mit seinem harmlos-fröhlichen Gesicht.

Sie gingen zu der Stelle, wo sie ihre Pferde angebunden hatten, saßen auf und ritten schnell davon.

Auf dem Heimweg war Doktor Diehl so aufgeräumt und übermütig wie nie zuvor. Frank Rüdiger kannte den Freund zu gut, um nicht zu wissen, daß er nicht hoffnungslos war. Aber er wußte auch, daß jetzt nichts aus ihm herauszubringen sei. So sparte er sich alle weiteren Fragen und ging auf den lustigen Ton ein.

In bester Stimmung kamen sie im Obergriesbacher Herrenhause an, und hier hatte Frau Remblin im Erkerausbau des schönen, behaglichen Wohnzimmers den Teetisch hergerichtet, auf dem Waffeln und Sandwichs neben dem heimlich summenden Teekessel aufgestellt waren.

»Wir leben hier wie im Schlaraffenland«, sagte Doktor Diehl vergnügt schmunzelnd.

Blandine befand sich mit Mutter und Bruder in dem Zimmer, in dem nachmittags der Tee eingenommen wurde. Es war ein kleinerer Raum neben dem großen Speisezimmer, und im Kamin brannte noch ein helles Holzfeuer, denn es war noch recht frisch und kühl, sobald die Sonne im Sinken war.

»Wo bleibt Jutta?« fragte Frau von Tölz, ungeduldig

nach der Teekanne blickend.

»Sie ist wohl noch nicht von ihrem Spaziergang zurück. Ich habe sie seit Mittag nicht gesehen.«

»Das ist ja erstaunlich, daß du einmal nicht als ihr getreuer Schatten fungierst«, höhnte Norbert.

»Ja, ich wollte dir schon immer einmal sagen, Blandine, daß mir diese Intimität mit Jutta nicht gefällt. Was hast du immer mit ihr zusammenzustecken? Und weshalb nennst du sie so vertraulich du und läßt es dir von ihr auch gefallen?« fiel Frau von Tölz ein.

Blandine sah ihre Mutter groß und ruhig an. »Weil Jutta meine Freundin ist, Mama.«

Entrüstet schlug Frau von Tölz die Hand auf ihre Sessellehne. »Deine Freundin? Eine Verbrecherin darf nie die Freundin meiner Tochter sein.«

»Verzeih, Mama – noch weniger dürfte sie dann unsere Wohltäterin sein. Und das ist Jutta doch im vollen Maße. Ich nenne Jutta stolz meine Freundin, denn sie ist ein edler, guter Mensch, und ich bin fest überzeugt, daß sie schuldlos ist.«

Norbert lachte heiser und höhnisch auf. »Du bist schlau, Blandine, du lügst dir vor, an ihre Schuldlosigkeit zu glauben, damit du ungehindert durch peinliche Skrupel bei ihr deinen Vorteil wahren kannst.«

Blandine erhob sich jäh und trat dicht an den Bruder heran. »Ein Mensch wie du, dem nichts mehr heilig ist, der ruhig zusieht, wie eine wehrlose Frau gepeinigt wird, und noch dazu hilft, kann meine Beweggründe nicht verstehen. Ich verzichte darauf, sie dir zu erklären. Aber jedenfalls stehe ich mit meiner ganzen Überzeugung auf Juttas Seite. Und jedem, der es hören will, werde ich laut erklären, daß sie schuldlos ist.«

Seine Augen flackerten unstet. »Es wird aber kein

Mensch es hören wollen. Du bist eine Närrin, Blandine. Wer anders als sie sollte den Mord begangen haben? Wer anders als sie hatte einen Vorteil davon?«

Mit schmerzlichem Groll sah Blandine ihn an. »Das weiß Gott allein, und seine Strafe wird den Schuldigen ereilen, so oder so«, sagte sie feierlich.

Er lachte amüsiert auf. »Du bist und bleibst eine Närrin.«

Sie seufzte tief auf. »Ich wollte, ich wäre es – aber meine Gedanken sind bedauerlich klar und scharf.«

»Nun hört doch endlich auf zu streiten. Diese Person ist es wahrhaftig nicht wert, daß ihr fortwährend in Unstimmigkeiten ihretwegen seid«, sagte Frau von Tölz verdrießlich.

Blandine wollte etwas erwidern, aber in diesem Moment öffnete Jutta die Tür und trat ein.

»Verzeihung, daß ich so spät komme – ich habe mich im Walde versäumt«, sagte sie, sich vor Frau von Tölz und Norbert verneigend, während sie Blandine die Hand reichte.

»Es war herrlich draußen, Blandine, allerdings ein wenig frisch und kühl. Aber der Wald wird trotzdem immer grüner, alle Blattknospen haben nun ihre Hüllen gesprengt, und es liegt wie ein dichter, grüner Schleier über dem Wald. Man sieht die Blätter fast wachsen«, sagte sie angeregt.

»Ich fand dein Zimmer leider schon leer, Jutta, als ich dich fragen wollte, ob ich dich begleiten darf.«

Juttas Wangen röteten sich ein wenig. »Ich glaubte, deine Mutter bedürfe deiner. Wenn es dir recht ist, gehen wir nach dem Tee noch ein Stündchen ins Freie.«

»Gern – wenn du nicht zu müde bist.«

»O nein, es wandert sich heute wundervoll. Bald können

wir auch einmal auf die Berge hinaufsteigen.«

Man hatte am Teetisch Platz genommen, und wie üblich bei diesen täglichen Zusammenkünften, machte man höflich Konversation. Es war, als säßen sich ganz fremde Menschen gegenüber. Frau von Tölz saß kerzengerade mit eingekniffenen Lippen und balancierte die chinesische Teeschale auf der Hand. Norbert trank hastig seinen Tee und entschuldigte sich dann mit wichtigen Arbeiten und zog sich zurück. Blandine bemühte sich, mit Jutta ein Gespräch in Gang zu halten.

Ehe auch Frau von Tölz sich zurückzog, sagte sie zu Jutta: »Sie haben für morgen abend und zum Sonntag mittag die beiden Herren eingeladen. Wir hatten so lange keine Gäste, und ich möchte wissen, in welcher Weise Sie die Herren zu bewirten gedenken, damit ich die nötigen Anordnungen treffen kann.«

Jutta sah sie ruhig an. »Ich werde diese Anordnungen gleich selbst treffen.«

Frau von Tölz stutzte. »Was soll das heißen?«

»Es soll nur heißen, daß ich Sie in Zukunft nicht mehr bemühen will. Schon zu lange habe ich Ihnen alle Pflichten des Haushalts aufgeladen. Das soll jetzt anders werden. Ich will mich nicht länger furchtsam einspinnen. Die Zurückgezogenheit, in der ich die letzten beiden Jahre lebte, hat mich fast menschenscheu gemacht. Sogar der Dienerschaft gegenüber war ich scheu und habe es fast verlernt, mit ihr zu verkehren. Das soll jetzt, wie gesagt, anders werden. Ich muß endlich wieder Fühlung gewinnen mit dem Leben. Und ich darf nicht gestatten, daß Sie sich immer für mich mühen und alle Lasten des Haushaltes auf sich nehmen. Deshalb werde ich jetzt die Zügel des Hauswesens selbst in die Hände nehmen.«

Frau von Tölz funkelte Jutta feindselig an. Sie sah in diesem Moment ihrem Sohn auffallend ähnlich.

»Nun – und ich? Was soll ich dann tun?«

»Sie sollen sich ausruhen und sich Ihr Leben bequemer einrichten als bisher.«

Ein zorniger Blick schoß aus Frau von Tölz' Augen zu Jutta hinüber. »Also, ich soll einfach beiseite geschoben werden? Das lasse ich mir nicht gefallen. Ich habe seit meines Cousins Tod seinem Hause vorgestanden, und ich denke, daß ich es in tadelloser Weise getan habe.«

»Unbedingt, daran ist kein Zweifel.«

»Nun also – weshalb soll ich nun plötzlich beiseite geschoben werden?«

»Ganz gewiß nicht in kränkender Absicht. Aber Sie können doch wohl verstehen, daß ich nun endlich selbst meinen Hausstand leiten möchte. Nehmen Sie an, ich sei so lange krank gewesen, unfähig, meinem Hauswesen selbst vorzustehen. Sie hatten sich, als ich damals hierher zurückkehrte, an dessen Spitze gestellt, so wie Norbert ganz selbstverständlich die Verwaltung der Gutswirtschaft übernommen hatte. Ich war damals so elend und zermürbt, daß es mir eine Wohltat war, mich um nichts kümmern zu müssen. Und fast wurde es mir zur Gewohnheit, Sie für mich sorgen zu lassen, weil ich nicht energisch genug war, mich meinen Pflichten zu widmen. Jetzt endlich fange ich an, mich auf mich selbst zu besinnen, und bin imstande, Sie abzulösen.«

»Sie vergessen aber, daß ich mir durch dieses Amt gewissermaßen mein Brot verdiente. In welcher Eigenschaft soll ich in Zukunft hier leben?«

Jutta sah sie fest und ruhig an. »Wenn Sie nicht als mein Gast hier leben wollen, dann weiß ich es nicht.«

»Als Ihr Gast, hier in diesem Hause, in dem ich von Rechts wegen die Herrin sein müßte? Sie vergessen wohl, daß niemand weniger als Sie berechtigt ist, sich hier als Herrin aufzuspielen.«

»Mama!« rief Blandine wie beschwörend.

»Schweig!« gebot ihre Mutter schroff.

Jutta legte ihre Hand auf Blandines Arm. »Sei ruhig, Blandine, laß deine Mutter aussprechen, was sie will.«

»Ich werde mich auch nicht hindern lassen. Sie wissen nur zu gut, wie recht ich habe. Nie hätte mein armer Cousin Sie zu seiner Erbin eingesetzt, wenn er geahnt hätte, daß Sie ihm nach dem Leben trachten.«

Jutta wurde bleich, aber sie verlor ihre Ruhe nicht. Beschwichtigend streichelte sie Blandines Hand, die zitternd auf ihrem Arm ruhte.

»Ich kann Sie nicht von diesem Irrtum bekehren und verschmähe es, mich zu verteidigen. Vielleicht geschieht eines Tages ein Wunder, so daß der Mörder meines Mannes entdeckt wird. Nur dann könnte ich Sie von meiner Unschuld überzeugen, das weiß ich.«

»Sehr richtig – nur dann – aber das wird nie geschehen.«

»Mama, ich bitte dich, mäßige dich. Du darfst Jutta nicht so maßlos beleidigen, sie ist unschuldig.«

Mit kalten, strengen Augen sah die Mutter ihre Tochter an. »Ich habe dir vorhin schon Schweigen geboten. Mische dich nicht in unsere Unterredung. Also, noch einmal, Jutta, ist es wirklich Ihr Ernst, daß Sie mir die Zügel des Hauswesens aus den Händen nehmen wollen?«

»Ja, es ist mein Ernst.«

»Denken Sie sich das nicht so leicht. Die Dienstboten werden Ihnen davonlaufen oder Ihre Befehle ignorieren. Mir gehorchen sie – Ihnen nicht.«

So suchte Frau von Tölz Jutta einzuschüchtern. Diese hatte wirklich der alten Dame nur eine Last abnehmen wollen. Aber ihre beleidigende Art und Weise weckte ihren Trotz. Sie richtete sich hoch auf.

»Ich werde mir den nötigen Respekt zu verschaffen wissen. Wer nicht in meinem Dienste bleiben und seine Pflicht tun will, mag gehen. Ich halte niemand. Das werde ich der Dienerschaft klarmachen. Zu lange schon habe ich versäumt, zu betonen, daß ich hier die Herrin des Hauses bin.«

Vielleicht hätte Jutta noch vor kurzer Zeit nicht die Kraft gefunden, so aufzutreten, aber seit sie wußte, daß Blandine, Doktor Diehl und Frank Rüdiger an ihre Schuldlosigkeit glaubten, war sie mutiger geworden. Und sie sagte sich nun, daß sie sich ferner von Frau von Tölz nicht mehr tyrannisieren und beiseite schieben lassen durfte.

Frau von Tölz war sichtlich fassungslos. Sie trommelte nervös mit den Fingern auf dem Tisch.

»So? Dann bin ich also hier überflüssig?«

Flehend sah Blandine zu Jutta auf. Diese lächelte ihr beruhigend zu. »Sie sind nicht überflüssiger als zuvor, Tante Herta. Ich sage Ihnen nochmals, daß ich Sie nach wie vor als Gast betrachte.«

Ein gehässiger Ausdruck flog über das Gesicht der alten Dame. »Und dafür muß ich wohl auch noch dankbar sein? höhnte sie.

Jutta schüttelte ruhig den Kopf. »Nein, nein, ich erwarte keinen Dank und tue es auch nicht des Dankes wegen. Es ist mir ein Bedürfnis, so für Sie zu sorgen – oder vielleicht noch etwas besser, als es mein Mann getan haben würde.«

Hochmütig erhob sich Frau von Tölz und sah Jutta vernichtend an. »Diese Großmut ist erschütternd«, sagte sie mit eiskaltem Hohn, neigte förmlich das Haupt und verließ das Zimmer.

Blandine warf sich erregt in Juttas Arme. »Jutta – liebe,

teure Jutta – wie unerhört wird deine Großmut ausgenützt. Verzeih meiner Mutter, ich bitte dich, sie weiß nicht, was sie tut.«

Tröstend streichelte Jutta ihr Haar. »Sei ruhig, Blandine, es ist alles nicht so schlimm, wie du denkst. Ich trage deiner Mutter wahrlich nichts nach. Sie glaubt sich im Recht und handelt danach.«

»Du bist unerhört nachsichtig. Es ist wirklich für meine Mutter die einzige Entschuldigung, daß sie sich in ihrem Rechte glaubt. Wie oft habe ich versucht, sie zu belehren. Es ist unmöglich. Ich kann gar nicht verstehen, daß sie dir nicht wenigstens dankbar ist für alles Gute, was du an uns tust.«

»Nun, nun – um so dankbarer bist du, kleine Blandine. Du machst alles gut. Und nun wollen wir an diese unangenehmen Dinge gar nicht mehr denken. Laß uns lieber beraten, wie wir unsere Gäste morgen und am Sonntag bewirten. Ich muß doch in Ehren bestehen – sonst lacht mich deine Mutter aus.«

Hastig haschte Blandine nach Juttas Hand und küßte sie. Erschrocken wehrte Jutta ab.

»Blandine – was tust du?«

»Was ich muß, Jutta.«

Diese zog Blandine neben sich nieder.

»Also jetzt klare Augen, Blandine – was setzen wir unseren Gästen vor? Ich muß der Köchin mit fertigen Vorschlägen kommen und darf mich der Dienerschaft gegenüber nicht schwach zeigen. Gleich nachher schaffe ich Klarheit zwischen ihr und mir. Ein wenig bange ist mir, aber anmerken soll mir niemand, daß ich nicht gewohnt bin, die Herrin zu spielen. Respekt muß ich mir verschaffen. Also, den Küchenzettel! Ein wenig festlich soll es zugehen, nicht wahr? Wir hatten seit Onkel Maltes Tod keine Gäste hier im Schlosse. Und Doktor Diehl hat heute morgen in so launiger Weise von Frau Remblins Kochkünsten geplaudert. Da müssen wir uns anstrengen.«

Blandine errötete jäh. »Wie gefällt dir Doktor Diehl?«

Schon wollte Jutta ein Loblied auf den blonden Doktor singen, aber da fiel ihr ein, daß sie ihn »unausstehlich« finden sollte.

»Oh – nicht so besonders«, sagte sie diplomatisch, »und wie gefällt er dir, Blandine?«

»Sehr gut.«

»Nun, dann ist es recht gut, daß er mir weniger gefällt«, neckte Jutta.

Mit frohem Staunen sah Blandine in ihr schelmischlächelndes Gesicht. »Du bist jetzt zuweilen so froher Laune, Jutta, wie freue ich mich darüber.«

»Bin ich anders als sonst?« fragte Jutta ein wenig verlegen.

»Ja – gottlob! Und weißt du, seit wann?«

»Nun?«

»Seit Herr Rüdiger das erstemal bei uns war.«

Jetzt wurde Juttas Gesicht sehr rot. »Ich bitte dich, Blandine – was soll er damit zu tun haben? Ich glaube vielmehr, daß ich froher und zuversichtlicher bin, seit ich weiß, daß du an mich glaubst.«

»Hat dir das so viel Eindruck gemacht?«

Ein tiefer Atemzug hob Juttas Brust. »Ach, Blandine, du ahnst nicht, wie furchtbar es ist, in allen Augen nur Mißtrauen und Verachtung zu lesen. Seit ich in deinen Augen etwas anderes las, war mir, als müsse nun alles wieder besser werden.«

»Soll ich dir sagen, Jutta, daß Herr Rüdiger auch zu den Menschen gehört, die absolut an dich glauben!«

Wieder errötete Jutta. »Wie kommst du darauf?«

»Ich las es in seinen Augen, als er dich anblickte.«

»Wirklich?«

»Ganz gewiß. Und weißt du, was ich von ganzem Herzen wünsche?«

»Nun?«

»Daß dir Frank Rüdiger ein echtes, großes Glück beschert.«

Jutta seufzte tief auf. »Meine liebe Blandine, laß uns darüber nie mehr reden. Solange nur der Schatten eines Verdachtes auf mir ruht, darf mir kein Mann teuer werden. Nie würde ich meine Hand in die eines Mannes legen, wenn nicht der wahre Mörder Maltes entdeckt würde. Das glaube mir.«

Eine Weile sah Blandine stumm vor sich hin. Dann sagte sie aufatmend:

»Ach, Jutta, genügt es dir nicht, wenn ein Mann an dich glaubt, den du liebst und der dich liebt?«

Mit zusammengezogener Stirn sah Jutta vor sich hin. Dann schüttelte sie heftig den Kopf. »Nein, nein, das genügt mir nicht. Gerade, wenn ich einen Mann liebte, möchte ich um keinen Preis der Welt, daß er die Augen meinetwegen niederschlagen müßte. Stolz müßte er an meiner Seite schreiten dürfen, wie ich an der seinen. Aber nun nichts mehr davon.«

Die beiden jungen Damen berieten nun eifrig die Bewirtungsfrage, und als sie einig waren, sagte Jutta:

»Nun will ich gleich hinuntergehen in die Küche und der Köchin meine Befehle geben. Zugleich werde ich die gesamte Dienerschaft zusammenrufen und ihr klarmachen, daß sie in Zukunft mit mir persönlich zu tun hat. Wem es nicht paßt, der mag gehen. Nachher gehen wir noch ein Stündchen in den Wald. Halte dich bereit.«

Und Jutta führte ihren Vorsatz sogleich aus. Sie ließ die

Domestiken alle in die große Küche rufen, die wie die anderen Wirtschaftsräume im Souterrain lag. Und hier sagte sie ihnen ruhig und bestimmt, daß in Zukunft nur ihre Befehle maßgebend seien. Frau von Tölz habe alles wieder in ihre Hände gelegt, da sie nur von ihr vertreten worden sei, solange sie sich leidend gefühlt habe. Jetzt sei sie wieder gesund, und nun bleibe Frau von Tölz nur noch als Gast im Hause. »Wer meinen Befehlen nicht gehorchen und unter meiner Leitung seine Pflicht nicht tun will, der mag es mir sofort sagen. Er ist dann sogleich entlassen mit der üblichen gesetzmäßigen Ablohnung. Wer aber bleibt, von dem erwarte ich vollste Respektierung meiner Wünsche und Anordnungen.«

Die Dienerschaft war im ersten Augenblick ein wenig betroffen. Man hatte Jutta bisher als unbedingte Null angesehen und war ihr mit Mißtrauen und Verachtung begegnet. Auch die Dienerschaft nannte sie im geheimen nur die Gifthexe. Aber Juttas stolzes, bestimmtes Auftreten machte doch Eindruck. Und niemand wollte die gute Stellung verlieren. Außerdem war Frau von Tölz sehr unbeliebt. Man gönnte ihr den Sturz vom Throne. Und so blieben alle und fügten sich der neuen Ordnung der Dinge.

Das schöne, saalartige Speisezimmer und die danebenliegenden Gesellschaftsräume im Schloß Untergriesbach waren hell erleuchtet. Es lag heute ein festlicher Glanz über all den schönen, vornehmen Räumen. Jutta ging, ehe ihre Gäste eintrafen, noch einmal prüfend durch alle Zimmer und betrachtete forschend die reizend geschmückte Tafel.

Zum ersten Male freute sie sich ihres Reichtums, den ihr Malte von Tübingen hinterlassen hatte.

Heute hatte sie endlich das düstere Schwarz ihrer Kleider gemildert. Das weiche, schwarze Gewand aus feiner, schleierartiger Seide war um den kleinen Halsausschnitt mit einer köstlichen, elfenbeinfarbigen Spitzengarnitur geschmückt. Das goldigschimmernde Haar war glatt aus der Stirn gestrichen. In leichten Wellen legte es sich um den feinen Kopf und ruhte dann in dem dicken, weichen Knoten im Nacken, dessen Schönheit einen Bildhauer entzückt hätte. Lose hüllte das Kleid den Oberkörper ein und fiel dann in weichen Falten bis zum Knöchel herab. Am Halsausschnitt steckte ein Strauß frischer Veilchen, die köstlich dufteten.

Blandine hatte ihr die Veilchen gebracht. »Ich habe sie im Walde für dich gepflückt, Jutta. – Die ersten Veilchen im Frühling sollen demjenigen Glück bringen, für den sie mit guten Wünschen gepflückt sind. Jedes einzelne Veilchen habe ich mit einem guten Wunsche für dich gepflückt – hoffentlich bringen sie dir Glück – trage sie heute abend«, hatte sie gesagt. Und nun dufteten die Veilchen an Juttas Brust.

Sie sah wunderschön aus mit den leicht geröteten Wangen und den strahlenden braunen Augen. Das weiche, schwarze Gewand schmiegte sich reizvoll um ihre jugendschönen Glieder, und Nacken und Arme leuchteten in zartem Weiß aus dem schwarzen Kleid hervor.

Während sie noch einiges an der Tafel ordnete, erschien Norbert von Hall. Er trug den Smoking und sah sehr stattlich und elegant aus. Nur störte, wie immer, seine seltsam fahle Hautfarbe und der Blick der unstet flackernden Augen.

Als er jetzt Jutta in ihrem ganzen holden Jugendreiz vor sich sah, lohte ein verzehrendes Feuer in seinen Augen auf. Nie war sie ihm so schön erschienen wie an diesem Abend.

»Wem gelten die blühenden Veilchen an Ihrem Herzen, Jutta? Ich sehe Sie heute zum ersten Male mit Blumen geschmückt«, sagte er heiser.

Sie sah ihn ruhig an. »Diese Blumen trage ich Blandine zu Ehren und auf ihren Wunsch. Sie brachte sie mir aus dem Walde als die ersten Frühlingsboten.«

»Ah so! Ich fürchtete schon, diese Veilchen sollten einem Ihrer Gäste entgegenblühen.«

»Wie sollten sie? Meine Gäste sind mir noch viel zu fremd, als daß ich sie in solcher Weise auszeichnen möchte.«

»Haben Sie nicht dieser Gäste wegen Ihre Zurückhaltung aufgegeben?«

»Es ist endlich an der Zeit, hauptsächlich Blandines wegen, daß ich sie aufgebe. Sie darf nicht länger darunter leiden.«

»Blandines wegen? Nur ihretwegen? Sind Sie nicht auch selber dieser Zurückgezogenheit müde?«

»Allerdings! Ich bin jung – wenn ich das auch fast vergessen habe.«

»Und Ihre Jugend sehnt sich nach einem Manne, dem Sie Ihre Liebe schenken können?« fragte er bebend, kaum seine Erregung noch meisternd.

Jutta richtete sich stolz auf. »Ich denke nicht daran, meine Liebe zu verschenken. Solange dieser häßliche Verdacht auf mir ruht, darf ich keine zweite Ehe eingehen, und werde es auch nicht tun.«

Er trat so dicht an sie heran, daß sie einen Schritt zurückwich. »Das ist doch nicht Ihr Ernst?«

»Doch, es ist mein Ernst.«

»Würden Sie mir darauf Ihr Ehrenwort geben?« fragte er lauernd.

Sie warf den Kopf zurück. »Was gilt Ihnen das Ehrenwort einer Frau, die Sie für eine Giftmischerin halten?« fragte sie bitter.

Er hob wie flehend die Hände. »Nein – ich tue es nicht, Jutta – glauben Sie mir doch – ich zweifle nicht an Ihrer Schuldlosigkeit. Ihr Ehrenwort gilt mir. Geben Sie es mir, dann will ich Ihnen glauben, daß Sie es ernsthaft meinen.«

Sie zuckte die Achseln. »Nun wohl – um dieser Szene ein Ende zu machen – ich gebe Ihnen mein Ehrenwort, daß ich mich nicht wieder verheiraten werde, bevor nicht der Mörder meines Gatten entdeckt worden ist.«

Er wurde vor unterdrückter Erregung bleich, wie ein Sterbender, und seine Augen glühten in einem seltsamen Feuer.

»Ich halte Sie bei diesem Wort, Jutta.«

Sie wandte sich ab und ordnete an den Blumen in einer Jardiniere. In diesem Augenblick trat Frau von Tölz ein.

Diese zeigte seit gestern die Miene einer gekränkten und entthronten Königin und neigte nur kühl das Haupt zum Gruß gegen Jutta. Sie sah in ihrem schwarzen Spitzenkleid sehr vornehm aus.

Norbert küßte seiner Mutter die Hand.

»Wo ist Blandine?« fragte sie.

»Sie ist noch auf ihrem Zimmer. Ich will nach ihr sehen, vielleicht kommt sie mit ihrer Toilette nicht zurecht.«

Damit verließ Jutta das Zimmer, froh, aus dem Bereich von Norberts funkelnden Augen zu kommen.

Als Mutter und Sohn allein waren, sagte Frau von Tölz hastig:

»Hast du gesehen? Sie trägt eine helle Spitzengarnitur und Veilchen. Und sie hat ein wahres Fest aus diesem einfachen Abendessen mit einem ländlichen Nachbarn gemacht. Ich möchte wetten, daß sie Absichten hat auf einen der beiden Herren. Mit Doktor Diehl dürfte sie wenig Glück haben, der hat sie glatt abfallen lassen und hat ihr eine eisige Zurückhaltung gezeigt. Aber dieser Herr

Rüdiger scheint mir gefährlich.«

Norbert atmete tief auf. »Du kannst ruhig sein, Mama – Jutta hat mir soeben ihr Ehrenwort gegeben, daß sie sich nicht wieder verheiraten wird, solange nicht der Mörder ihres Gatten entdeckt worden ist.«

Frau von Tölz horchte auf. »Hat sie das wirklich gesagt?«

»Ja.«

»Das wäre – nun – sie wird es nicht wagen, ihre verbrecherische Hand in die eines Mannes zu legen. Ihr Ehrenwort? Was gilt das Ehrenwort einer Mörderin?«

»Nun – jedenfalls hat sie sich damit gebunden, ich würde sie beim Wort nehmen. Ich glaube, wir können unbesorgt sein. Wenn dieser Herr Rüdiger ihr gefährlich geworden wäre, hätte sie mir ihr Wort sicher nicht verpfändet.«

»Nun, um so besser – dann hat Blandine nach zwei Seiten Aussichten. Ich wäre sehr froh, wenn sie eine gute Partie machte, denn diese beiden Herren kann man wohl gute, vielleicht sogar glänzende Partien nennen. Der Aufenthalt in diesem Hause ist mir seit gestern gründlich verleidet. Sie hat mir die Herrschaft ganz aus der Hand genommen, und leider pariert ihr die Dienerschaft aufs Wort. Ich gelte absolut nichts mehr. Aber vorläufig müssen wir bleiben.«

»Ganz recht, Mama, wir müssen bleiben – sonst – wäre ich längst auf und davon«, stieß er in unterdrückter Erregung hervor.

Sie sah ihn unruhig an. »Norbert – was ist dir nur? Du bist oft so erregt und so ungleich in deinen Stimmungen?«

Mit brennenden Augen sah er sie an. »Ich will es dir sagen – damit du mein unausgeglichenes Wesen verstehst und dir den Kopf nicht darüber zerbrichst. Wenn es dir auch wunderlich erscheinen mag – ich liebe Jutta.«

»Norbert!«

»Ja, Mama – mit einer verzehrenden Leidenschaft, die mich bedrückt und quält – ich liebe sie – ich liebe sie.«

Das kam wie ein Stöhnen aus seiner Brust.

Seine Mutter sah ihn entsetzt an. »Mein Gott im Himmel! Wie kannst du eine Frau lieben, die ein solches Verbrechen begangen hat?«

Er lachte auf. »Ja – wie kann ich das? Nicht wahr – es ist unverständlich und rätselhaft. Ich wollte sie hassen – und muß sie lieben, zu meiner Qual. So – nun weißt du, was dir an mir wunderlich erscheint. Ich kann mir nicht helfen.«

»So helfe dir Gott, Norbert«, sagte die Mutter bedrückt.

Wieder lachte er heiser und rauh auf. »Der hat andere Dinge zu tun, als sich um mich zu kümmern. Doch still – ich höre Jutta und Blandine.«

Frau von Tölz sank erschöpft in einen Sessel, und nun trat Jutta wieder ein. Neben ihr erschien Blandine. Sie trug ein lichtblaues Seidenkleid, das ihre zarte, blonde Schönheit vorteilhaft zur Geltung brachte. Wenn Blandine auch nicht so schön war wie Jutta, so lag doch über ihrer Erscheinung ein aparter Reiz, der heute abend besonders stark war. Ihre Mutter musterte sie zufrieden und vergaß eine Weile Norberts Geständnis, das sie sehr beunruhigt hatte.

Es war ihr sehr wichtig, daß Blandine einen Freier fand. Und ob es nun Frank Rüdiger war oder Doktor Diehl – beide waren gute Partien. Einer von ihnen würde wohl von Blandine gefesselt werden. Sie konnte sich doch sehen lassen.

Und Frau von Tölz knüpfte Zukunftspläne an diese Betrachtungen. Egoistisch, wie sie war, hoffte sie auch für sich allerlei Gutes von einer vorteilhaften Heirat ihrer Tochter. Sorgfältig zupfte sie noch ein wenig an Blandines

Toilette herum. Und dann fuhr auch schon der Wagen vor, der die beiden Freunde brachte.

Es waren zwei interessante, imponierende Gestalten, die nun, von dem Diener geleitet, in das Empfangszimmer traten. Frank Rüdiger, der seinen Freund noch überragte, sah im Smoking, wie fast alle Herren, vorzüglich aus. Seine hohe, schlanke Gestalt mit den breiten Schultern kam darin zur vollsten Geltung. Hell leuchteten seine grauen Augen aus dem bronzefarbigen Gesicht, diese guten, weichen Augen, die so stark mit den fast harten, markanten Zügen kontrastierten.

Auch Doktor Diehl präsentierte sich als elegante, vornehme Erscheinung. Und seine lachenden Augen überflogen so harmlos die vier Menschen, die ihn und den Freund erwarteten, daß kein Uneingeweihter hätte ahnen können, daß ihm nicht der kleinste und unwichtigste Umstand entging. Er merkte sofort, daß Norbert von Hall sehr erregt war und es zu verbergen suchte. Auch sah er, daß Frau von Tölz zuweilen besorgt das Gesicht ihres Sohnes musterte.

Doktor Diehl begrüßte Frau von Tölz und Blandine sehr liebenswürdig, zeigte Jutta jedoch wieder eine eisige Höflichkeit, die sie, so gut es ging, zu erwidern versuchte.

Als man dann zu Tisch ging, bot Doktor Diehl Blandine den Arm, während Frank Rüdiger sich vor Jutta verneigte. So gingen die beiden Paare in das Speisezimmer hinüber. Norbert folgte mit seiner Mutter.

Bei Tisch sorgte Heinz Diehl sehr bald für einen heiteren Ton. Seiner Fröhlichkeit konnte niemand widerstehen. Die Geister der Traurigkeit entflohen, die so lange in diesen Räumen geherrscht hatten. Blandine konnte nicht anders – sie ließ sich mit fortreißen. Frank Rüdiger unterstützte den Freund um so lieber, als auch ihm das Herz aufging bei Juttas Anblick. Wenn er noch nicht ganz von ihr bezaubert gewesen wäre, heute hätte er sein Herz ganz an sie verloren. Er vermochte seine Augen kaum von ihr loszureißen, und er vermochte sich nicht immer so zu beherrschen, daß Norberts eifersüchtige Augen nicht entdeckt hätten, wie es um ihn stand. Aber Norbert triumphierte heimlich – er baute auf Juttas Ehrenwort und wußte, daß Frank Rüdiger nichts zu hoffen hatte. Da er selbst Jutta nicht besitzen konnte, sollte sie auch kein anderer Mann besitzen.

Auch Norbert zwang sich zu einem lustigen, fast übermütigen Tone, und selbst Juttas Gesicht hellte sich auf. Zuweilen vergaß sie im Laufe der Unterhaltung ihre kühle Reserve gegen Doktor Diehl, wenn er seine übermütigen Scherze machte. Dann zeigte er sich besonders abweisend und erinnerte sie so an die Rolle, die sie spielen sollte. Er vergaß die seine nicht einen Augenblick. Blandine merkte mit Betrübnis, daß Heinz Diehl Jutta anscheinend gar nicht mochte, und das tat ihr leid.

Als nach Tisch der Mokka in einem der Nebenzimmer serviert wurde und Blandine mit Heinz Diehl etwas abseits von den anderen am offenen Fenster stand, sagte sie halblaut: »Darf ich fragen, Herr Doktor, warum Sie Frau von Tübingen eine so auffallend eisige Zurückhaltung zeigen?«

Er sah sie mit seinen stahlblauen Augen ganz harmlos an.

»Tue ich das?«

»O ja – und – ich weiß auch, warum Sie es tun.«

Es blitzte in seinen Augen auf. Gerade das hatte er bezweckt, daß Blandine diese Frage an ihn richtete. Das war der Hauptgrund seiner Zurückhaltung Jutta gegenüber.

»Wissen Sie es wirklich?« fragte er.

»Ja. Sie glauben, daß ihr dieser schreckliche Verdacht nicht grundlos anhängt.«

»Aber mein gnädiges Fräulein!«

»Nein, nein, reden Sie sich nur nicht heraus. Ich weiß, daß Sie nur Herrn Rüdiger zuliebe in dies Haus kommen – sonst würden Sie es meiden. Alle Menschen glauben ja an Juttas Schuld. Nur ich glaube nicht daran – und Herr Rüdiger auch nicht.«

»Sie sind sehr scharfsichtig, mein gnädiges Fräulein. Mein Freund schwört allerdings auf die Unschuld von Frau von Tübingen. Aber ich bin kritischer veranlagt als er. Wo Rauch ist, da pflegt auch Feuer zu sein.«

Blandines Augen blitzten lebhaft. »Herr Doktor – Sie haben vorhin gesagt, daß Sie mit mir gut Freund werden möchten.«

Mit einem intensiven Aufleuchten sah er in ihre Augen. »Das ist allerdings mein sehnlichster Wunsch.«

Sie errötete, hielt aber seinen Blick tapfer aus. »Daraus kann nur etwas werden, wenn Sie mir glauben, daß Frau von Tübingen an dem schrecklichen Mord so unschuldig ist, wie Sie und ich es sind.«

Scheinbar zweifelnd sah er sie an. »Wirklich nur dann?«

Sie nickte energisch. »Ganz gewiß. Sie dürfen nicht an ihre Schuld glauben. Wenn Sie wüßten, was für ein edler, vornehmer Mensch sie ist, würden Sie sich Ihres Mißtrauens schämen. Die Ärmste hat schon so viel leiden müssen unter diesem schrecklichen Verdacht. Sehen Sie sie doch nur an. Sieht so eine Verbrecherin aus? Ich weiß ganz sicher, daß sie unschuldig ist.«

»Aber Sie haben keine Beweise dafür.«

»Leider nicht. Aber ich brauche auch keine, um an sie zu glauben. Und Sie müssen es auch tun – ich werde nicht eher zufrieden sein, als bis Sie von ihrer Schuldlosigkeit überzeugt sind und ihr freundlicher begegnen.«

Rührung lag in seinen Augen, als sie ihn flehend ansah.

»Nun wohl – damit Sie gut Freund mit mir werden, will ich mich bemühen, mich zu Ihrem Glauben zu bekehren. Es liegt mir viel daran, mit Ihnen gut Freund zu werden. Aber sagen Sie mir, haben Sie vielleicht eine Ahnung, wer der Mörder sein könnte, da Sie so fest von Frau von Tübingens Schuldlosigkeit überzeugt sind?«

Bei dieser Frage bekamen die Augen Doktor Diehls einen seltsam scharfen, faszinierenden Blick. Und unter diesem Blick flog es wie ein Erdbeben über Blandine. Sie wurde bleich und lehnte den Kopf mit geschlossenen Augen zurück.

»Nein, ich habe keine Ahnung – Gott verhüte, daß ich eine Ahnung hätte«, sagte sie erschauernd.

Jetzt blickten seine Augen wieder ganz harmlos.

»Sie frieren, mein gnädiges Fräulein, ich will das Fenster schließen«, sagte er.

Er ließ seinen Worten die Tat folgen. Dabei sah er mit scharfen Augen zum Fenster hinaus auf die Terrasse, die durch das Licht aus den Zimmern ziemlich hell erleuchtet war. Er bemerkte, daß der Fußboden der Terrasse nur etwa einen viertel Meter unter dem Fensterbrett lag. Sich etwas ungeschickt stellend, gab er sich den Anschein, als sei ihm die Gardine im Wege beim Schließen des Fensters, so daß Norbert herantrat, um ihm zu helfen.

Lachend beklagte Doktor Diehl seine Ungeschicklichkeit und wandte sich mit einer dankenden Verbeugung an Norbert.

»Beinahe wäre ich zum Fenster hinausgefallen! Aber, wie ich sah, wäre das nicht gefährlich gewesen, da sie fast bis auf den Fußboden der Terrasse gehen. Drollige Fenster sind das! Man kann durch sie mit einem Schritt auf die Terrasse hinaustreten, wenn sie offen sind. Wahrscheinlich hat man die Absicht gehabt, Fenstertüren daraus zu machen.« Das sagte Doktor Diehl ganz harmlos und sah Norbert dabei lachend an.

»Es ist möglich«, erwiderte dieser, »daß man das beim Bau des Schlosses beabsichtigte.«

»Dann sind wohl die ganzen Fenster, die auf die Terrasse führen, so angelegt?«

»Allerdings!« pflichtete Norbert bei, etwas nervös an seiner Uhrkette spielend.

Doktor Diehl sah fest in seine Augen. Unangenehme Augen hat dieser Herr von Hall – ganz seltsam unangenehme Augen, dachte er bei sich, und dabei lachte er vergnügt auf.

»Gut, daß Sie auf dem Lande wohnen und von Einbrechern nichts zu fürchten haben. In Berlin dürfte so eine bequeme Gelegenheit zum Einsteigen nicht unbenutzt von solchem Gelichter bleiben. Denken Sie sich, unsere Berliner Einbrecher scheuen nicht einmal davor zurück, an den Häusern emporzuklettern wie die Katzen. Fassadenkletterer nennt man diese Spezies. Wie bequem hätten die es hier.«

»Sie dürfen nicht vergessen, Herr Doktor, daß den Park ein hoher Zaun umgibt.«

Doktor Diehl lachte.

»Ach – über diesen Zaun käme sogar ich mit ziemlicher Leichtigkeit.«

»Machen Sie mir nicht bange, Herr Doktor«, sagte Blandine, sich wieder am Gespräch beteiligend.

»Wir sind ja hier nicht in Berlin, mein gnädiges Fräulein. Hier gibt es keine Einbrecher und ähnliches Gelichter. Wir sind ja im Gebirge und auf der Alm, da gibt's ka Sünd.«

»Sind Sie eigentlich Mediziner, Herr Doktor?« fragte Norbert ablenkend.

»O nein – ich bekenne mich zur Philosophie, Herr von Hall.«

Während dieses Wortwechsels hatte Doktor Diehl nicht nur Norbert, sondern auch Blandine scharf beobachtet, und es entging ihm nicht, daß die junge Dame ihren Bruder mit einer forschenden Unruhe beobachtete.

»Darf ich Ihnen noch ein wärmendes Tuch holen, mein gnädiges Fräulein, oder ist Ihnen nicht mehr kalt?« fragte er.

»Wir können ja hinüber zum Kamin gehen, da ist es wärmer«, erwiderte sie.

»Der Frühling ist oft, wenigstens im Anfang, ein recht kühler Geselle, und es ist sehr behaglich, daß Sie noch Feuer im Kamin haben.«

Damit gingen sie hinüber an den Kamin. Hier hatte inzwischen Jutta mit Frank Rüdiger gesessen. Er hatte ihr allerlei Interessantes über seinen Aufenthalt in Borneo erzählt. Daß sie dabei einander tief in die Augen schauten, war nicht zu verwundern. Aber Norbert hatte ihnen nicht lange eine ungestörte Unterhaltung gegönnt. Er hatte sich zu ihnen gesetzt, bis er Doktor Diehl beim Schließen des Fensters helfen mußte. An seiner Stelle gesellte sich Frau von Tölz zu Frank und Jutta.

Und nun kamen die andern herüber an den Kamin, und die Unterhaltung wurde allgemein.

Doktor Diehl sorgte wieder dafür, daß er die Lacher auf seiner Seite hatte. Selbst Frau von Tölz mußte einige Male herzhaft über seine Späße lachen.

Erfreut bemerkte Blandine, daß Doktor Diehl Jutta nicht mehr so eisig reserviert gegenüberstand. Sie hätte ihm die Hand dafür drücken mögen. Er gefiel ihr so gut, der fröhliche, warmherzige Mensch. Ihr war, als sei mit ihm ein wenig Sonne und Wärme in ihr Leben getreten, und es hatte ihr leid getan, daß Jutta von dieser Sonne nicht auch profitieren sollte. Sie kränkte sich sicher über Doktor

Diehls eisigen Ton, denn Jutta war sehr feinfühlig.

Aber nun schien Doktor Diehl einzulenken. Ihre Worte hatten also anscheinend Eindruck auf ihn gemacht. Das freute sie unsagbar – einmal Juttas wegen und dann auch, weil sie fühlte, daß Doktor Diehl etwas auf ihr Urteil zu geben schien. Es lag ihm also wirklich etwas daran, gut Freund mit ihr zu sein.

Später ergab sich noch einmal ein kurzes Alleinsein zwischen ihr und Doktor Diehl, und da sagte sie herzlich, mit einem dankbaren Blick in seine Augen:

»Ich freue mich aufrichtig, Herr Doktor, daß Sie Frau von Tübingen jetzt freundlicher begegnen.«

Mit einem warmen Blick sah er ihr in die Augen. »Ich merkte doch, wieviel Ihnen daran lag, und – ich möchte Ihnen so gern jeden Wunsch erfüllen.«

Sie errötete und schlug die Augen nieder. »Glauben Sie mir, Jutta verdient es: Sie ist ein selten guter und großherziger Mensch, ganz unfähig, jemand nur das kleinste Leid zuzufügen.«

»Und Sie sind eine selten warmherzige Fürsprecherin.«

»Ich bin doch Juttas Freundin.«

»Und Sie nehmen es ernst mit dieser Freundschaft. Das spricht für Frau von Tübingen und noch mehr für Sie selbst.«

»Es ist das wenigste, was ich für Jutta tun kann, daß ich gegen jedermann ihre Partei nehme. Wir sind ihr so vielen Dank schuldig.«

»Aber – verzeihen Sie – Ihre Frau Mutter und Ihr Herr Bruder scheinen nicht dieser Ansicht zu sein. Sie stehen anscheinend Frau von Tübingen sehr fremd – um nicht zu sagen feindlich, gegenüber.«

Blandine seufzte bekümmert. »Ja, leider! Das liegt an den Verhältnissen. Aber ich fühle mich deshalb doppelt verpflichtet, Jutta meine Ergebenheit und Dankbarkeit zu beweisen.«

»Das tun Sie auch mit jedem Wort, und mich haben Sie jedenfalls schon ganz bekehrt.«

Blandines Augen strahlten in die seinen. »Oh, wie mich das freut. Lernen Sie Jutta nur erst besser kennen, dann bitten Sie ihr noch jeden unguten Gedanken ab.«

»Das werde ich mit Vergnügen tun, denn ich bin kein Mensch, der starrköpfig auf einem Unrecht beharrt.«

»Nein – das traue ich Ihnen auch nicht zu.«

Er verbeugte sich und sah sie lächelnd an. »Ich danke Ihnen für Ihre gute Meinung, an der mir sehr viel gelegen ist.«

»Oh – was könnte Ihnen an der Meinung eines so unbedeutenden Mädchens liegen, wie ich es bin?«

Seine Augen bekamen einen seltsamen Ausdruck.

»Ich halte Sie durchaus nicht für unbedeutend, mein gnädiges Fräulein. Nur ein wenig unfrei und bedrückt erscheinen Sie mir.«

Unsicher sah sie ihn an. »Wie meinen Sie das?«

»Ich habe das Gefühl, als trügen Sie unsichtbar irgendeine Last mit sich herum, die Sie nicht abzuschütteln wagen, was Sie doch so gern tun möchten«, sagte er langsam.

Sie atmete zitternd auf. »Sie scheinen ein scharfer Beobachter zu sein, Herr Doktor. Vielleicht haben Sie recht, vielleicht trage ich eine Last mit mir herum. Aber sie ist derart beschaffen, daß ich sie nicht abwerfen kann, nicht abwerfen darf.«

»Und warum nicht?«

Ein tiefer Seufzer hob ihre Brust. »Weil diese Last so seltsam wesenlos ist, daß ich nicht einmal weiß, ob ich sie mir nicht nur einbilde.«

Er faßte ihre Hand und sah sie fest und zwingend an. »Ich möchte Ihnen dazu helfen, frei zu werden.« Eine Weile sah sie stumm und fragend in seine Augen, während ein warmes Rot in ihre Wangen stieg. Dann sagte sie leise: »Ich danke Ihnen, ich glaube, Sie sind ein sehr guter und zuverlässiger Mensch, zu dem man viel Vertrauen haben kann.«

Ehrlich sah er sie an. »Gut bin ich vielleicht nicht einmal, jedenfalls kann ich es nicht zu allen Menschen sein. Aber zu Ihnen – ja – zu Ihnen möchte ich recht gut sein, ich möchte Sie in Güte einhüllen, wie in einen warmen Mantel. Mir scheint, Sie hungern nach Güte, nach Wärme, wie ein kleiner Vogel, der aus dem Neste gefallen ist.«

Ihre Augen öffneten sich weit, als schauten sie in ein Wunderland. Ein Erbeben lief über sie dahin. Sie wollte sprechen und konnte nicht. Hilflos schüttelte sie den Kopf. Dann wandte sie sich hastig von ihm ab und ging in das Nebenzimmer zurück zu den anderen. Hier setzte sie sich stumm an Juttas Seite und sah versonnen in die Glut des Kamins. Heinz Diehl folgte ihr langsam. Er sah, daß sie noch vergeblich um Fassung rang, und gönnte ihr darum einstweilen Ruhe.

Er hörte gerade, daß Frank Rüdiger zu Jutta sagte: »Existiert nicht ein Porträt Ihres verstorbenen Herrn Gemahls?«

Diese Frage des Freundes kam ihm sehr gelegen. Seine Augen richteten sich verstohlen forschend auf Norbert von Hall, der diese Frage auch vernommen hatte. Er bemerkte ein krampfartiges Zucken, das über Norberts Gesicht spielte, als Jutta erwiderte:

»Gewiß, es existiert ein wunderbar naturgetreues Porträt meines Mannes, das ein Jahr vor seinem Tode ein Münchener Künstler gemalt hat. Ich habe es in meinem kleinen

Salon aufhängen lassen.«

»Darf man es einmal ansehen?« fragte Frank weiter.

Jutta zögerte einen Augenblick. Dann sagte sie aufatmend: »Dieser kleine Salon gehört zu meinen abgeschlossenen Räumen, in dem ich außer Blandine noch niemand empfangen habe. Aber – damit Sie meines Mannes Bild sehen können, will ich Sie gern dorthin führen.«

»Darf ich so unbescheiden sein, mich anzuschließen, gnädige Frau?« fragte Doktor Diehl.

»Gewiß, Herr Doktor – wir können ja alle zusammen hinübergehen.«

Das letzte sagte Jutta, weil sie einen mißbilligenden Blick in den Augen von Frau von Tölz wahrnahm, die es anscheinend unpassend fand, daß Jutta die beiden Herren in ihre Zimmer führen wollte.

Man erhob sich, um Juttas Aufforderung Folge zu leisten. Sie hatte ihren Arm in den Blandines gelegt und führte die kleine Gesellschaft durch eine Reihe Zimmer und dann durch das Vestibül nach der anderen Seite des Schlosses, wo neben den Wohnräumen Juttas die des verstorbenen Besitzers lagen. Jutta bewohnte die Zimmer, die immer die Schloßherrinnen bewohnt hatten.

Hinter Jutta und Blandine schritt Frau von Tölz an Frank Rüdigers Seite. Norbert zögerte, sich anzuschließen, und sah mit unsteten Augen auf Doktor Diehl, der vor ihm stehenblieb und ihm harmlos ins Gesicht sah.

»Kommen Sie nicht mit, Herr von Hall?«

Mit einem energischen Ruck richtete sich Norbert auf.

»Aber natürlich komme ich mit, ich freue mich, meines Onkels Bildnis wieder einmal ansehen zu können. Seit es in Frau von Tübingens kleinem Salon hängt, ist es uns nicht mehr zugänglich.«

Mit seinem harmlosesten Gesicht schritt Doktor Diehl

nun neben Norbert hinter den andern her.

Diese waren bereits in den reizenden kleinen Salon getreten. Wenn dies Zimmer auch schon von verschiedenen Herrinnen des Schlosses bewohnt worden war, so hatte doch Jutta auch diesem Raume den Stempel ihrer Persönlichkeit aufgedrückt. Sie drehte alle Lampen an, damit das Bild Malte von Tübingens hell beleuchtet wurde.

Das charakteristische Gesicht des alten Herrn, von silberweißem Haar umrahmt, hob sich leuchtend von dem dunklen Hintergrund des Bildes ab. Es war meisterhaft gemalt, hauptsächlich die Augen, die klar und gütig aus dem Bilde schauten. Sie schienen zu leben, wie das ganze Gesicht. Alles andere als der schöne edle Greisenkopf war auf diesem Bilde nebensächlich behandelt, das ganze Leben konzentrierte sich auf das Gesicht, vornehmlich auf die Augen. Jutta stand neben Frank Rüdiger vor dem Bilde.

»Können Sie nun ermessen, was für einen edlen, gütigen Beschützer ich in ihm verloren habe?« sagte sie leise.

Er hatte lange in das gemalte Antlitz gesehen und neigte das Haupt. »Ich begreife, daß Sie ihn innig lieben und verehren mußten, wie einen treuen Vater.«

»So viel war er mir«, sagte sie aufatmend. Frau von Tölz fixierte Jutta scharf durch ihre Lorgnette. Man sah es ihr an, daß sie es unerhört fand, daß das Bild nicht aus dem Rahmen stieg und Jutta zermalmte. Daß sie es nur wagte, ihrem Opfer in die gemalten Augen zu schauen. Sie ist eine ganz abgehärtete Verbrecherin, dachte sie bei sich.

Jetzt trat Norbert mit Doktor Diehl auf die Schwelle. Nur einen Moment flog des letzteren Blick zu dem Bilde hinüber, dann heftete er sich scharf und forschend auf Norbert von Halls Gesicht. Er sah, daß dieser auf der Schwelle stehenblieb und wie von einem Schwindel befallen die Augen schloß und sich an den Türpfosten lehnte.

Wie gebannt hingen Doktor Diehls Augen an Norberts fahlem, schlaffem Gesicht. Als dieser die Augen wieder öffnete, fuhr sein Blick unstet und nervös im Zimmer umher. Nicht einen einzigen Blick warf er auf das Bild – es war, als könnten sich seine Augen nicht dazu emporheben. Seine Zähne schienen sich wie im Krampf aufeinanderzupressen.

Und als man sich anschickte, das Zimmer wieder zu verlassen, war er der erste, der draußen war. Und er zog das Taschentuch und trocknete sich die Stirn, auf der Schweißtropfen perlten.

»Fanden Sie es zu heiß in dem Zimmer, Herr von Hall?« fragte plötzlich Doktor Diehls Stimme neben ihm.

»Ja – seltsam schwül – oder war es das Parfüm in dem Salon?« stieß Norbert hervor.

Doktor Diehl ging nicht weiter darauf ein. Von einem Parfüm hatte er nur einen ganz feinen, kaum wahrnehmbaren Hauch verspürt, der sicher niemand Beschwerde machen konnte.

»Aber es ist ein vorzüglich gemaltes Porträt, das Ihres Herrn Onkels. Es schien zu leben. Ich hätte wetten mögen, daß die Augen jeden von uns angeschaut haben.«

Norbert wischte sich nochmals über die Stirn. »Ja, die Augen leben – ich habe es auch immer gefunden«, stieß er heiser hervor.

Und als man wieder drüben in den Gesellschaftsräumen angelangt war, sah Doktor Diehl, daß Norbert von Hall hastig ein Glas Wein leerte und fröstelnd zusammenschauerte.

»Jetzt ist Ihnen wohl wieder zu kalt, Herr von Hall?« fragte er harmlos lachend.

Wie geistesabwesend starrte Norbert ihn an.

»Nein, nein – ich hatte nur Durst«, sagte er.

Doktor Diehl wandte sich nun wieder an Blandine. Er plauderte fröhlich mit ihr und freute sich, daß er ihr immer wieder ein klares, warmes Lachen entlockte. Es gefiel ihm, dieses Lachen.

Frau von Tölz war sehr zufrieden, daß Doktor Diehl sich so eifrig mit Blandine beschäftigte. Und sie baute Luftschlösser.

Durch Frank Rüdiger, den sie heute einige Male durch eine Unterhaltung auszeichnete, hatte sie in Erfahrung gebracht, daß Doktor Diehl ein sehr reicher und unabhängiger Mann sei, der seinen Studien lebte und wissenschaftliche Bücher schrieb. Welcher Art diese Bücher waren, verriet Frank natürlich nicht. Er wußte ja, daß Heinz Diehl nur als Philosoph gelten durfte und als solcher natürlich nicht Bücher über Kriminalistik schreiben konnte.

Es war fast 12 Uhr, als sich die beiden Herren verabschiedeten. Doktor Diehl hielt Blandines Hand etwas länger als nötig in der seinen.

»Ich freue mich sehr, daß ich Sie schon am Sonntag wiedersehen darf, mein gnädiges Fräulein«, sagte er.

Sie errötete. »Auch ich freue mich. Auf Wiedersehen, Herr Doktor. Ich war lange Zeit nicht so froh und heiter wie heute. Das danke ich Ihrer guten Laune.«

»Hoffentlich gelingt es mir auch am Sonntag, Sie aufzuheitern. Auf Wiedersehen also.«

Auch Frank Rüdiger hielt Juttas Hand fest und warm in der seinen und dankte ihr für die freundliche Aufnahme.

Sie sahen sich dabei tief in die Augen.

Als sich die Gäste entfernt hatten, zogen sich Frau von Tölz und ihr Sohn zugleich zurück. Jutta stand eine Weile gedankenverloren mitten im Zimmer. Da huschte eine schlanke Mädchengestalt an ihre Seite. Es war Blandine, die in einer Fensternische gestanden hatte, um dem abfahrenden Wagen nachzusehen. Sie legte die Arme um Jutta.

»War das nicht ein reizender Abend, liebste Jutta?«

Diese lächelte ihr zu. »Ja, Blandine, es waren wirklich frohe Stunden, die wir verlebten. Und nicht zuletzt danken wir sie Herrn Doktor Diehl. Er ist wirklich ein charmanter Gesellschafter, man muß ihn nur erst besser kennenlernen.«

Jutta durfte das sagen, denn Doktor Diehl hatte ihr zugeflüstert: »Wir brauchen keine Antipoden mehr zu sein, gnädige Frau, mein Zweck ist erreicht, und wir können uns nun langsam ganz sympathisch werden.«

Blandine schien sehr erfreut zu sein. »Wie froh bin ich, liebste Jutta, daß er dir jetzt besser gefällt.«

Jutta strich ihr lächelnd das blonde Haar aus der Stirn. »Es erscheint mir wichtiger, daß er dir gefällt, Blandine, ihm scheint es jedenfalls sehr wichtig zu sein.«

Blandine barg ihr Gesicht an Juttas Schultern. »Ach, Jutta – heute war mir zumute, als müsse noch einmal alles gut werden, auch für dich. Frank Rüdiger liebt dich, Jutta.«

Diese zuckte zusammen und wehrte mit beiden Händen ab.

»Sprich nicht davon – ich darf es nicht hören, darf nicht daran denken, daß es so sein könnte.«

»Weckt sein Empfinden kein Echo in deinem Herzen, Jutta?«

»Schweig, ich bitte dich. Wenn es so wäre – es würde doch nur neues Leid für mich im Gefolge haben. Ich will nicht daran denken, hörst du – ich will nicht.«

Blandine seufzte auf.

»Ach, Jutta, wenn Doktor Diehl mich nur einmal so ansehen würde, wie Frank Rüdiger dich ansieht, dann wollte ich glücklich sein.«

Ein wehes Lächeln zuckte um Juttas Mund. »Du dürftest ja auch glücklich sein, Blandine. Zwischen dir und ihm würde kein Schatten stehen. Aber was sollte mir und Frank Rüdiger ein solches Gefühl anderes bringen als Leid. Wir dürften uns nicht angehören – wenn nicht ein Wunder geschieht.«

Langsam strich sich Blandine über die Stirn.

»Wir wollen an ein Wunder glauben, Jutta, wir wollen darum beten, daß sich alles so aufklärt, daß wir alle glücklich sein und die Last von unsern Herzen wälzen können«, sagte sie erregt.

Jutta legte den Arm um sie. »Das klingt, als trügest du auch eine Last?«

Errötend sah Blandine zu ihr auf, und dann verlor sich die Farbe in ihrem Gesicht, und sie wurde ganz bleich.

»Es ist nur das Gefühl, daß du unschuldig leiden mußt und – ich wüßte so gern, wer der Schuldige ist, daß ich endlich die quälende Unruhe loswerden könnte, die mich immer befällt, wenn ich daran denke.«

Mit einem tiefen Seufzer ließ Jutta die Arme sinken.

»Das wüßte ich auch sehr gern, Blandine. Aber jetzt wollen wir schlafen gehen, wir sind es nicht gewöhnt, so spät zu Bett zu gehen. Gute Nacht, Blandine.«

»Schlafe gut, liebste Jutta.«

So gingen sie auseinander.

Doktor Diehl war mit dem Ergebnis des Abends in Untergriesbach anscheinend sehr zufrieden. Als ihn am nächsten Morgen Frank Rüdiger fragte, ob er ihn auf die Felder begleite, sagte er: »Nein, mein lieber Frank, ich habe heute anderes zu tun. Ich pirsche mich nach Untergriesbach und werde mich dort irgendwo auf die Lauer legen.«

»Du willst Frau von Tübingen auflauern, Heinz?«

»Nein, diesmal nicht. Mir liegt daran, Fräulein Blandine von Tölz zu begegnen – ganz zufällig natürlich.«

Fragend sah ihn Frank an.

Heinz nickte lachend.

»Mein lieber Heinz – mir scheint, du hast Feuer gefangen.«

»Gründlich sogar, das leugne ich gar nicht. Diese reizende blonde Blandine hat Qualitäten, die nur noch nicht zur vollen Blüte entfaltet sind. Sie hat etwas, das mich fesselt und mir das Herz warm macht. Übrigens hat sie wirklich eine warme, ehrliche Zuneigung für Frau Jutta. Sie hat mir nicht Ruhe gelassen, bis ich meine eisige Zurückhaltung gegen sie aufgab. Felsenfest ist sie von ihrer Schuldlosigkeit überzeugt.«

»Dafür sei sie gesegnet.«

»Sie weiß auch, daß du an Frau Juttas Schuldlosigkeit glaubst.«

»Woher weiß sie das?«

»Ja, lieber Freund, Frauen sind scharfe Beobachter, zumal, wo es sich um Liebe und ähnliche Dinge handelt.«

»Nun – mag sie es wissen. Also, du willst Blandine von Tölz sprechen?«

»Wenn irgend möglich, ja.«

»Willst du dich ihr schon erklären?«

»O nein, mein lieber Frank, so schnell entscheide ich mich nicht über eine so wichtige Lebensfrage. Aber ich gestehe dir ganz offen, daß ich reif zum Heiraten bin. Das einschichtige Leben paßt mir nicht mehr. Und wenn Blandine von Tölz bei näherer Bekanntschaft hält, was sie verspricht, dann wird sie wohl meine Frau werden, vorausgesetzt, daß sie mich zum Manne haben will.«

»Wozu willst du sie denn heute sprechen?«

Heinz Diehl sah nachdenklich vor sich hin. »Das hängt

mit meiner Mission zusammen, und du darfst mich nicht weiter danach fragen.«

»Gut, ich frage nicht. Aber ich könnte dir einen Fingerzeig geben, wo und wann du der jungen Dame habhaft werden könntest.«

»Das wäre famos.«

»Ich hörte gestern abend zufällig, wie sie zu Frau Jutta sagte, sie müsse heute vormittag um elf Uhr zum Herrn Pfarrer gehen und ihm die geliehenen Bücher zurückbringen.«

»Ausgezeichnet! Hast du eine Ahnung, wo der Pfarrer von Griesbach wohnt?«

»Da kannst du gar nicht fehlgehen. Das kleine Pfarrhaus steht dicht neben der Kirche.«

Doktor Diehl sah nach der Uhr.

»Kann ich bis elf Uhr beim Pfarrhaus sein?«

»Zu Pferde bestimmt.«

»Aber das Pferd ist mir eventuell im Wege.«

»Stelle es im Gasthof zum Roten Löwen ein.«

»Gut, wird gemacht. Also auf Wiedersehen, heute mittag.«

»Auf Wiedersehen, Heinz – und glückauf!«

»Danke! Wollen sehen, was uns der Zufall bringt.«

Doktor Diehl machte sich schnell fertig und ließ inzwischen das Pferd satteln, das ihm Frank zur Verfügung gestellt hatte. Dann ritt er in scharfem Trab nach Griesbach hinunter.

Als er sein Pferd im Gasthof eingestellt hatte und eben wieder ins Freie hinaustreten wollte, sah er Blandine vorübergehen. Sie trug einige Bücher im Arm. Er wollte ihr schnell in den Weg treten, besann sich aber anders und blieb im Hausflur stehen, bis sie vorüber war. In aller Ruhe nahm er dann eine Erfrischung und ging dann die Dorfstraße entlang bis zur Kirche.

Sich scheinbar in deren Betrachtung vertiefend, ging er um sie herum, bis er das Pfarrhaus erblickte. Mit dem Rücken dem Pfarrhaus zugekehrt, blieb er hier stehen, aber so, daß er in dem Fenster der Kirchentür das Spiegelbild des Pfarrhauses erblickte.

Er sollte nicht lange zu warten haben. Bald sah er Blandine auf der Schwelle des Pfarrhauses. Der Pfarrer hatte sie bis zur Tür begleitet und verabschiedete sich hier von ihr. Heinz Diehl verschwand schnell hinter der Kirche und blieb stehen, wie im Anschauen der Kirche versunken, bis Blandine dicht an ihm vorüberkam.

Sie erblickte ihn jetzt erst und errötete jäh bei seinem Anblick.

Er spielte den Überraschten. »Das nenne ich Glück, mein gnädiges Fräulein. Ich war hier in den Anblick der hübschen Kirche versunken, und nun stehen Sie vor mir, wie vom Himmel gefallen.«

»Was tun Sie hier in Griesbach, Herr Doktor?« fragte Blandine, sich schnell fassend.

»Mein Freund hat mir von den Schönheiten dieser kleinen Dorfkirche erzählt, und da ich vor Langeweile nicht wußte, was ich tun sollte, ritt ich hierher, um sie mir anzuschauen.«

»Sie sind zu Pferde?«

»Ja – es steht im Gasthof.«

»Und Langeweile haben Sie gehabt? Sorgt Herr Rüdiger so schlecht für Ihre Unterhaltung?« fragte sie schelmisch.

»Er ist aufs Feld geritten, und mit Frau Remblin kann ich mich höchstens über kulinarische Genüsse unterhalten.«

»Sie können mir sehr leid tun«, scherzte Blandine.

Er lachte sie an. »Nicht wahr. Aber der Himmel hat ein Einsehen gehabt und Sie mir in den Weg geschickt. Wollen

Sie sich meiner nicht erbarmen? Mit Ihnen zu plaudern hätte ich große Lust. Darf ich Sie ein Stück Wegs begleiten?«

Eine Glutwelle stieg in Blandines Gesicht, und ihre Augen verrieten, daß sie diese Erlaubnis nur zu gern erteilte. »Wenn Sie nichts Besseres vorhaben, gern, Herr Doktor.«

»Etwas Besseres ganz gewiß nicht, ich habe momentan überhaupt nichts vor.«

»Ich denke, Sie wollten die Kirche besichtigen?«

»Das ist schon geschehen. Und wo führt Ihr Weg hin?«

»Nach Hause zurück. Ich war im Pfarrhaus.«

»Der Zufall war mir unerhört günstig. Sie gestatten wohl, daß ich Sie nach Hause begleite?«

»Gern. Wollen wir durch den Wald gehen oder auf der Fahrstraße?«

»Ganz wie Sie befehlen. Ich glaube aber, der Waldweg wird schöner sein.«

»Unbedingt, aber etwas länger.«

»Um so besser.«

Sie schritten nebeneinander dahin und bogen gleich beim Gasthof rechts ab, um in den Wald zu gelangen.

»Wie ist Ihnen der gestrige Abend bekommen, mein Fräulein?«

»Ausgezeichnet.«

»Ihrer Frau Mutter und Frau von Tübingen hoffentlich auch?«

»Danke, auch ihnen. Ich freue mich so sehr, Herr Doktor, daß Sie anscheinend Ihre Aversion gegen Frau von Tübingen begraben haben. Sie waren zuletzt sehr freundlich zu ihr.«

Lächelnd sah er sie von der Seite an. »Ich mußte es doch sein, da ich Ihnen Ihren Wunsch nicht versagen wollte. Es scheint Ihnen doch sehr viel daran zu liegen.«

Sie atmete tief auf. »Ja, sehr viel. Ich möchte alle Menschen davon überzeugen, daß Jutta ein wertvoller, liebenswerter Mensch ist.«

Es war ihm sehr erwünscht, daß sie von Jutta sprach. Warm und herzlich sagte er: »Es ist um so bewundernswerter von Ihnen, daß Sie so eifrig Partei für Frau von Tübingen nehmen, als sie doch gewissermaßen schuld daran ist, daß Ihnen und Ihren Angehörigen ein reiches Erbe entgangen ist. So hörte ich wenigstens.«

Blandine schüttelte heftig den Kopf. »Das ist eine irrige Ansicht. Onkel Malte hätte uns auch ohne seine Heirat nicht zu seinen Erben eingesetzt, das weiß ich.«

»Wie kommen Sie zu dieser Annahme?«

»Ich hatte es schon immer im Gefühl, daß Onkel Malte in uns nicht seine Erben sah, obwohl meine Mutter und mein Bruder fest darauf bauten.«

»Und Sie glaubten also nicht daran?«

»Nein, weil ich wußte, daß Onkel Malte sehr streng über die Spielleidenschaft meines Bruders dachte. Er hätte Untergriesbach sicher nicht in die Hände eines Spielers kommen lassen. Und Jutta hat mir das auch bestätigt. Onkel Malte hätte dem Fiskus sein Erbe hinterlassen, wenn er nicht geheiratet hätte.«

»Sind Sie ihm deshalb nicht böse, noch über das Grab hinaus?«

»O nein – er hat soviel Gutes an uns getan, trotz seiner Aversion gegen uns, zu der er ja schließlich berechtigt war.«

Er sah sie fragend an. »Berechtigt?«

Sie nickte. »Gewiß, denn meine Mutter und mein Bruder liebten ihn nicht, obgleich er ihnen so viel Gutes tat. Und ich – ich wagte es gar nicht, ihm zu zeigen, wie sehr ich ihn liebte und verehrte, aus Furcht, er könne es für Erbschleicherei halten. Aber – das interessiert Sie gewiß nicht.«

»Doch – mich interessiert alles aus Ihrem Leben, mein gnädiges Fräulein, und ich bin so stolz darauf, daß Sie mir Ihr Vertrauen schenken.«

Sie lächelte. »Das muß man ja tun – Sie haben etwas so Zutrauenerweckendes, gerade wie Herr Rüdiger. Aber vor Ihnen hat man noch weniger Scheu, weil Sie so frei und froh alles sagen, was Sie denken.«

Ein wenig schämte er sich, daß sie ihn in dieser Beziehung überschätzte. Aber er konnte sich im Interesse seiner Mission nicht versagen, ihr Vertrauen zu gewinnen. Mißbrauch wollte er gewiß nicht damit treiben, aber er war überzeugt, daß gerade Blandine ihm manches verraten konnte, was er gern wissen mochte. Und deshalb mußte er auf dem eingeschlagenen Wege weitergehen.

»Seien Sie überzeugt, mein gnädiges Fräulein, daß ich mir Ihr Vertrauen verdienen möchte und – daß ich es nie mißbrauchen werde.«

»Das weiß ich, und Ihnen könnte ich alles sagen, was man einem Menschen überhaupt anvertrauen kann.«

»Das macht mich stolz, wie ich Ihnen schon versicherte. Um aber wieder auf unser Gespräch zu kommen – fanden Sie es nicht ein wenig grausam von Ihrem Onkel, daß er Sie in seinem Testament so ganz leer ausgehen ließ? Sie waren doch seine nächsten Verwandten und lebten in seinem Hause.«

»Er kannte Jutta zur Genüge, um zu wissen, daß sie uns, auch ohne daß er es testamentarisch bestimmte, nicht darben lassen würde. Er konnte sich da ruhig auf sie verlassen. Jutta hat sich unserer auch in der großherzigsten Weise angenommen und uns in Untergriesbach eine Heimat geboten.«

»Das hatte doch Ihr Herr Onkel auch schon getan?«

Blandine schüttelte den Kopf.

»O nein – er duldete uns nur, wie man lästige Eindringlinge duldet. Gerufen hat er uns nie. Und ich habe mich oft so geschämt, daß Mama seine Gastfreundschaft immer wieder erzwang und über Gebühr ausnutzte. Sie war freilich oft von der Not dazu gezwungen, denn ihre schmalen Einkünfte reichten nie aus. Wir sind ja sehr arm. Und – ich glaube, Armut tötet jedes Feingefühl.«

Mitleidig sah er sie an. »Bei Ihnen ganz bestimmt nicht – Sie sind sogar außerordentlich feinfühlig.«

Ein leiser Seufzer entfloh ihren Lippen. »Leider, möchte ich sagen. Mir wäre vielleicht wohler, wenn ich weniger feinfühlig wäre. Aber vielleicht ist es mir noch nicht schlecht genug ergangen, um alles Feingefühl in mir zu töten. Ich habe nie gehungert und habe immer ein Dach über dem Kopf und alles Nötige gehabt. Freilich – seit dem Tode meines Vaters lebe ich meist von der Güte anderer Menschen. Erst war es Onkel Malte, dem ich verpflichtet war, und jetzt ist es Jutta, die es mir so leichtmacht, Wohltaten von ihr anzunehmen. Aber trotzdem – es ist sehr schwer, immer nur Wohltaten annehmen zu müssen.«

»Sie sind ein wenig schwerblütig, mein gnädiges Fräulein. Machen Sie sich das Leben doch leichter, wie Ihre Frau Mutter und Ihr Herr Bruder.«

Sie schüttelte den Kopf. »Das kann ich nicht. Ich verstehe die beiden nicht, daß sie von Jutta alles so selbstverständlich annehmen, wie sie alles von Onkel Malte annahmen. Als wir noch in München wohnten in unserer mehr als bescheidenen Dreizimmerwohnung, da fühlte ich mich am freiesten.«

»Sie wohnten in München?«

»Ja – zu meines Vaters Lebzeiten lebten wir in ganz

guten Verhältnissen. Er war Regierungsrat, und was er verdiente, reichte aus. Aber es blieb auch nichts übrig, zumal er auch Norbert noch unterstützte, der als Offizier nie auskam.«

»Ihr Herr Bruder stammt aber doch aus der ersten Ehe Ihrer Frau Mutter.«

»Gewiß – aber – sein Vater hatte Mama mit ihm in sehr bescheidenen Verhältnissen zurückgelassen, und mein Vater mußte natürlich auch die Sorge für Norbert mit übernehmen. Mein Vater starb kurz vor Kriegsbeginn. Norbert mußte nach dem Kriege seinen Abschied nehmen und fand keine andere Existenz. So lebten wir alle drei von Mamas schmaler Witwenpension. Ich wollte eine Stellung annehmen, aber Mama war außer sich darüber, sie duldete es nicht. Ihrer Ansicht nach mußte ja alles besser werden, wenn wir Onkel Maltes Erbe antraten. Daran glaubte sie fest. Und wenn sie wieder und wieder, ohne eine Einladung Onkel Maltes abzuwarten, mit uns nach Untergriesbach reiste und ich Einwände machte, dann sagte sie immer: ›Wozu sollen wir uns zurückhalten und unsern Verhältnissen nicht ein wenig aufhelfen durch einen längeren Aufenthalt in Untergriesbach – eines Tages wird doch alles uns gehören.‹ So sicher war Mama. Aber ich war es nie, und immer habe ich mich vor Onkel Malte geschämt. So ist etwas Unfreies über mich gekommen, und ich habe viele bittere Stunden erlebt. Jutta versteht es aber, mir alle Bedenken aus der Seele zu nehmen. Sie ist ein so vornehmer, großherziger Mensch. Soll ich ihr da nicht dankbar sein?«

Aufmerksam hatte er zugehört. Ihre schlichte Offenheit rührte ihn. Mit einem warmen Blick sah er sie an. »Frau von Tübingen kann Ihnen ja auch gern von ihrem Überfluß abgeben.«

»Das tut sie auch – wenngleich Mama und Norbert gar nicht nett zu ihr sind und es sie entgelten lassen, daß uns das Erbe verlorenging.«

»Nun, ich kann mir denken, daß Ihre Angehörigen nicht sehr erfreut waren, als sie hörten, daß Herr von Tübingen sich trotz seines hohen Alters noch verheiraten wollte.«

Blandine seufzte. »Es war für Mama und Norbert eine niederschmetternde Eröffnung.«

»Und für Sie selbst?«

»Oh – ich hatte nie mit der Erbschaft gerechnet und trug es leicht. Nur Mamas und Norberts Entsetzen quälte mich.«

»Ihre Angehörigen hatten aber doch wenigstens Zeit, sich an den Gedanken zu gewöhnen. Ihr Herr Onkel machte Ihnen doch zeitig genug Mitteilung von seiner bevorstehenden Vermählung?«

»O nein, es kam ganz plötzlich, und – das muß ich sagen – ziemlich verletzend. Er schrieb uns von Nauheim aus, wo er zur Kur weilte. Wir waren in seiner Abwesenheit hier in seinem Hause geblieben – ich glaube freilich, gegen seinen Wunsch. Und so schrieb er ziemlich schroff, daß er sich verheirate und daß wir sofort abreisen sollten, da er mit seiner Frau, die in Trauer sei, ganz zurückgezogen leben wolle. Wir sollten nicht eher wieder nach Untergriesbach kommen, als bis er uns einlade. Diesem Schreiben lag allerdings ein ziemlich hoher Scheck bei, zur Regelung unserer Verhältnisse, und – wir hatten ja schließlich durch unsere Ausnützung seiner Gastfreundschaft eine Lehre verdient – aber – ein wenig hat es auch mich verletzt, daß er uns nicht zu seiner Hochzeit eingeladen hat. Wir waren doch schließlich seine einzigen Verwandten.«

»Und Ihre Angehörigen waren natürlich noch mehr beleidigt?«

Sie lächelte schwach. »Beleidigt? Das ist wohl nicht der rechte Ausdruck. Sie waren einfach vernichtet. Mama war halb ohnmächtig, fiel aus einem Weinkrampf in den anderen, und Norbert – nein – davon will ich nicht sprechen – seine Haltlosigkeit war furchtbar, wie sein Groll gegen Onkel Malte. Ich packte in aller Eile unsere Sachen, denn Mama war nicht fähig, es zu tun. Sie fühlte sich krank, wirklich krank. Trotzdem reisten wir ab, wie es Onkel Malte bestimmt hatte. Aber wir kamen nur bis zur nächsten Station. Mama wurde unterwegs so unwohl, daß wir die Reise nicht fortsetzen konnten. An der nächsten Bahnstation verließen wir den Zug und mußten den kleinen Gasthof aufsuchen, wo ich Mama zu Bett brachte. Sie war ernstlich leidend, und ich mußte die ganze Nacht an ihrem Lager wachen und ihr Kompressen auflegen.«

Doktor Diehls Augen waren groß und weit geöffnet, und auf seinen Zügen lag eine konzentrierte Spannung bei Blandines letzten Worten. Aber er fragte nun, scheinbar wie selbstverständlich:

»Da war es gut, daß Ihr Herr Bruder Sie unterstützen konnte, nicht wahr?«

Seufzend schüttelte Blandine den Kopf. »Er war dazu gar nicht imstande. Wie von Sinnen ist er gewesen in jenen Tagen. Man konnte kein vernünftiges Wort mit ihm sprechen. In jener Nacht ist er gar nicht zur Ruhe gekommen, er hat kein Auge zugetan. Ich erschrak, als ich ihn am nächsten Morgen sah, über sein Aussehen. Wie ein Todkranker sah er aus. Er hatte sich die ganze Angelegenheit zu sehr zu Herzen genommen.«

»Das läßt sich denken – er wird aus Sorge um seine Existenz keine Ruhe gefunden haben. Sicher ist er nicht imstande gewesen, sich schlafen zu legen.«

Blandine hatte den Hut abgenommen und ihn an den

Arm gehängt. Nun strich sie sich, wie in quälende Gedanken verloren, über die Stirn und sah Doktor Diehl einen Moment wie in hilflosem Bangen in die Augen.

Er sah sie aber ganz ruhig und harmlos an.

»Ich glaube es auch nicht – er sah entsetzlich elend aus. Aber er hätte sich seine Unruhe sparen können – schließlich ist ja noch alles gut für ihn geworden. Aber jedenfalls – jene Nacht war schrecklich und der nächste Tag nicht minder.«

»Ihr Herz mag Ihnen sehr schwer gewesen sein«, sagte er teilnahmsvoll.

Ihr Blick kam zurück, wie aus weiter Ferne, und ein tiefes Aufatmen kam aus ihrer Brust. »Ich muß sagen – so schrecklich für meine Mutter und meinen Bruder das alles war, mir war es eher wie eine Erleichterung, daß wir von Untergriesbach fortkamen. Ich wußte, daß Onkel Malte uns nicht gern dort sah, und das war mir peinlich. So war ich ganz zufrieden, daß er durch sein Machtwort endlich eine klare Lage geschaffen hatte, und nahm mir fest vor, mir eine Stellung zu suchen und mir mein Brot selbst zu verdienen. Jetzt mußte es Mama doch gestatten. Aber, es sollte doch ganz anders kommen.«

»Sie blieben also in dem Nachbardorf, bis die Hochzeit Ihres Onkels vorüber war?« fragte er mit einer intensiven Spannung in seinen Zügen.

»Ja – das heißt – wir glaubten damals, daß die Hochzeit erst am nächsten Tage stattfinden würde. So hatte es Onkel Malte angeordnet, und wir wußten nicht, daß er noch an demselben Tage Hochzeit gehalten hatte. Wir fuhren am nächsten Morgen weiter nach München in der festen Überzeugung, daß die Hochzeit erst an diesem Tage stattfinden würde. Aber als wir in München eintrafen, erwartete uns schon ein Telegramm, das uns Onkel Maltes

Tod meldete, und wir glaubten natürlich, daß seine Hochzeit noch gar nicht stattgefunden habe.«

»Ihre Angehörigen hatten also da nochmals einen Hoffnungsschimmer, daß ihnen das Erbe erhalten bliebe?«

Sie nickte. »Mama und Norbert kamen aus einer Aufregung in die andere. Ich fürchtete sehr für Mamas Gesundheit und wollte nicht leiden, daß sie sofort wieder abreiste, aber sie war von der Hoffnung, daß das Erbe noch nicht verloren sei, wie neubelebt. Und Norbert war von einer fast krankhaften Aufregung befallen. Er zitterte, als er das Telegramm las, so sehr, daß es seiner Hand entfiel. Ich habe leider meiner Mutter und meinem Bruder im Herzen immer ziemlich fremd gegenübergestanden, aber als wir damals nach Untergriesbach zurückfuhren und die beiden schon Zukunftspläne machten, wie sie die Herrschaft im Schlosse antreten wollten, da schien es mir, als gehöre ich gar nicht mehr zu ihnen. Gewiß, Onkel Malte hatte uns ziemlich brüsk aus seinem Hause gewiesen, aber er hatte uns doch trotz allem so viel Wohltaten erwiesen, die ich ihm um so höher anrechnete, als ich wußte, daß wir ihm unsympathisch waren –, und nun sprachen Mutter und Bruder nur von dem, was er hinterließ. Nicht ein Gedanke galt ihm selbst und seinem plötzlichen Tode. Ich war ehrlich betrübt darüber und hätte den beiden am liebsten Schweigen geboten. Und so sicher sie waren, die Erben zu sein – ich zweifelte daran. Und weil ich ihre Enttäuschung fürchtete, suchte ich ihnen klarzumachen, daß Onkel Malte andere Erben eingesetzt haben könne. Da schalten sie zornig auf mich ein und wollten nichts hören. Ganz hoffnungsgeschwellt kamen sie hier an, um gleich in der ersten Stunde von Jutta zu erfahren, daß sie bereits Frau von Tübingen sei und daß Onkel Malte außerdem ein Testament hinterlassen habe, das sie zur Universalerbin einsetzte, ohne jede Einschränkung.«

Mit gespanntester Aufmerksamkeit hatte Doktor Diehl Blandines Bericht gelauscht. Nun sagte er aufatmend: »Das war eine neue herbe Enttäuschung für Ihre Mutter und Ihren Bruder.«

Blandine wurde noch in der Erinnerung daran ganz blaß. Ihre Stimme bebte, als sie sagte: »Mama trug es noch verhältnismäßig ruhig, zumal sich sofort die Überzeugung in ihr festsetzte, daß Jutta Onkel Malte ermordet habe. Aber Norbert klappte vollständig zusammen. So etwas von Zerbrochensein eines Menschen habe ich nie erlebt. Ich fürchtete für seinen Verstand, weil er wie ein Irrsinniger lachte und dann völlig kraftlos zu Boden schlug. Mamas Groll richtete sich von jener Stunde an auf Jutta. Sie schrie ihr ins Gesicht, daß sie Onkel Malte gemordet und daß sie kein Recht habe, die Erbschaft anzutreten. Es waren furchtbare Stunden. Im ganzen Schloß gab es kein ruhiges Fleckchen. Die Dienerschaft war wie von Sinnen, und Jutta – die arme Jutta lag in einem Sessel und starrte traurig und trostlos vor sich hin. Als sie verhaftet wurde, sah sie mich mit einem Blick an, der mir das Herz zerriß. Ich wußte, fühlte schon damals, daß sie unschuldig war. Nachdem sie begriffen hatte, daß man sie in Untersuchungshaft führte, wurde sie noch bleicher als zuvor, aber dann richtete sie sich stolz und ruhig auf und fügte sich dem Unvermeidlichen. Als ich sie zwischen den Beamten dahinschreiten sah, dachte ich: So schreiten Sünderinnen nicht, so schreiten Königinnen. Und das Herz wurde mir so schwer – wie ein Alp lag es auf mir. Fast war mir zumute, als habe ich selbst ein Verbrechen begangen. Vielleicht, weil meine Mutter es war, die zuerst den Verdacht auf sie lenkte. Vielleicht auch aus einem anderen mir unerklärlichen Gefühl – kurzum – seit jener Stunde lastet etwas Unerklärliches auf mir, und das verfolgt mich zuweilen, bis in den Traum. Es war so stark, daß ich Jutta gegenüber scheu und verschlossen war, lange Zeit, so daß sie glaubte, ich halte sie auch für eine Mörderin. Nie habe ich das geglaubt, nicht einen Augenblick, so bestimmt meine Mutter es auch behauptete. Ich zitterte und bangte um Jutta, solange sie in Untersuchungshaft saß, und erbebte, wenn meine Mutter zu Norbert sagte: ›Sie wird hingerichtet, sie darf das Erbe nicht antreten.‹ Ich war zornig auf Mutter und Bruder und hätte am liebsten allen Leuten zugerufen: Seht ihr denn nicht, daß sie schuldlos ist? Wie froh war ich, als Jutta endlich wiederkam, als sie frei war – freilich nicht so, wie ich es wünschte. Kein Mensch glaubte an ihre Unschuld. Und sie litt unter dem schleichenden Verdacht, der sie umkreiste – und ich litt mit ihr, als sei ich selbst schuld, daß sie leiden mußte. Oh, es waren furchtbare Tage, ich möchte das alles nicht noch einmal erleben.«

Bei diesen letzten Worten brach Blandines Stimme. Sie kamen wie ein Schluchzen aus ihrer Brust.

Doktor Diehl nahm ihre Hand und blieb vor ihr stehen. In seinen Augen lag ein tiefes Erbarmen. »Arme kleine Blandine«, sagte er weich. Sie sah zu ihm auf und barg dann plötzlich das Gesicht in den Händen.

»Seien Sie nicht so gut zu mir, ich ertrage Güte so schlecht«, sagte sie heiser.

Er preßte seine Lippen auf ihre Hand. Wie gern hätte er ihr gesagt, daß er von dem besten Willen beseelt war, alle seine Güte über sie auszubreiten und daß er sie für immer vor Leid und Sorge bewahren möchte. Aber er wollte, durfte nicht das entscheidende Wort sprechen, das sie für immer zusammenband, weil er erst eine Aufgabe zu lösen hatte. Und er ahnte, daß die Lösung dieser Aufgabe für Blandine ein neues Leid bringen würde, ein Leid, das sie vielleicht im Unterbewußtsein schon leise geahnt und vor dem sie sich fürchtete, ohne es zu wissen.

»Ich bitte herzlich, beruhigen Sie sich. Ich mache mir Vorwürfe, Sie auf ein so ernstes Thema gebracht zu haben. Aber man kommt so von selbst darauf, es liegt hier gewissermaßen in der Luft.«

Hastig trocknete sie ihre Tränen und versuchte zu lächeln.

»Sie brauchen sich nicht zu entschuldigen, es lag wohl mehr an mir, daß wir auf dies Thema kamen, und es war mir eine Wohltat, mir das alles einmal vom Herzen zu reden. Sie haben so geduldig zugehört, und nun müssen Sie sich auch noch etwas von mir vorweinen lassen. Ich schäme mich, Herr Doktor, und weiß nicht, wie ich mich so gehenlassen konnte. Sonst bin ich ziemlich tapfer.«

»O ja, das habe ich schon gespürt, und Ihre Tapferkeit hat Ihnen meine Hochachtung erworben.«

»Die ich mir nun verscherzt habe?«

»Ganz gewiß nicht. Eine Frau braucht nicht immer tapfer zu sein. Wäre sie es, dann wäre sie eben kein echtes Weib. Wir müssen recht gute Freunde werden, müssen uns immer besser kennenlernen. Ich bin Ihnen dankbar, daß Sie mir so viel Vertrauen entgegenbrachten, daß Sie mich einen Blick tun ließen in Ihr Inneres. Ich kenne Sie nun schon ganz und gar, und wenn ich Ihnen bei näherer Bekanntschaft so gut gefalle wie Sie mir, dann – dann, Blandine, werde ich Ihnen, ehe ich Griesbach verlasse, eine Frage vorlegen, von deren Beantwortung mein ganzes Lebensglück abhängen wird. Darf ich das?«

Sie sah mit großen Augen zu ihm auf, und was sie jetzt in seinen ernsten Augen las, ließ ihr das Herz schneller schlagen. Sie errötete tief und stand in reizender Hilflosigkeit vor ihm. Hastig setzte sie dann ihren Hut wieder auf. Dann reichte sie ihm schnell die Hand.

»Ich werde Ihnen auf jede Frage eine ehrliche Antwort geben, Herr Doktor.«

Wieder zog er ihre Hand an seine Lippen. »Ich danke Ihnen.«

Sie atmete schnell. »Und nun bin ich gleich daheim und will Ihnen Lebewohl sagen.«

Er schüttelte lächelnd den Kopf. »Nicht Lebewohl! Das klingt wie eine Trennung für immer. Sagen Sie mir: Auf Wiedersehen!«

»Auf Wiedersehen, Herr Doktor, auf frohes Wiedersehen«, sagte sie, aber dabei standen ihr Tränen in den Augen.

Er hielt ihre Hand noch fest. »Tränen mag ich nicht wieder in Ihren Augen sehen.«

Sie bezwang sich. »Wenn ich es ändern kann, soll es nicht mehr geschehen. Darf ich Jutta von Ihnen grüßen?«

»Ich bitte darum. An Ihre Frau Mutter bitte ich eine ergebene Empfehlung zu bestellen. Sonntag sehen wir uns wieder.«

Sie nickte ihm zu und eilte davon, auf die kleine grüne Pforte im Parkzaun zu, hinter der Jutta Frank Rüdigers Augen damals entschwunden war.

Langsam, in tiefe Gedanken versunken, schritt Doktor Diehl zum Dorf zurück. Seine Gedanken arbeiteten rastlos. Er fügte Stein um Stein zu dem Bau, den er aufführte, um Jutta von Tübingens Unschuld zu beweisen. Schon sah er Licht – aber dies Licht erfreute seine Seele nicht, denn er wußte, daß er Blandine weh tun mußte; wußte, daß die angstvolle Unruhe, die in ihrer Seele schlummerte und vor der sie schreckhaft die Augen schloß, eine unbewußte Ahnung war. Er hatte mehr in ihrem Herzen gelesen, als sie selbst ahnte, und sie tat ihm leid. Aber durch alles Leid hindurch würde seine Liebe sie wie in einem Zaubermantel tragen. Ja – er liebte Blandine, liebte sie stark und innig, seit er in ihr Inneres einen Einblick erhalten hatte. Er fühlte, daß sie heute einem inneren Zwang gehorcht hatte, als sie ihm alles enthüllte, was ihr Herz bewegte und was auf ihr Leben Einfluß gehabt hatte. Sie hatte ihm auch ihre Verhältnisse vertrauensvoll klarlegen wollen, es sollte nichts in ihr und um sie sein, was er nicht klar überblicken konnte. Deshalb war sie so offen zu ihm gewesen. Mit ihrem ganzen Vertrauen war sie zu ihm gekommen. Und sie sollte sich nicht in ihm getäuscht haben. Wenn sie freilich eine Ahnung gehabt hätte, wieviel sie verraten hatte, so hätte sie ihm doch wohl nicht so offenherzig gebeichtet. Sie wußte ja nicht, wem sie das alles sagte, ahnte nicht, daß er das alles zusammentrug, um Jutta frei zu machen. Aber – dazu hätte sie ihm doch von Herzen gern geholfen, trotz der unbestimmten Angst, die er aus ihrem Wesen spürte.

Arme Blandine, tapfere, kleine Blandine, darüber mußt du erst hinweg, ehe du dich in meine Arme flüchten kannst, dachte er mitleidig und in zärtlicher Sorge.

Am Sonntag wurde Doktor Diehl von Frau von Tölz besonders liebenswürdig empfangen. Blandine hatte ihr nicht verschwiegen, daß sie Doktor Diehl im Dorfe getroffen und daß er sie nach Hause begleitet hatte.

»Mir scheint, er hat Absichten auf dich, Blandine. Sei klug und laß dir diese Chance nicht entgehen«, hatte sie gesagt.

Blandine war das Blut in das Gesicht geschossen. »Sprich um Gottes willen nicht von einer Chance, Mama, hier handelt es sich für mich um mehr als um irgendeine Chance, die ich nutzen soll.«

»Nun, um so besser, wenn du mit dem Herzen dabei bist.

Das ist ein Luxus, den sich ein armes Mädchen eigentlich nicht leisten kann. Ich will Gott von Herzen danken, wenn du versorgt bist – denn hier ist das Leben für mich unerträglich geworden, seit Jutta die Herrin spielt.«

Blandine hatte darauf nichts erwidert. Sie hatte auch Jutta von ihrer Begegnung mit Doktor Diehl erzählt. Ihr hatte sie ziemlich ausführlich berichtet, was sie mit ihm gesprochen hatte, soweit es Jutta nicht selbst betraf. Teilnahmsvoll hatte Jutta zugehört, hatte Blandine in ihre Arme gezogen und gesagt:

»Wenn du doch ein reines, volles Glück finden würdest, Blandine. Für mich würde es freilich bitter sein, dich hergeben zu müssen, aber ich darf nicht egoistisch an mich denken.«

Jutta und Blandine hatten sich in diesen Tagen noch inniger als zuvor einander angeschlossen. Sie fühlten beide, daß ihre Herzen jetzt einer Hochflut von Gefühlen standhalten mußten. Auch Jutta war sich klar darüber geworden, daß sie Frank Rüdiger liebte, und wenn sie auch noch nicht wagte, eine Hoffnung an diese Liebe zu knüpfen, so war doch ihr ganzes Sein und Wesen ein einziges, inniges Gebet um Erlösung von dem Bann, der auf ihr lastete.

Stets hatte sie furchtbar unter dem falschen Verdacht gelitten, der ihr Leben verdunkelte, aber nie hatte sie so sehnsüchtig nach Erlösung verlangt wie jetzt. Denn jetzt, das fühlte sie, galt es nicht nur ihr Glück und ihre Ruhe, sondern auch Glück und Ruhe Frank Rüdigers. Mit klopfendem Herzen dachte sie an jedes seiner Worte, an jeden seiner Blicke. Sie wußte und fühlte, daß er sie liebte, wie sie ihn liebte. Und jede Faser ihres Seins klammerte sich nun an die Hoffnung, daß Doktor Diehl den Mörder ihres Mannes entdecken möge.

Sie selbst beschäftigte sich wieder sehr intensiv mit dem

Gedanken, wer das Leben ihres Mannes vernichtet haben könne. An seinen Selbstmord konnte sie nicht glauben. Er hätte sie, deren Glück er begründen wollte, nicht hilflos in einer so peinlichen und gefahrvollen Lage zurückgelassen. Als erfahrener Mann hätte er sich sagen müssen, daß der Verdacht des Mordes auf sie fallen mußte. Wenn er das Leben hätte von sich werfen wollen, dann hätte er erst dafür gesorgt, daß sie in Ruhe und Sicherheit war und unbehelligt in Schloß Untergriesbach leben könnte. Das war ihre feste Überzeugung.

Aber wer war der Mörder?

In der Verhandlung gegen sie war damals die Frage aufgeworfen worden: Wer hatte einen Vorteil vom Tode des Ermordeten? Und da war nur sie allein übriggeblieben. Sie, seine Erbin, hatte allein einen Vorteil von seinem Tode. Die Dienerschaft kam nicht in Frage.

Wer aber konnte noch einen Vorteil vom Tode ihres Mannes haben?

Oder war es ein Racheakt gewesen? So hatte man gefragt. Aber Malte von Tübingen hatte keine Feinde. Wer ihn kannte, hatte ihn geliebt und verehrt. Nur mit seinen Verwandten hatte er nicht sonderlich gut gestanden, aber diese weilten zur Zeit der Tat nicht in Untergriesbach. Und vergebens grübelte Jutta immer wieder darüber nach, und ein Zagen überkam sie, wenn sie daran dachte, daß auch Doktor Diehls Forschen vergeblich sein konnte. Voll Ungeduld hatte sie den Sonntag erwartet, und ihre Unruhe legte sich erst, als sie Frank Rüdiger in die Augen sah, in diese Augen, die ihre Leitsterne waren. Während sich Frau von Tölz angeregt mit Doktor Diehl unterhielt, sah Frank Rüdiger mit zärtlicher Besorgnis in Juttas Gesicht.

»Sie sehen heute so blaß aus, wie an dem Tage, da ich Sie zuerst gesehen habe. Neulich erschienen Sie mir wohler und frischer«, sagte er leise.

Sie lächelte zu ihm auf. »Können Sie sich nicht denken, in welcher erwartungsvollen Unruhe ich meine Tage jetzt verbringe?«

»Das kann ich wohl. Aber Sie müssen noch Geduld haben. Zu Ihrer Beruhigung will ich Ihnen aber wenigstens mitteilen, daß mein Freund eine bestimmte Spur verfolgt. Mehr verrät er freilich nicht. Aber daß er so viel zugibt, verrät mir, daß er Hoffnung hat.«

Jutta schloß einen Moment die Augen. »Vater im Himmel – Vater im Himmel!« kam es leise über ihre Lippen.

Es erschütterte ihn, sie so fassungslos zu sehen. »Ruhe – um Gottes willen Ruhe – man beobachtet uns«, bat er, weil er merkte, daß Norbert forschend zu ihnen herübersah.

Sie riß sich zusammen und atmete tief auf. Und die Hände fest zusammenballend, sagte sie mit einem matten Lächeln: »Nun bin ich schon wieder ganz still und ruhig. Aber ich danke Ihnen für diesen Hoffnungsstrahl.«

»Morgen nachmittag bitte um 4 Uhr an der bewußten Stelle«, konnte er ihr noch zuflüstern.

Sie neigte bejahend das Haupt, konnte aber nicht mehr antworten, da Norbert zu ihnen herantrat.

Gleich darauf ging man zu Tisch.

Jutta bemerkte mit inniger Freude, daß sich Doktor Diehl angelegentlich mit Blandine beschäftigte. Sie hatte dafür gesorgt, daß sie wieder nebeneinander saßen. Frank Rüdiger hatte seinen Platz an ihrer Seite, während Frau von Tölz und ihr Sohn die beiden Schmalseiten der Tafel einnahmen.

Wieder war es Doktor Diehl, der für heitere Stimmung sorgte. Er tat dabei dem ausgezeichnet bereiteten Mahl alle Ehre an. Dabei widmete er sich in ritterlicher Weise seiner

Tischdame und behielt auch noch Zeit, Norbert von Hall und seine Mutter aufmerksam zu beobachten.

Daß Frau von Tölz schwiegermütterliche Absichten auf ihn hatte, war für ihn nicht schwer zu erraten. Und er sagte sich in humorvoller Art: Niemand kann seiner Schwiegermutter entgehen, wenn er sich eine Frau nehmen will.

Daß Blandine seine Frau werden sollte, stand fest bei ihm, und was er sich einmal vorgenommen hatte, davon brachte ihn nichts ab. Aber ehe er an die Verwirklichung dieses Planes gehen wollte, mußte seine Aufgabe gelöst sein, Licht in die rätselhafte Mordaffäre zu bringen. Für ihn war sie schon ziemlich hell, aber es fehlten ihm noch Beweise, um ihn ganz sicher zu machen.

In harmonischer Weise verlief die Mittagstafel. Auch Norbert von Hall erschien heute ruhiger und ausgeglichener. Er gab sich sichtlich Mühe, sein zerfahrenes Wesen zu meistern, wenn es ihn auch quälte, wenn er sah, wie Frank Rüdigers Blicke in die Juttas tauchten. Er klammerte sich an Juttas Ehrenwort – sie durfte nicht an eine Heirat denken, bevor der Mörder ihres Gatten entdeckt war. Und dazu durfte es nicht kommen – niemals.

Er ahnte ja nicht, daß an einer Tafel mit ihm ein Mann saß, der mit seinem Scharfsinn das Geheimnis zu enträtseln suchte, das Malte von Tübingens Tod umgab.

Während der Tafel sprach Frank Rüdiger davon, daß ihm ein Reitpferd zum Kaufe angeboten worden war.

»Es ist ein prachtvolles Tier, aber bisher unter dem Damensattel gegangen, deshalb für mich unbrauchbar. Sie sollten es kaufen, gnädige Frau, es ist ein besonders günstiges Angebot«, sagte er zu Jutta.

Sie sah ihn unsicher an.

»Leider kann ich nicht reiten, sosehr ich es auch schon bedauert habe.«

»Dann müssen Sie es lernen. Ich bin gern bereit, Ihnen die nötigen Reitstunden zu geben. Eine Gutsbesitzerin muß eigentlich reiten können. Meinen Sie nicht auch, Herr von Hall?«

Norbert hatte Jutta forschend angesehen. Nun sagte er hastig: »Frau von Tübingen hat ja absolut nichts mit der Verwaltung des Gutes zu tun.«

»Sie wird sich aber sicher mit der Zeit dafür interessieren. Es ist auf jeden Fall gut, wenn sie auch ein wenig Bescheid weiß. Und außerdem fehlt es der gnädigen Frau an Bewegung im Freien. Sie sieht zu blaß aus.«

Jutta hatte nachdenklich vor sich hingesehen. Nun richtete sie sich entschlossen auf. »Kaufen Sie bitte das Pferd für mich, wenn Sie meinen, daß es sich für mich eignet. Ich möchte sehr gern reiten lernen, und wenn Sie sich wirklich der Mühe unterziehen wollen, mir Unterricht zu geben, so werde ich Ihnen sehr dankbar sein, Herr Rüdiger.«

»Sie brauchen Herrn Rüdiger nicht zu bemühen, Jutta, Reitunterricht kann auch ich Ihnen erteilen«, sagte Norbert rasch.

Jutta widerstrebte es indes, durch eine solche Gelegenheit mehr als nötig mit Norbert zusammenzukommen. Deshalb sagte sie ruhig: »Herr Rüdiger hat sich zuerst dazu erboten. Sie werden einsehen, Norbert, daß ich sein Anerbieten zuerst berücksichtigen muß.«

Frank verneigte sich sichtlich erfreut. »Es wird mir eine Ehre sein. Gleich morgen gebe ich Order, daß Ihnen das Pferd zugeführt wird, und dann können wir verabreden, wann die erste Reitstunde stattfinden soll.«

»Ich werde es mir inzwischen überlegen«, erwiderte Jutta.

»Im übrigen möchte ich den verehrten Herrschaften eine Bitte aussprechen«, fuhr Frank Rüdiger fort. »Ich würde

Sie alle gern auch einmal in Obergriesbach begrüßen und, um Sie zu verlocken, mir Ihren Besuch zu machen, ein kleines Fest veranstalten – sozusagen meinen Einzugsschmaus. Frau von Tölz, dürfte ich Sie bitten, bei dieser kleinen Festlichkeit das Amt der Lady Patronesse zu übernehmen, da es in Obergriesbach leider keine Hausfrau gibt?«

Frau von Tölz fühlte sich doch etwas geschmeichelt und neigte huldvoll das Haupt.

»Gern, wenn ich Ihnen damit einen Gefallen tun kann.«

»Unbedingt, gnädige Frau.«

»Gut, verfügen Sie über mich.«

»Darf ich den nächsten Sonntag dazu bestimmen? Sonntags hat der Landwirt am meisten Zeit. Ist es den Herrschaften recht, wenn ich diesen Tag festhalte?«

Man stimmte allgemein zu, und Heinz Diehl sagte lachend:

»Man fliegt hier von einem Fest zum andern, ich finde, hier ist mehr Betrieb als in Berlin.«

»Wann gedenken Sie nach Berlin zurückzukehren, Herr Doktor?« fragte Frau von Tölz.

Er sah sie im gutgespielten Erschrecken an. »Eilt es Ihnen so sehr damit, gnädige Frau?«

Alle mußten lachen. Auch Frau von Tölz lachte liebenswürdig.

»Nein, nein, ganz gewiß nicht. Im Gegenteil, wir werden Ihre anregende Gesellschaft sehr vermissen, wenn Sie nicht mehr hier sind. Ich fragte nur, weil ich fürchtete, daß Sie nicht lange mehr bleiben würden.«

Heinz Diehl sah zu Blandine hinüber, die voll Unruhe an seinen Lippen hing.

»Das steht noch nicht fest, gnädige Frau. Mein Freund Rüdiger hat sich mit mir eine Last aufgeladen, die er so bald wohl nicht los wird, zumal die Schmalzstrudel und Butternockerln der Frau Remblin sehr starke Magnete sind. Außerdem – halten mich noch andere Dinge fest.«

»Noch fester als Schmalzstrudel und Butternockerln?« neckte Jutta.

Heinz Diehl warf wieder einen Seitenblick in Blandines errötendes Gesicht. »O ja – viel fester, gnädige Frau.«

»Sie machen uns neugierig, Herr Doktor«, scherzte nun auch Frau von Tölz liebenswürdig.

Er verbeugte sich. »Es ist sehr schmeichelhaft für mich, daß Sie mir so viel Interesse zeigen.«

Nach Tische begaben sich die Herrschaften über die Terrasse hinweg in den Garten. Die Frühlingssonne schien warm hernieder und küßte die ersten Blumen wach, die in großen Rundbeeten vor dem Schlosse gepflanzt waren. Diese Rundbeete befanden sich inmitten großer Rasenplätze, die sich wie frischgrüner Sammet ausbreiteten. Breite Wege, mit grauem Kies bestreut, rahmten die Rasenplätze ein und führten in den Park hinein.

Doktor Diehl trieb draußen im Freien allerlei übermütige Scherze. Er lief die Auffahrtsrampe hinauf, balancierte auf der breiten Terrassenbrüstung und setzte mit elastischem Sprung über dieselbe hinweg in den Garten hinunter.

Niemand ahnte, daß er diese lustigen Torheiten trieb, um allerlei auszukundschaften. Aufmerksam musterte er die Fassade des Schlosses, ließ sich von Blandine, an deren Seite er dann artig promenierte, die Fenster ihres Zimmers zeigen, fragte dies und das in einem harmlos-vergnügten Ton, so daß sie keine Ahnung hatte, daß all seine Fragen eine ganz besondere Ursache hatten. Erst am Spätnachmittag verabschiedeten sich die Herren.

Als sie sich entfernt hatten und Frau von Tölz und Blandine bereits im Hause verschwunden waren, wandte sich

Norbert mit unterdrückter Erregung an Jutta.

»Ist es Ihr Ernst, daß Sie bei Herrn Rüdiger Reitunterricht nehmen wollen?«

Ruhig sah sie ihn an. »Gewiß, Sie haben doch gehört, was wir vereinbart haben.«

»Sie gestatten mir aber, zu bemerken, daß es unpassend ist, Reitunterricht durch einen Fremden zu erhalten.«

Stolz warf sie den Kopf in den Nacken. »Nein – das gestatte ich Ihnen nicht! Überlassen Sie es ruhig mir selbst, zu entscheiden, was für mich passend oder unpassend ist.«

Er biß sich auf die Lippen. »Verzeihen Sie, wenn ich mich ungeschickt ausdrückte. Ich meine nur, wenn ich, Ihr Verwandter, Ihnen Reitunterricht erteilen kann, dürfte es unpassend sein, daß dies durch einen Fremden geschieht.«

»Herr Rüdiger ist unser Nachbar, und ich finde durchaus nichts Unpassendes darin, mir von ihm Unterricht erteilen zu lassen.«

Ein lodernder Blick brach aus seinen Augen. »Tun Sie es nicht, Jutta – ich beschwöre Sie.«

»Warum nicht?«

»Weil es mich quälen und peinigen wird – weil ich rasend eifersüchtig bin auf diesen Menschen – auf jeden Mann, den Sie nur ansehen«, brach es in wilder Leidenschaft aus ihm hervor.

Das war so echt und ungekünstelt, daß Jutta zum ersten Male daran glaubte, daß Norbert nicht nur aus Berechnung um sie geworben hatte. Aber seine ungezügelte Leidenschaftlichkeit stieß sie ab. Sie trat stolz und abweisend zurück.

»Vergessen Sie sich nicht, Norbert. Ich bin fest überzeugt, daß ich von Herrn Rüdiger solche Attacken nicht zu befürchten habe.«

»Hüten Sie sich, Jutta – ich halte Sie bei Ihrem Ehrenwort. Dieser Herr Rüdiger darf Ihnen nie etwas sein«, stieß er heiser hervor.

Etwas wie Furcht vor dieser ungezähmten Leidenschaft stieg in Jutta auf. Aber sie nahm alle Kraft zusammen und sah ihn stolz und ruhig an.

»An ein Ehrenwort brauche ich nicht gemahnt zu werden. Im übrigen sollten Sie nun endlich merken, daß die Zeit vorüber ist, in der ich mich willenlos Ihrer und Ihrer Mutter Vormundschaft fügte.«

Damit ließ Jutta Norbert stehen und ging ebenfalls ins Haus.

Er sah ihr mit brennenden Blicken nach, und dann schlug er aufstöhnend die Hände vor das Gesicht.

»Ich ertrage es nicht mehr – ich ertrage es nicht mehr!« stöhnte er auf.

Und dann wankte er wie ein Trunkener die Freitreppe empor. Starr vor sich hinsehend, suchte er seine Zimmer auf. Er merkte nicht, daß er an Blandine vorüberging, die ihm erschrocken nachsah und eine Weile wie gebannt stehenblieb. Sie wußte nicht, weshalb ihr der Bruder einen so unheimlichen Eindruck machte.

Am nächsten Tage begab sich Jutta zur verabredeten Stunde an die Rendezvousstelle im Walde. Zu ihrem Erstaunen fand sie dort Frank Rüdiger allein vor.

»Wo ist Herr Doktor Diehl? Wollte er nicht auch zur Stelle sein?« fragte sie in leiser Unruhe.

Er sah sie mit einem aufstrahlenden Blick an.

»Er ist im Augenblick verhindert, gnädige Frau, und läßt sich entschuldigen. Ist es Ihnen sehr unangenehm, mich allein zu treffen?«

Sie errötete jäh. »Darauf brauche ich Ihnen doch keine

Antwort zu geben. Aber Sie können sich denken, daß ich sehr gespannt war, ob Herr Doktor Diehl mir etwas zu berichten hatte.«

»Ich soll Ihnen sagen, daß er in Ihrer Angelegenheit unbedingt einen kleinen Ausflug machen mußte, und dazu schien ihm dieser Tag am passendsten. Morgen hofft er dann das Sterbezimmer Ihres Herrn Gemahls inspizieren zu können. Bleibt es dabei, daß Ihre Verwandten morgen nach München fahren?«

»Ja.«

»Auch Fräulein von Tölz mit?«

»Ja, auch sie.«

»Wann reisen die Herrschaften?«

»Morgen vormittag, kurz nach 9 Uhr, geht der Zug ab. Sie kommen aber wahrscheinlich schon am Abend zurück.«

»Nun gut – so bleibt meinem Freunde reichlich Zeit zu seinen Nachforschungen.«

»Glauben Sie wirklich, daß er eine Spur gefunden hat?«

»Er pflegt eher zu wenig zu versprechen als zuviel. Ich habe das Gefühl, daß er viel mehr weiß, als er vorläufig verraten will. Und schon die Andeutung von einer gefundenen Spur hat er mir ungern gemacht. Ich wollte Ihnen aber doch so gern etwas Tröstliches sagen.«

Sie reichte ihm impulsiv die Hand. »Wie soll ich Ihnen nur für alles danken?«

Er hielt ihre Hand fest. »Müssen Sie mir unbedingt danken?«

»Das können Sie doch verstehen.«

»Nun gut – ich werde mir Ihren Dank schon einfordern zur gegebenen Zeit – und – bescheiden werde ich nicht sein.«

Das Blut schoß ihr unter seinem Blick in die Wangen.

Selbstvergessen sahen sie sich eine Weile an, ohne ein Wort zu sprechen. Dann riß Jutta ihren Blick aus dem seinen.

»Ich will Ihre kostbare Zeit nun nicht länger in Anspruch nehmen, Herr Rüdiger.«

»Sie wissen, daß ich Ihnen immer gern zu Diensten bin, gnädige Frau. Im übrigen wollte ich Ihnen mitteilen, daß Ihr Reitpferd morgen bei Ihnen abgeliefert wird.«

»Ich danke Ihnen. Soll ich den Betrag Ihnen überweisen oder direkt an den Verkäufer?«

Er riß ein Blatt aus seinem Notizbuch, auf welches er rasch einige Worte schrieb.

»Hier ist die Adresse des Verkäufers und die Höhe der Kaufsumme. Sie können das Geld direkt dorthin überweisen.«

»Gut, das soll geschehen.«

»Und wann wollen wir den Reitunterricht beginnen?«

»Das müssen Sie bestimmen, ich habe ja immer freie Zeit. Wir besprechen das am besten ganz offiziell nächsten Sonntag, wenn wir bei Ihnen zu Gast sind.«

»Sie haben recht, ich dachte nicht daran, daß von unserm Zusammentreffen niemand wissen soll. Haben Sie schon an Sattelzeug und Reitdreß gedacht?«

»Ja, das soll mir Blandine morgen in München bestellen.«

Er zögerte noch eine Weile. Man merkte ihm an, daß er sich nur schwer von Jutta trennen konnte.

Sie reichte ihm die Hand. »Auf Wiedersehen also. Bitte, grüßen Sie Doktor Diehl!«

»Das will ich bestellen. Wann dürfen wir morgen kommen?«

»Wann Sie wollen.«

»Ist um 10 Uhr zu früh? Falls Doktor Diehl lange Zeit

brauchen sollte, wäre es gut, wenn wir möglichst zeitig zur Stelle wären.«

»Bitte, kommen Sie so zeitig, wie Sie es für nötig finden. Ich bin Frühaufsteherin, mich stören Sie nicht.«

»Möglicherweise werden Ihre Verwandten aber durch die Dienerschaft erfahren, daß wir Ihnen einen Besuch gemacht haben.«

»Das läßt sich nicht ändern.«

»Sie können dann vielleicht sagen, daß wir uns wegen meines Festes am Sonntag Ratschläge geholt haben.«

»Gut, dabei wollen wir auf alle Fälle bleiben.«

Er zögerte noch immer. »Vielleicht wäre es besser, wenn wir noch einmal zusammenträfen im Laufe dieser Woche. Es könnte doch sein, daß wir uns etwas zu berichten hätten.«

Jutta errötete. Sie wußte sehr wohl, daß er nur nach einem Vorwand zu einem Zusammentreffen suchte. Aber ihr Herz war sein Verbündeter, sie konnte nicht nein sagen.

»Vielleicht wäre es wirklich besser. Also, sagen wir am Donnerstag nachmittag.«

Seine Augen strahlten in die ihren. Er küßte ihr die Hand. »Gut – also Donnerstag um dieselbe Zeit. Auf Wiedersehen, gnädige Frau.«

Damit trennten sie sich.

Frank Rüdiger ritt nach Hause zurück. Sein Freund war noch nicht wieder heimgekehrt. Er kam erst bei einbrechender Dunkelheit.

Frank empfing ihn voll Ungeduld. »Ich fürchtete schon, Heinz, daß ich allein zu Abend essen müßte.«

Heinz Diehl lachte, aber Frank merkte ihm doch eine leise Erregung an. »Ich wäre untröstlich gewesen, wenn ich nicht zur Zeit zurück gewesen wäre. Ich hatte eine kleine Verspätung mit der Bahn.«

»Du bist mit dem Zuge gekommen?«

»Ja, ich war bis zur nächsten Station gelaufen und mußte warten, bis der nächste Zug kam, der mich zurückbringen konnte.«

»Aber, Heinz – weshalb hast du nicht einen Wagen anspannen lassen. Der weite Weg zu Fuß – das war doch Unsinn.«

»Nein, mein lieber Frank, ich hatte meine Gründe für diese Fußtour, denn ich war neugierig, wie lange man braucht, um per pedes apostolorum zur nächsten Station zu kommen.«

Forschend sah Frank zu ihm hinüber. »Man darf natürlich nicht fragen, warum du das wissen wolltest?«

»Nein, Frank, du mußt schon noch ein Weilchen Geduld haben. Lange werde ich sie nicht mehr auf die Probe stellen müssen – die Sache klärt sich.«

»Du hast also begründete Hoffnung, Frau Jutta zu erlösen?«

Doktor Diehl nickte. Aber seine Augen wollten den sonst so heiteren Ausdruck nicht finden. »Ja, Frank, diese Hoffnung habe ich.«

»Du bist so ernst – fast bedrückt?«

Doktor Diehl strich sich über die Stirn. »Zum Lachen ist mir auch momentan absolut nicht zumute. Aber laß uns zu Tisch gehen.«

Dies geschah. Heinz Diehl bemühte sich auch, seine gute Laune wiederzufinden. Es wollte ihm aber heute nicht so recht gelingen. Und das Essen schien ihm auch nicht sonderlich zu schmecken.

Nach dem Essen saßen die Freunde noch beisammen und rauchten Zigaretten. Frank störte den Freund nicht mit Fragen. Schließlich warf Heinz Diehl seine Zigarette in den

Aschenbecher und sprang auf. Er legte die Hand auf des Freundes Schulter.

»Du mußt entschuldigen, daß ich heute ein wenig zerstreut bin – aber ich habe da etwas in mir niederzuzwingen. Manchmal muß man im Kampf mit sich selbst liegen.«

»Hängt das mit Frau Juttas Angelegenheit zusammen?«

»Nur indirekt – es betrifft mehr mein Verhältnis zu Blandine von Tölz. Weißt du, Frank, ich habe das kleine Mädchen von ganzem Herzen lieb und weiß, daß sie ein wertvoller Mensch ist und daß sie einmal eine zuverlässige Weggenossin für einen Mann, wie ich es bin, sein würde. Aber – weiß Gott – ich muß da erst über etwas hinwegkommen.«

Nachdenklich sah ihn Frank an. »Ich kann mir denken, was du meinst – Frau von Tölz ist keine Schwiegermutter, wie man sie sich wünschen kann.«

Heinz Diehl schlug mit der Hand durch die Luft. »Ach – mit ihr würde ich schnell fertig sein, sie sollte mich nicht kümmern, aber Blandines Bruder – der ist für mich der dunkle Punkt. Er ist ein notorischer Spieler – und noch etwas Schlimmeres, wie Herr von Tübingen Frau Jutta gesagt hat. Ich fürchte, ich weiß, was er damit hat sagen wollen. Gottlob, daß er nur ein Halbbruder von Blandine ist und daß sie einen anderen Namen trägt als er. Denn – Blandine gebe ich nicht auf, um keinen Preis.«

»Ich glaube, es wird dir nicht schwerfallen, sie für immer von ihrem Bruder zu lösen, sie steht ihm ziemlich fremd gegenüber.«

»Gottlob! Aber – nun laß uns zur Ruhe gehen. Hast du übrigens Frau Jutta gesprochen?«

»Ja. Ich habe mich morgen vormittag um 10 Uhr mit dir angesagt.«

»Gut! Also, schlaf gut, Frank!«

»Gute Nacht, Heinz.«

Gegen 10 Uhr am nächsten Vormittag trafen die beiden Freunde im Schlosse ein. Sie waren beide zu Pferde.

Jutta empfing sie sogleich, sie hatte schon voll Ungeduld auf sie gewartet.

»Sind die Herrschaften fort?« fragte Doktor Diehl.

»Ja, Herr Doktor, wir sind ganz ungestört. Die Dienerschaft ist im Souterrain beschäftigt und wird nur auf meinen Ruf erscheinen. Nur der Diener, der Sie empfing, wird noch im Vestibül sein.«

»Dann können wir sogleich mit der Besichtigung des Schlosses beginnen. Wir werden für die Ohren des Dieners draußen einige diesbezügliche Wort wechseln.«

Jutta führte die Herren hinaus in das Vestibül, wo tatsächlich der Diener noch stand.

»Es ist sehr liebenswürdig, gnädige Frau, daß Sie uns die Besichtigung des Schlosses gestatten wollen und sich selbst der Mühe unterziehen, uns herumzuführen«, sagte Heinz Diehl laut und vernehmlich.

»Ich tue es gern, Herr Doktor.«

»Macht es Ihnen nicht zuviel Mühe?«

»Ganz gewiß nicht! – Friedrich, Sie können unterdessen dafür sorgen, daß in einer Stunde ein kleiner Imbiß für die Herren bereitsteht im Speisezimmer. Bis dahin sind wir wahrscheinlich mit der Besichtigung fertig, oder wir machen eine kleine Pause.«

Das letzte sagte Jutta zu dem Diener, der sich verneigte und im Souterrain verschwand, froh, ein Stündchen freie Zeit für sich zu haben. Ihm kam diese Schloßbesichtigung sicher sehr gelegen.

Jutta führte die Herren nun zuerst in die Räume, die ihr

Mann bewohnt hatte. Sie schlossen sich gleich an ihre eigenen Zimmer. Nachdem sie einige vornehm eingerichtete Gemächer passiert hatten, öffnete Jutta mit einem Schlüssel, den sie bei sich trug, das Sterbezimmer ihres Mannes. Sie hielt es stets unter Verschluß.

»Dies ist das Zimmer, in dem mein Mann gestorben ist«, sagte sie, ein wenig erregt vor Erwartung in Doktor Diehls Gesicht blickend.

Er nickte ihr zu. »Bitte – lassen Sie mich allein, bis ich Sie rufe. Sie können hier im Nebenzimmer auf mich warten. Mein Freund Rüdiger wird Sie inzwischen unterhalten, damit Ihnen die Zeit nicht zu lang wird. Bitte, sorgen Sie dafür, daß ich unter keinen Umständen gestört werde.«

Nach diesen Worten betrat Heinz Diehl das Sterbezimmer und zog die Tür hinter sich zu. Es war ein mäßig großer Raum, mit schweren, massiven Mahagonimöbeln ausgestattet. Das Bett war sehr groß und breit. Es stand zwischen den beiden Fenstern, mit dem Kopfende zur Wand. Neben dem Bett stand auf der rechten Seite ein Nachtschränkchen. Es reichte bis dicht an das Fenster heran und ragte noch ein wenig darüber hinaus.

Diesem Nachtschränkchen galt der erste Blick Doktor Diehls, und seine Augen bekamen dabei den scharfen, zufassenden Ausdruck. Schnell trat er an das geschlossene und von Gardinen verhüllte Fenster heran und öffnete es, nachdem er die Gardine zurückgezogen hatte.

Er sah auf die Terrasse hinaus. Auch die Fenster dieses Zimmers lagen sehr tief. Mit einem großen Schritt konnte Doktor Diehl auf die Terrasse hinaustreten. Hier blieb er stehen und schaute in das Zimmer hinein. Er sah den schweren, gepolsterten Lehnstuhl am Bett stehen – in diesem Lehnstuhl war wohl Jutta von Tübingen in jener Nacht eingeschlafen. Und während sie schlief? Doktor Diehls

Gedanken arbeiteten eifrig hinter seiner hohen Stirn. Auf der Terrasse stehenbleibend, faßte er mit der Hand auf die Marmorplatte des Nachtschränkchens. Er konnte sie bequem erreichen. Nachdenklich nickte er vor sich hin und stieg wieder in das Zimmer hinein. Nun begann er jedes Möbel genau zu betrachten – das schwere, massive Bett mit der seidenen Daunendecke, die mächtigen, eingebauten Schränke und den großen Waschtisch mit Warm- und Kaltwasseranschluß, über dem ein großer Spiegel hing. Am Fußende des Bettes stand eine breite Ottomane und vor derselben ein kleiner runder Tisch. Außer einigen Stühlen befanden sich sonst keine Möbel in dem Raum. Über dem Kopfende des Bettes hing ein schöner, alter Gobelin, Joseph und seine Brüder darstellend, als sie ihn verkauften. Sonst wurde das Zimmer durch einige kostbare Ölgemälde geschmückt. Das größte davon, eine Waldlandschaft, hing so, daß man sie vom Bett aus betrachten konnte. Wie oft mochte der Verstorbene sich an diesem herrlichen Kunstwerk erfreut haben. Aber Heinz Diehl hielt sich mit solchen Betrachtungen nicht lange auf. Er schüttelte die Gardinen am Fenster aus, legte sich dann auf den Fußboden, um unter das Bett sehen zu können, und sprang wieder auf, nachdem er gesehen hatte, daß das Bett auf sehr breiten, scharfkantigen Füßen stand. Er suchte nun das Bett zu rükken, aber es war sehr schwer, und es gelang ihm nur, es mit Anspannung all seiner Kräfte etwa 10 Zentimeter fortzuschieben. Das schien ihm aber zu genügen. Nun legte er sich wieder auf den Fußboden und betrachtete die Stelle, wo der breite Fuß des Bettes an der Wand gestanden hatte. Eine dicke Schicht von Staubfasern war zu sehen und graue Spinnweben. Das Bett war anscheinend seit vielen Jahren nicht von seinem Platze gerückt worden, und hinter den Beinen hatte sich diese Staubschicht ungestört ansammeln können. Er faßte mit den Händen in diese Staubfaserschicht und hob sie sorgsam empor. Sie auf seine Hand legend, erhob er sich und betrachtete seine Beute am Fenster ganz genau. Aber der Befund schien unwichtig zu sein, und er ließ die Staubfasern zum Fenster hinausfallen. Nun ging er um das Bett herum auf die andere Seite und wiederholte hier dasselbe. Auch hinter dem anderen Bein des Bettes hatte sich eine ähnliche Staubfaserschicht angesammelt, auch sie hob er sorgsam empor. Und als er sie auf seiner flachen Hand ausbreitete, fühlte er einen kleinen, harten Gegenstand. Er befreite ihn vom Staub und putzte ihn sorgsam ab. Dieser Gegenstand hatte Form und Größe einer besonders großen und dicken Linse. Diese Linse bestand aus ganz glattgeschliffenem Kristall, und die eine Breitfläche derselben war mit einem feinen Perlmutterblättchen bekleidet, in das eine winzige Schwalbe eingelegt war – eine blaue Schwalbe mit ausgebreiteten Flügeln. Das Perlmutterblättchen war sehr kunstvoll gearbeitet und so geschliffen, daß die untere Hälfte wie ein Meeresspiegel, die obere Hälfte wie der darüberschwebende Himmel wirkte. Sah man durch die unbedeckte Kristallseite durch die Linse, dann erblickte man, wie durch ein Vergrößerungsglas, die fliegende Schwalbe zwischen Meer und Himmel. Anscheinend gehörte dieser kleine, sicher nicht wertlose Kunstgegenstand zu einem Schmuckstück. Doktor Diehl sah lange nachdenklich darauf nieder und nickte dann vor sich hin, als sei er sich über das Wesen seines Fundes klargeworden. Sorgsam wickelte er die kleine Linse in ein Blättchen Papier, das er aus seinem Notizbuch riß, und steckte sie in seine Westentasche. Dann rückte er das Bett wieder an seinen Platz zurück. Noch einmal trat er an das Fenster und stieg durch dasselbe auf die Terrasse. Er beugte sich nochmals hinein ins Zimmer, legte seine Hand auf den Nachtschrank und schüttelte dabei seine Manschette ein wenig vor, so daß der Knopf der Manschette sichtbar wurde. Er sah auf diesen Knopf hinab und blickte dann auf den Fußboden, dorthin, wo das Bett stand. Aufatmend nickte er. Er trat in das Zimmer zurück und schritt auf die Tür des Nebenzimmers zu. Als er sie öffnete, sah er Frank Rüdiger und Jutta am Fenster stehen.

»Gnädige Frau, darf ich Sie bitten, hier herüberzukommen? Du kannst auch mit eintreten, Frank.«

Die beiden folgten seinem Wunsche sofort. Fragend sahen sie ihn an.

»Bitte, gnädige Frau, setzen Sie sich einmal möglichst genau so an das Bett, wie Sie es in jener Nacht getan haben. Steht der Lehnstuhl noch richtig?«

Jutta rückte den Stuhl mehr zur Mitte des Bettes.

»So hat er gestanden«, sagte sie.

»Nun nehmen Sie bitte Platz.«

Sie tat es.

»Und nun schließen Sie bitte die Augen, ganz fest, und wenn Sie langsam bis zehn gezählt haben, öffnen Sie die Augen wieder.«

Gehorsam tat Jutta, was ihr geheißen wurde. Und als sie nach der vorgeschriebenen Zeit die Augen wieder öffnete, sah sie, daß Doktor Diehl verschwunden war. Erstaunt wandte sie sich nach Frank um.

»Wo ist der Herr Doktor geblieben?« fragte sie.

In diesem Moment stieg Heinz Diehl zum Fenster herein.

»Ich war inzwischen nur auf der Terrasse, gnädige Frau, um Sie von draußen zu betrachten. Haben Sie nicht gehört, daß ich hinausstieg?«

»Nein.«

Er ignorierte ihre und auch Franks erstaunte Augen und fragte ruhig:

»Das Nachtschränkchen steht wohl noch genau so wie an jenem Abend?«

»Ja.«

»Und wo stand das Glas Wein, das Sie Ihrem Gatten reichten?«

Jutta legte die Hand auf die Marmorplatte des Nachtschränkchens.

»Ungefähr hier.«

»Was stand sonst noch auf dem Nachtschränkchen?«

»Oben auf der Platte nichts, nur hier unten im Zwischenfach befand sich die Taschenuhr meines Mannes auf dem Ständer.«

Doktor Diehl nickte. Dann nahm er die eingewickelte Linse aus seiner Westentasche, löste sie aus dem Papier und sagte, ohne sie Jutta zu zeigen:

»Bitte, setzen Sie sich noch einmal in den Lehnstuhl, und schließen Sie die Augen wieder. Sie dürfen sie aber nicht eher öffnen, als bis ich es Ihnen sage.«

Jutta ließ sich nieder und schloß die Augen.

Heinz Diehl trat dicht an das Fenster heran und ließ die kleine Kristallinse zur Erde fallen, indem er die geöffnete Hand dicht neben die Marmorplatte des Nachtschrankes hielt. Die Linse schlug auf den Boden auf und rollte ein ganzes Stück auf den Fußboden dahin, bis unter das Bett.

Das leise Geräusch schreckte Jutta auf. Sie öffnete sofort die Augen und blickte Doktor Diehl groß und erschrocken an.

»Das war seltsam!« sagte sie leise.

Doktor Diehl lächelte befriedigt. Er hatte vorausgesehen, daß Jutta diesmal seinem Gebote nicht genau nachkam, indem sie die Augen früher öffnete, als er es verlangt hatte.

»Was war seltsam?« fragte er gespannt.

»Dies Geräusch – was war das für ein leises Geräusch?« fragte sie erregt.

»Fiel Ihnen etwas daran auf?«

Sie nickte hastig.

»Ja – es war dasselbe Geräusch, das ich an jenem Abend hörte, halb im Schlafe noch, aber so deutlich in der sonst lautlosen Stille. Es blieb mir so seltsam in den Ohren haften, als dürfte ich es nicht vergessen.«

Doktor Diehl atmete tief auf.

»Nein – Sie durften es nicht vergessen – dafür sorgte Ihr guter Engel – oder die Vorsehung – oder der Zufall.«

»Was war das für ein Geräusch?« fragte sie nochmals, bleich bis in die Lippen vor Erregung.

Er beugte sich nieder und holte unter dem Bett die kleine Linse hervor. Er legte sie auf die Handfläche und sah sie forschend an.

»Dieser kleine Gegenstand rollte aus meiner Hand unter das Bett. Kennen Sie ihn?«

Erstaunt sah Jutta auf die Linse hinab.

»Nein – ich kenne ihn nicht«, sagte sie, ihn verständnislos ansehend.

»Ist das nicht eine reizende, kunstvolle Spielerei, diese Schwalbe in Perlmutter? Können Sie sich nicht denken, wozu man diese Linse angefertigt hat?«

Mit einem Seufzer und einem Achselzucken sah Jutta darauf nieder. Auch Frank war herangetreten und sah sich das kleine Kunstwerk an.

»Mir scheint, das gehört zu irgendeinem Schmuckstück«, meinte Jutta.

Heinz Diehl nickte.

»Das glaube ich auch, und jedenfalls ist es ein wertvoller Fund für uns.«

Jutta sah ihn unruhig-fragend an.

»Wie kommen Sie dazu, und was hat es mit unserer Sache zu tun?«

Heinz Diehl wickelte die kleine Linse sorgsam wieder ein und steckte sie zu sich.

»Ich fand dies kleine Bijou hier in diesem Zimmer – und – es hat sehr viel mit unserer Sache zu tun. Doch davon später. Jetzt habe ich noch eine Bitte, außer der, daß Sie sich noch in Geduld fassen müssen.«

»Was kann ich tun?« fragte Jutta ergeben seufzend.

Ihre Hand fassend, sagte Heinz Diehl herzlich:

»Zürnen Sie mir nicht, daß ich Sie noch im unklaren lassen muß – es geht nicht anders. Aber Sie dürfen ganz guten Mutes sein. Und nun meine Bitte: Ich möchte jetzt vor allen Dingen die Zimmer besichtigen, die Herr von Hall bewohnt. Ist das möglich?«

Jutta sah ihn verwundert an, aber in Frank Rüdigers Augen blitzte es plötzlich auf, wie ein Argwohn und ein leises Verstehen.

»Gewiß ist das möglich, Herr Doktor. Aber weshalb wollen Sie gerade diese Zimmer besichtigen?« fragte Jutta.

Lächelnd sah er sie an. »Sie haben mir versprochen, nicht zu fragen.«

»Verzeihen Sie!«

»Nein – verzeihen Sie mir, daß ich Sie so unhöflich abweisen muß.«

»Ich habe nichts zu verzeihen. Also bitte, kommen Sie.«

Doktor Diehl schloß erst noch sorgsam das Fenster und zog die Gardine wieder zu. Dann gingen sie hinaus.

»Aber bitte, ganz unauffällig, gnädige Frau, falls doch jemand von der Dienerschaft auftauchen sollte.«

Jutta führte die Herren in den ersten Stock hinauf. Niemand von der Dienerschaft war zu sehen. Ohne Aufenthalt schritten sie bis vor Norberts Zimmer. Jutta öffnete eine Tür.

»Es sind drei zusammenhängende Räume, die Herr von

Hall benutzt: zuerst sein Arbeitszimmer, danach sein Schlafzimmer und dahinter der kleine Raum für seine Garderobe. Ich möchte seine Zimmer nicht betreten, Herr Doktor, ich kann wohl mit Herrn Rüdiger im Vorzimmer warten?«

»Gewiß, gnädige Frau, es ist mir sogar lieber, wenn ich allein eintreten darf. Sie können ganz unbesorgt sein – ich lasse keine Spuren meiner Anwesenheit zurück. Glauben Sie mir, wenn es nicht notwendig wäre, würde ich fremde Wohnräume auch nicht betreten. Wir dürfen aber nicht zu zaghaft sein, wenn wir zum Ziel gelangen wollen.«

So sagte Heinz Diehl ruhig und bestimmt, und sein Gesicht verriet, daß ein eiserner Wille seine Handlungen bestimmte. Und ruhig trat er ein, die Tür hinter sich schließend.

Mit großen, bangen Augen sah Jutta zu Frank Rüdiger auf. »Verstehen Sie das alles?«

Frank atmete tief auf. »So langsam geht mir ein Licht auf – aber ich wage nicht darüber zu sprechen – ich könnte Unheil anrichten. Und jetzt gibt es nur ein Ziel für mich – Ihre Unschuld an den Tag zu bringen.«

Das Blut stieg langsam in ihr blasses Gesicht. »Mir ist so bang, als müsse Furchtbares geschehen.«

Er faßte ihre Hand. »Sie müssen tapfer sein.«

Ein Lächeln huschte um ihre Lippen. »Ich bin so lange tapfer gewesen, daß ich fürchte, ich werde zusammenbrechen, wenn wirklich die Erlösung kommt.«

Zärtlich besorgt sah er sie an. »Nein, nein – Sie werden aufleben und ein neues Leben beginnen.«

»Sie sind so gut zu mir, tun so viel für mich.«

»Leider kann ich nur wenig für Sie tun. Die Hauptsache muß ich Doktor Diehl überlassen.«

»Aber Sie haben ihn gerufen, und wenn mir durch ihn

Erlösung würde, muß ich sie Ihnen zuerst danken. Und jetzt zum erstenmal ist mir zumute – als müsse sich alles aufklären. Vorhin, als ich unten in meines Mannes Sterbezimmer mit geschlossenen Augen dasaß und das seltsame leise Rollen auf dem Fußboden hörte, das ich auch in jener Nacht vernahm, da war mir, als müsse sich an dieses leise Geräusch ein Faden anknüpfen lassen, der durch das Labyrinth führt, in dem ich mich verirrt habe. Mir ist so bange und feierlich zu Sinn, als müsse jetzt das Wunder geschehen, um das ich den Himmel so oft angefleht habe.«

Seine Hand umschloß die ihre mit fast schmerzhaftem Druck. »Es wird kommen, das Wunder«, sagte er sehr erregt und überzeugt.

Sie sah ihn mit ihren samtbraunen, goldklaren Augen an. Ein feuchter Schleier legte sich darüber. »Ich wage kaum, es zu hoffen.«

Er sah, wie ein Zittern über sie dahinflog, und er erinnerte sich des Tages, da er sie zuerst gesehen hatte – als sie im Walde verzweifelt zusammengebrochen war. Er hätte die ganze heiße Zärtlichkeit seiner Liebe über sie hinströmen lassen mögen.

»Seien Sie nur ganz zuversichtlich und tapfer – es wird alles gut werden«, sagte er aufatmend.

»Wenn man so lange im Schatten lebte, fürchtet man sich fast vor dem Sonnenlicht. Sie wissen ja nicht, was für eine Existenz ich während der letzten zwei Jahre geführt habe. Schon vorher war mein Leben nicht gerade ein beneidenswertes, aber ich trug es tapfer und wohlgemut und fand immer etwas, das mich froh und heiter machte. Aber dann – verfemt, geächtet war ich, im eigenen Hause wagte ich kaum die Augen aufzuschlagen, weil mir Haß und Mißtrauen entgegensprangen. Wie ein krankes Tier verkroch ich mich in die Einsamkeit. Erst – seit Sie in mein

Leben getreten sind, habe ich wieder ein wenig Mut bekommen. Ich habe mich auf meinen Stolz besonnen. Die Zügel meines Hauswesens nahm ich in die Hände, verkehrte wieder ruhig und frei mit meiner Dienerschaft und habe erstaunt erkennen müssen, daß sie mir gar nicht so feindlich gegenübersteht, wie Frau von Tölz es mich glauben machen wollte.«

»Es muß ja auch diesen Leuten klarwerden, daß eine Frau wie Sie niemals ein fluchwürdiges Verbrechen begangen haben kann. Ihre Augen können nicht lügen.«

»Nie – niemals vergesse ich Ihnen, daß Sie an mich glaubten«, sagte sie leise. Wieder faßte er ihre Hand und sah ihr tief in die Augen.

»Ich konnte nicht anders. Und – was auch kommen mag – ob Ihre Schuldlosigkeit bewiesen wird oder nicht – für mich ist sie sonnenklar – denn – ich liebe Sie, Jutta – ich bete Sie an, und Sie müssen fühlen, daß mein ganzes Sein und Denken innig in Ihnen verankert ist. Seit ich Sie zuerst gesehen habe, gehört Ihnen mein ganzes Herz. Ich wollte Ihnen nicht eher davon sprechen, als bis Doktor Diehls Nachforschungen beendet sind – aber es drängt sich mir schon jetzt über die Lippen. Wenn ich Sie ansehe, will mir kein konventionelles Wort über die Lippen, ich habe so viel Kraft verbraucht, um Ihnen ruhig gegenüberstehen zu können. Jetzt kann ich es nicht mehr – ich liebe Sie zu sehr, Jutta – und – Sie müssen mich wiederlieben. Ein so starkes Gefühl kann nicht einseitig sein. Nicht wahr, Jutta, was auch kommen mag, Sie werden meine Frau?«

Sie war bei seinen leidenschaftlich werbenden Worten blaß geworden bis in die Lippen, und ihre Augen leuchteten erregt aus dem blassen Gesicht. Ihre Hand bebte in der seinen, und ihre Stimme zitterte, als sie sagte:

»Es soll keine Unwahrheit über meine Lippen in dieser

Stunde – ja, ich liebe Sie, Frank Rüdiger, liebe Sie mit der ganzen Kraft und Innigkeit meiner vereinsamten Seele. Sie sind der erste Mann, dem mein Herz in Liebe entgegenschlägt, und nie wird es einem anderen gehören. Aber Ihre Frau kann ich nur werden, wenn mein Name rein und fleckenlos ist. Niemals könnte ich Ihnen angehören, wenn nicht alles licht und klar um mich ist. Für mich selbst habe ich gelernt, Schmach und Schande zu tragen, aber wenn Sie mit daran tragen müßten, das ertrüge ich nicht. Die Qual würde mich ersticken, wenn ich sehen müßte, daß Sie meinetwegen die Augen niederzuschlagen hätten.«

Wie in inbrünstiger Andacht küßte er ihre Hände.

»Stolz werde ich meine Augen zu jedermann erheben, stolz, daß eine so reine Frau wie Sie an meiner Seite schreitet. Was kümmern uns die Menschen, Jutta?«

Mit einem wehen, blassen Lächeln schüttelte sie den Kopf. »Wie sehr uns die Menschen kümmern, merken wir erst, wenn wir uns vor ihnen verstecken müssen. Nein, um keinen Preis der Welt möchte ich Sie mit in mein Unglück hineinziehen. Was auch kommen mag, für diese Stunde sollen Sie gesegnet sein. Nun kann ich nie wieder ganz arm werden, Frank Rüdiger, Ihre Liebe macht mich innerlich stolz und reich, was mir das Leben auch noch bringen mag.«

Er sah sie unruhig flehend an. »Und nichts, nichts könnte Sie bestimmen, meine Frau zu werden, falls es meinem Freunde nicht gelingt, den Mörder Ihres Gatten zu entdekken? Sie könnten es über das Herz bringen, mich einsam meine Straße ziehen zu lassen, während mein Herz in Sehnsucht nach Ihnen rufen würde?« fragte er erregt.

Sie schauerte zusammen. »Schweigen Sie, bitte, schweigen Sie! Machen Sie mir meinen Entschluß nicht noch schwerer, als er ist. Ich kann nicht anders, ich kann nicht anders!«

Und zitternd und bebend schlug sie die Hände vor das Antlitz.

Er kämpfte mit sich. Dann zog er ihr sanft die Hände von dem Gesicht.

»Seien Sie ruhig. Sie dürfen sich nicht so aufregen, es macht Sie krank. Wir wollen heute nicht mehr davon sprechen, wollen erst abwarten, was Doktor Diehl zutage fördert. Nur das eine sage ich Ihnen: Nie, niemals gebe ich die Hoffnung auf, daß ich Sie erringen kann. Ich muß diese Hoffnung haben. Sie ahnen ja nicht, Jutta, was Sie mir geworden sind, wie unsagbar ich Sie liebe. Ich will Ihnen gestehen, daß ich im Anfang unserer Bekanntschaft nicht über den Gedanken hinwegkommen konnte, daß Sie die Gattin eines anderen waren – eines alternden Mannes. Immer war es mein Traum, daß die Frau, die ich an meine Seite stellen sollte, keinem anderen angehört hatte als mir allein. Dennoch liebte ich Sie schon damals – aber es quälte mich. Können Sie verstehen, wie es in mir aufjauchzte, als ich die Gewißheit hatte, daß Ihre Ehe nur eine Scheinehe war? Von dieser Stunde an fühlte ich mich unlösbar an Sie gebunden. Ich kann Sie nicht aufgeben – ich kann nicht.«

Sie preßte die Hände wie im Krampf zusammen.

»Quälen Sie mich nicht! Ich brauche all meine Kraft und meinen Mut zur Entsagung – wenn mich das Schicksal nicht begnadet.«

Wieder küßte er ihre Hände. »Es wird Sie begnaden, Sie und mich. Wir können beide nicht voneinander los, das ist gewiß. Und deshalb muß der Mörder Ihres Mannes gefunden werden, um jeden Preis.«

Sie konnten nicht weiterreden, denn in diesem Augenblick trat Doktor Diehl aus den Zimmern Norberts. Sein Gesicht war blaß und erregt, alle Muskeln darin schienen gespannt. Er sah die beiden Menschen mit seltsam abwesendem Blick an.

»Geht heute noch ein Zug nach München?« fragte er heiser.

»Ja, um 12 Uhr mittags«, erwiderte Frank, ihn forschend ansehend.

Heinz Diehl sah auf die Uhr. »Den erreiche ich noch, ich muß sofort zur Station.«

»Mußt du dich nicht erst umziehen?«

»Nein, nein, ich komme dann nicht mehr zurecht zum Zuge.«

»Und wann kommst du wieder, Heinz?«

»Wann fährt der letzte Zug von München ab?«

»Um 9 Uhr ungefähr.«

»Dann komme ich wahrscheinlich mit dem letzten Zug zurück. Gnädige Frau, verzeihen Sie, daß wir uns jetzt nicht länger aufhalten.«

Jutta sah ihn voll Unruhe an. Doktor Diehls plötzlicher Entschluß, nach München zu fahren, war ihr rätselhaft. Sie war sehr bleich geworden.

Er faßte ihre Hand. »Nicht sorgen – es steht alles gut für Sie. Morgen vielleicht kann ich schon den Schleier lüften, der über Ihrem Schicksal liegt. Nun noch eine Frage: Wissen Sie, welches Gift in dem Glase war, das Sie ihrem Gatten reichten?«

»Er ist durch Morphium vergiftet worden«, sagte sie mit bebender Stimme.

Doktor Diehl nickte.

»Das wollte ich wissen. Übrigens – wann kommt Frau von Tölz mit ihren Kindern von München zurück?«

»Ebenfalls mit dem letzten Zuge.«

»Nun – es schadet schließlich nichts, wenn wir zusammentreffen, ich finde dann schon eine Erklärung.«

Doktor Diehl küßte Jutta die Hand. »Auf Wiedersehen, gnädige Frau. Komm, Frank, wir müssen zusammen zur Station reiten, damit du mein Pferd mit nach Hause nehmen kannst.«

Auch Frank verabschiedete sich von Jutta. Sprechen konnte er nicht, aber seine Augen sagten ihr mehr als tausend Worte. Sie begleitete die Herren hinunter. Der Diener meldete, daß der Imbiß serviert sei. Jutta bat Doktor Diehl, er möge schnell etwas zu sich nehmen, bis die Pferde vorgeführt wurden.

Das nahm er an. Im Stehen aß er einige Bissen und trank ein Glas Wein.

Dann bestiegen die Herren ihre Pferde.

»Morgen nachmittag an unserer Rendezvousstelle, falls wir nichts anderes voneinander hören«, hatte Frank noch gesagt. Nun ritten die Herren im schnellsten Tempo davon.

Jutta sah ihnen mit bangen Augen nach und atmete tief auf. »Vater im Himmel, hilf«, sagte sie leise vor sich hin. Und dann suchte sie ihren kleinen Salon auf, wo das Bild Malte von Tübingens hing. Mit feuchten Augen schaute sie zu ihm auf. »Du zürnst mir nicht, daß ich ihm mein Herz geschenkt habe – du hättest mir selbst deinen Segen dazu erteilt. Nun hilf mir auch, daß ich ihm angehören darf. Ich liebe ihn – ich liebe ihn.« So flüsterte sie vor sich hin, als spräche sie mit dem Bilde. Und die ernsten, gütigen Greisenaugen sahen milde und verstehend auf sie herab.

Heinz Diehl und Frank Rüdiger waren im schnellsten Tempo zur Bahnstation geritten. Frank fragte nichts, obwohl eine brennende Unruhe in ihm war. Doktor Diehl hätte auch keine Antwort gegeben. Daß er außerordentlich erregt war, merkte Frank ihm an. Sie sprachen kaum ein

Wort miteinander. Als sie die Station erreichten, sahen sie den Zug schon von weitem daherkommen. Doktor Diehl sprang vom Pferde und warf Frank die Zügel zu. Eilig löste er ein Billett. Frank war auch abgestiegen und band die Pferde an einen Pfosten. Dann ging er mit dem Freunde zum einfahrenden Zug. Und nun reichte dieser ihm die Hand.

»Verzeih meine Schweigsamkeit, Frank, es ging mir so vieles durch den Kopf. Morgen wirst du alles wissen und wirst mich verstehen. Auf Wiedersehen, heut' abend!«

»Auf Wiedersehen, Heinz!«

Schon fuhr der Zug davon. Doktor Diehl warf sich mit geschlossenen Augen in die Polster zurück, und überdachte noch einmal in seiner Erinnerung alles, was er in der letzten Stunde in Erfahrung gebracht hatte. Als er Norbert von Halls Arbeitszimmer betreten, hatte sich seine Aufmerksamkeit zuerst auf dessen Schreibtisch gelenkt. Dieser war natürlich verschlossen, aber für Doktor Diehl gab es so leicht keine Schlösser, die er nicht zu öffnen imstande gewesen wäre, wenn er einen seiner Fälle verfolgte. Oft genug hatte er in seiner Eigenschaft als Kriminalist sich Einblick in festverschlossene Räume oder Behälter schaffen müssen. Und auch jetzt stand viel auf dem Spiel, und außerdem fühlte er sich jetzt völlig berechtigt, eine gefundene Spur zu verfolgen. So bedachte er sich nicht einen Augenblick, zu öffnen, was er offen haben mußte. Schnell durchflogen seine Augen einige Fächer des Schreibtisches, ohne daß er etwas angerührt hätte. Aber dann öffnete er ein kleines Seitenfach, und in demselben sah er einige Schmucketuis stehen. Diese Etuis öffnete er. In dem einen befand sich eine Krawattennadel mit einer bizarr geformten Perle, in dem zweiten eine Garnitur Brillantknöpfe für das Oberhemd. Das dritte Etui war leer – es war wohl für eine

Taschenuhr bestimmt, die Norbert bei sich trug. In dem vierten Etui befand sich eine goldene Chatelaine, die Heinz Diehl schon an Norbert gesehen hatte. Und nun war noch ein fünftes kleines Etui vorhanden – es war eigentlich nur ein kleines Kästchen, ohne Innenausstattung. Und in diesem Kästchen lag ein winziges Päckchen in Papier eingewickelt. Heinz Diehl nahm es heraus und wickelte das Papier auf. Und nun lagen zwei Manschettenknöpfe vor ihm. Beim Anblick derselben zuckte es seltsam über sein Gesicht, und seine Augen starrten darauf nieder. Diese Manschettenknöpfe hatten runde, goldene Oberteile, und inmitten des einen Oberteiles saß genau dieselbe kleine Kristallinse wie die, welche er in Malte von Tübingens Sterbezimmer gefunden hatte. Das war dieselbe fliegende Schwalbe in Perlmutter eingelegt, das Meer und Himmel darstellte. Und in dem zweiten Oberteil des Manschettenknopfes fehlte das Mittelstück. Doktor Diehl nahm es aus seiner Westentasche und paßte es hinein – es füllte genau den leeren Raum. Eine Weile sah Doktor Diehl starr darauf nieder. »Also doch er«, sagte er leise vor sich hin. Sich aufrichtend, nahm er die gefundene Linse wieder aus der Vertiefung des Manschettenknopfes heraus und steckte sie wieder zu sich. Dann wollte er die Manschettenknöpfe wieder in das Papier einwickeln. Gewohnt, nichts unbeachtet zu lassen, betrachtete er erst das Papier genau und stutzte. Er sah, daß es die Hälfte eines ärztlichen Rezeptes war. Die Apotheke, in der das Rezept hergestellt worden war, hatte ihren Stempel aufgedrückt. Es war der einer ihm bekannten Münchener Apotheke. Heinz Diehl nahm sein Notizbuch heraus und notierte genau den Inhalt des Rezeptes, von dem nichts fehlte, als der Name des Arztes. Auch die Registriernummer des Rezeptes war deutlich zu lesen, und auch diese notierte er. Dann wickelte er sorgfältig die

Manschettenknöpfe wieder in das Rezept, legte das Päckchen wieder in das Kästchen und stellte dies an seinen Platz zurück. Das Fach schloß er mit seinem Nachschlüssel wieder ab. Langsam erhob er sich. Er hatte nun nicht nötig, dies Zimmer weiter zu durchsuchen. Er hatte mehr gefunden, als er gesucht hatte. Sein Blick flog noch einmal durch das Zimmer, und da sah er auf dem Kaminsims eine Kabinettphotographie Blandines stehen. Er trat an den Kamin heran und sah mit einem traurig-zärtlichen Blick auf das Bild. »Arme Blandine, das wird wehe tun – aber ich kann es dir nicht ersparen. Recht muß Recht bleiben«, sagte er vor sich hin. Und schmeichelnd strich seine Hand über das geliebte Gesicht. Dann richtete er sich schnell entschlossen auf und eilte hinaus.

Und nun saß er hier im Zuge und fuhr nach München, um die letzten Beweise für Frau Juttas Unschuld zusammenzutragen. Als er in München ankam, fuhr er sofort mit einem Mietauto zur Apotheke, deren Stempel er auf dem Rezept gesehen. Er ließ sich dort den Besitzer der Apotheke rufen und bat ihn um eine vertrauliche Unterredung. Der Apotheker führte ihn in ein kleines Nebenzimmer, und hier wies sich Heinz Diehl aus, ehe er sein Notizbuch hervorzog und den Apotheker um Auskunft bat. Aus dem Registrierbuch der Apotheke, das der Besitzer herbeiholte, war alles ersichtlich, was Doktor Diehl wissen wollte.

Er fragte den Apotheker: »Ist es statthaft, ein so großes Quantum dieses Giftes abzugeben?«

»Für gewöhnlich nicht, Herr Doktor«, erwiderte der Apotheker, »aber in besonderen Fällen und auf besondere Anordnung des behandelnden Arztes geschieht es doch. Es gibt Morphinisten, die noch stärkere Dosen vertragen und deren Zustand geradezu eine so starke Dosis erfordert. Wie gesagt, das muß der Arzt bestimmen, und dies Geheimzeichen desselben sagt dem Apotheker, daß er sich bewußt ist, eine besonders starke Dosis verordnet zu haben. Wir haben nur dies Zeichen zu beachten.«

Doktor Diehl verneigte sich. »Für einen Morphinisten, der an das Gift gewöhnt ist, wäre das Quantum also nicht tödlich?«

»Wenn er starke Dosen gewöhnt ist, nicht.«

»Aber wenn eine andere Person diese Dosis nehmen würde? Sagen wir, ein Herzleidender?«

»Es wäre auch tödlich für einen Gesunden, für einen Herzleidenden aber selbstverständlich erst recht.«

»Ich danke Ihnen für Ihre Auskunft und will Sie nicht länger aufhalten.«

»Handelt es sich um einen Kriminalfall, Herr Doktor?«

»Wahrscheinlich, aber ich darf nicht darüber sprechen.«

Nach diesem Gespräch verließ Heinz Diehl die Apotheke. Als er auf die Uhr sah, merkte er, daß er noch einen früheren als den letzten Zug nach Griesbach erreichen konnte. Es war alles schneller erledigt gewesen, als er gehofft hatte. Das war ihm sehr lieb. Er brauchte dann nicht auf der Heimfahrt mit Blandine und ihren Angehörigen zusammenzutreffen. Ohne sich aufzuhalten, fuhr er zum Bahnhof zurück, nahm dort schnell eine Tasse Kaffee und ein belegtes Brot und fuhr dann mit dem Vorzug nach Griesbach zurück. Da ein Wagen nicht am Bahnhof war, ging er zu Fuß bis nach Schloß Untergriesbach. Hier ließ er sich Jutta melden. Sie kam ihm in großer Unruhe entgegen.

»Was ist geschehen, Herr Doktor?«

»Nichts, gnädige Frau, ich konnte nur schon mit einem früheren Zug zurückkehren, als ich geglaubt hatte, und nun ist natürlich kein Wagen am Bahnhof. Laufen möchte ich nicht nach Obergriesbach, und deshalb bin ich so frei, Sie zu bitten, mir einen Wagen zur Verfügung zu stellen.«

»Selbstverständlich, Herr Doktor, ich lasse sogleich einen Wagen vorfahren.«

Und Jutta gab den nötigen Befehl. Und dann wollte sie Doktor Diehl bewirten, er müsse ja hungrig und durstig sein.

Aber er lehnte dankend ab. »Ich habe unterwegs etwas zu mir genommen und bin weder hungrig noch durstig. Auch verlangt mich, nach Obergriesbach zu kommen. Aber ehe ich Sie verlasse, gnädige Frau, will ich Ihnen noch etwas sagen, was Sie freuen wird.«

Sie sah forschend zu ihm auf. »Was haben Sie mir zu sagen?« fragte sie bang und zagend.

Ihr Aussehen rührte ihn. Er nahm ihre Hand in die seine.

»Gnädige Frau – ich hätte es meinem Freunde Frank gegönnt, Ihnen diese Mitteilung zu machen – aber ich will Sie nicht länger, als nötig ist, in Unruhe lassen. Heute nacht können Sie ruhig schlafen – Ihre Unschuld ist erwiesen – der wahre Mörder ihres Gatten ist von mir entdeckt worden.«

Jutta wurde totenbleich und wankte, daß er sie halten und stützen mußte.

»Ist das wahr? Kein Traum?« fragte sie mit bebender Stimme.

Er ließ sie in einen Sessel gleiten, weil ihr die Füße den Dienst versagten.

»Es ist wahr – bald soll alles um Sie her licht und klar sein. Mehr kann und will Ich Ihnen heute nicht sagen, das Letzte ist noch nicht getan. Und Sie müssen das, was ich Ihnen sagte, fest in sich verschließen. Ich wollte Sie nur nicht länger in Unruhe lassen. Also strengste Verschwiegenheit gegen jedermann.«

Ihre Augen leuchteten verklärt aus dem blassen Gesicht zu ihm empor. Zitternd preßte sie seine Hände in wortloser

Dankbarkeit und Ergriffenheit. Sprechen konnte sie nicht.

Bewegt sah er auf sie hinab. »Haben Sie vielleicht etwas an meinen Freund Frank zu bestellen?«

Sie rang nach Worten. »Sagen Sie ihm – o nein – sagen Sie ihm nichts – alle Worte sind viel zu arm für das, was ich empfinde«, sagte sie erschüttert.

Er küßte ihre Hand. Für diese Frau brachte sein Wissen Erlösung. Aber Blandine? Wie würde sie es ertragen, was jetzt an den Tag kommen mußte?

Aufatmend richtete er sich auf. »Ich muß Sie jetzt verlassen. Also nochmals – strengstes Stillschweigen gegen jedermann. Auf Wiedersehen morgen!«

Zitternd faßte sie nochmals seine Hände. »Ich kann Ihnen jetzt nicht danken – mein Herz ist so voll – ich – ich –«

Sie konnte nicht weiterreden und lehnte sich mit geschlossenen Augen zurück. »Ruhe, Ruhe, gnädige Frau, jetzt heißt es noch eine Weile tapfer sein. Niemand darf Ihnen etwas anmerken, auch Fräulein von Tölz nicht. Bleiben Sie ruhig hier – ich finde schon hinaus. Jetzt eile ich zu Frank Rüdiger, damit auch er diese Botschaft hört.«

Sie nickte ihm zu, sprechen konnte sie nicht, und die Füße trugen sie auch noch nicht. Als er gegangen war, preßte sie die Hände fest auf das Herz. Ihr war, als wollte es zerspringen. Sie dachte an Frank – und ihre Seele jauchzte. Frank! Wie würde er aufatmen, wenn er diese Botschaft vernahm. Nun gab es kein Hindernis mehr zwischen ihm und ihr, nun war sie befreit von dem Banne, der ihr Leben verdunkelt hatte. Und nun durfte sie an ihn denken mit der ganzen wonnevollen Seligkeit einer Braut. Die Schatten waren gewichen – das Wunder war da.

Wie sie diese Stunde durchlebte, vergaß sie nie. Sie war befreit, erlöst, sie durfte wieder Mensch sein unter Menschen und ihr Haupt frei und stolz erheben. Und aufrecht durfte sie neben Frank Rüdiger schreiten. Brich nicht, Herz – brich nicht vor Seligkeit!«

So saß sie wohl eine Stunde. Aber dann raffte sie sich auf. Bald würden die andern von München heimkommen – und da mußte sie ganz ruhig scheinen, damit sie nichts verriet. Niemand durfte ahnen, wie glücklich sie war – auch Blandine nicht.

Doktor Diehl war in Gedanken versunken nach Obergriesbach gefahren. Frank kam ihm auf der Schwelle seines Hauses entgegen.

»Du, Heinz – schon zurück?«

»Ja, Frank, ich erreichte einen früheren Zug, und Frau Jutta hat mir ihren Wagen zur Verfügung gestellt – ich war zu faul zum Laufen.«

Sie gingen ins Haus hinein. »Du kannst gleich zum Essen kommen, Heinz. Ich wollte gerade ohne dich speisen. Es behagte mir gar nicht. Ich weiß nicht, wie ich meine Einschichtigkeit ertragen soll, wenn du erst fort bist.«

Heinz lächelte. »Du wirst nicht mehr lange einschichtig bleiben müssen, Frank – du kannst ja eine junge Frau heimführen.«

Mit brennenden Augen sah Frank ihn an. »Jutta wird nicht eher meine Frau, als bis der Mörder von Malte von Tübingen entdeckt ist. Das hat sie mir heute gesagt.«

»Ah – du hast dich erklärt?«

»Ja, Heinz, es ging mit mir durch, als wir heute im Vorzimmer von Herrn von Halls Wohnung auf dich warteten.«

Doktor Diehl nickte. »Es ist gut so, Frank! Aber nun laß uns erst essen, dann habe ich mit dir zu reden.«

Sie saßen sich am Tisch gegenüber und jeder zwang einige Bissen hinab, aber mit Appetit aßen sie beide nicht. Schneller als sonst waren sie fertig, und dann begaben sie sich in Franks Rauchzimmer. Das war ein origineller, fremdartiger Raum. Hier hatte Frank genau sein Zimmer kopiert, das er auf Borneo bewohnt hatte. Teppiche, Möbel und Gerätschaften zeigten ein fremdartiges Gepräge. An den Wänden hingen Waffen aller Art und kostbare Felle. Auf einem Tische lag neben anderen Raritäten der riesige Zahn eines Elefanten. Über einem breiten, fast quadratischen Diwan war ein Baldachin aufgebaut aus Lanzen und Speeren, die bunten Geweben Halt gaben. In dies oberbayerische Herrenhaus paßte das Zimmer nicht, aber es war sehr behaglich und gemütlich. Frank schob dem Freunde Rauchutensilien zu und warf sich ihm gegenüber in einen tiefen Sessel. Doktor Diehl hatte in halb liegender Stellung auf dem Diwan Platz genommen und schob sich ein Kissen unter den Arm, auf das er sich stützte. Eine Weile rauchten sie schweigend, dann sagte Doktor Diehl:

»Ich will dich nicht länger auf die Folter spannen, Frank – der Mörder von Malte von Tübingen ist gefunden. Ich weiß, wer das Morphium in das Glas mit dem Portwein schüttete und – wie es geschehen ist.«

Frank sprang auf und stand hochaufgerichtet vor ihm. »Du hast Beweise, Heinz?«

»Ja.«

»So schnell hast du Klarheit geschaffen?«

»Der Zufall kam mir zu Hilfe. Also – Norbert von Hall ist der Mörder.«

Frank atmete tief und schwer. »Dachte ich es doch!«

»Du hattest eine Ahnung?«

»Ja, seit heute, seit du verlangtest, in seine Zimmer zu gehen.«

Doktor Diehl nickte. »Nun setz dich aber erst wieder,

mein lieber Frank, wenn ich so hoch zu dir emporsehen muß, werde ich seekrank – ich bin ein wenig aus den Fugen heute.«

»Das kann ich mir denken«, sagte Frank, sich wieder in seinen Sessel werfend.

»Ich war meiner Sache schon ziemlich sicher, als ich diese Zimmer betrat. Jetzt bin ich es ganz. Die Herren, die damals die Untersuchung in der Mordaffäre leiteten, haben sich die Sache sehr leicht gemacht und sind nicht gründlich zu Werke gegangen. Sie haben verschiedene Umstände außer acht gelassen, die sie auf die richtige Spur hätten bringen müssen. Mir fielen sie bald auf. Und nun bin ich am Ende meiner Nachforschungen. Aber die Freude am Erfolg bleibt diesmal aus – denn der Schuldige, den ich an das Messer liefere, ist Blandines Bruder.«

Erschrocken sah Frank auf. »Heinz! Daran denke ich erst jetzt! So egoistisch war ich in meiner Freude. Wie wirst du dich nun zu Fräulein von Tölz stellen?«

Heinz Diehl strich sich über die Stirn und setzte sich aufrecht, die Ellenbogen auf die Knie stützend.

»Es ändert nichts an meinen Gefühlen für sie. Was kann sie für ihren Bruder? Gottlob ist sie von anderer Wesensart als er. Aber – ob sie mir angehören will, nachdem ich ihren Bruder zur Strecke gebracht habe, das muß ich abwarten. Ich hoffe, daß ihre Liebe zu mir ebenso groß ist wie die meine, und daß sie darüber hinwegkommen wird, wie ich darüber hinwegkommen muß, daß ihr Bruder ein Mörder ist.«

Frank beugte sich vor und legte seine Hand auf das Knie des Freundes. »Heinz, nun bin ich doppelt in deiner Schuld, daß du mit deinem Scharfsinn diese Sache durchleuchtet hast.«

Heinz Diehl legte seine Hand auf die des Freundes.

»Nachdem ich die Sache übernommen hatte, gab es keine Wahl mehr für mich. Blandine darf aber nie ahnen, daß sie es war, die zuerst meinen Verdacht auf den Bruder lenkte.«

»Wie das?«

Sinnend sah Doktor Diehl vor sich hin. »Blandine leidet, ohne daß sie es weiß, unter einer Furcht, die sie sich nicht zu erklären wagt. Diese Furcht hat sich in ihrem innern noch nicht einmal bis zur Ahnung eines Verdachtes verdichtet, aber sie schlummert in ihrem Unterbewußtsein. Es ist die Furcht, daß sie etwas entdecken könnte, was ihren Bruder belastet. Sie quält sich dieses unklaren Empfindens wegen und kann sich doch nicht davon befreien. Während ich in meiner Sucht, überall klar zu sehen, dieser einzigen Unklarheit ihres Wesens nachforschte, kam ich zuerst auf den Verdacht, daß Norbert von Hall der Mörder seines Onkels sein könnte.«

»Und du bist jetzt überzeugt, daß er es ist?«

»Vollständig. Um die Beweise dafür zu erbringen, gab mir wiederum Blandine, ohne es zu ahnen, den ersten Fingerzeig. Sie erzählte mir, ganz harmlos, daß sie an jenem Tage, da Malte von Tübingen heimkehrte, nicht nach München gereist seien, sondern schon an der nächsten Station ausgestiegen seien, weil ihre Mutter ernstlich unwohl geworden war vor Aufregung über die Heirat ihres Cousins. Sie verriet mir auch, daß Norbert in jener Nacht nicht zu Bett gegangen sei. Ich war deshalb auf der Nachbarstation und stellte fest, daß man den Weg dahin oder von dort nach hier bequem in anderthalb Stunden zurücklegen kann. Norbert von Hall konnte also, während seine Schwester bei der Mutter wachte, bequem bis zwölf Uhr in Schloß Untergriesbach sein und gegen halb zwei wieder auf der Nachbarstation eintreffen. Ich brachte dort in Erfahrung, daß Norbert von Hall in jener Nacht bis gegen zwei Uhr angeblich in einer Laube kampiert habe. So hatte er dem Hausknecht erzählt, der ihn später in den Gasthof eingelassen hat. Er sei in der Laube eingeschlafen, hatte er gesagt. Aber ich will dich nicht mit dem langweiligen Aufbau aller Verdachtsmomente langweilen, sondern dir kurz und bündig den Hergang schildern, wie ich ihn mir zusammengesucht habe. Gib mir aber erst noch einen Schluck Wein.«

Frank füllte sein Glas und reichte es ihm. Heinz Diehl trank und stellte das Glas wieder hin.

»Also – Norbert von Hall hatte angenommen, daß sein Onkel erst am folgenden Tage Hochzeit halten würde, und er hat sich gesagt, daß, wenn sein Onkel diesen Tag nicht erlebte, ihm und seiner Mutter das reiche Erbe zufallen müsse. Er begrüßte es daher wohl als einen Schicksalswink, daß das Unwohlsein seiner Mutter ihn an diesem Tage nicht weiter von Untergriesbach entfernte, als bis zur nächsten Station. Hier muß ich noch einfügen, daß ich sehr bald ergründet hatte, was Malte von Tübingen damit hatte sagen wollen, als er zu Frau Jutta davon sprach, daß Norbert von Hall ein Spieler und noch etwas Schlimmeres sei. Norbert ist Morphinist, und er befand sich an jenem Tage im Besitz einer gehörigen Dosis Morphiums. Es genügte reichlich, um den herzkranken alten Herrn ins Jenseits zu befördern, ohne daß er sich zu große Entbehrungen des gewöhnten Giftes hätte auferlegen müssen. Also, er erlag der Versuchung, die wohl an ihn herangetreten ist, angesichts seiner mehr als verzweifelten Lage und begab sich an jenem Abend nach Untergriesbach – zu Fuß natürlich und ohne Mutter und Schwester etwas zu verraten. Das Abendessen hatte er noch mit seiner Schwester zusammen in jenem kleinen Gasthof eingenommen, dann hatte er sich von ihr getrennt und war von niemand mehr gesehen worden, bis ihn der Hausknecht um zwei Uhr nachts einließ.

Er kannte das Schloß genau, wußte, wo das Schlafzimmer seines Onkels lag, und war über dessen Gewohnheiten vollkommen orientiert. Über den Parkzaun zu klettern, war ihm ein leichtes, und so schlich er sich durch den Garten zur Terrasse. Im Schloß war schon alles ruhig, die Dienerschaft schlief bereits. Mit den Örtlichkeiten genau vertraut, war es ihm ein leichtes, an das Schlafzimmerfenster heranzukommen. Daß sein Onkel die Gewohnheit hatte, bei offenem Fenster zu schlafen, war ihm bekannt, ebenso wußte er, daß dieser stets ein Glas Süßwein neben dem Bett stehen hatte, das er über Nacht zu leeren pflegte.

Als er auf die Terrasse kam, sah er Licht im Schlafzimmer seines Onkels. Deshalb schlich er sich ganz vorsichtig heran – und sah Frau Jutta am Bett Malte von Tübingens sitzen. Vielleicht schockierte es ihn sogar, daß die Braut seines Onkels sich in dessen Schlafzimmer befand, denn wohlgemerkt, er hatte keine Ahnung, daß sie schon seine Frau war. Hätte er das gewußt, hätte er wahrscheinlich seinen Mordplan als zwecklos aufgegeben.

Er sah also Frau Jutta fest schlafend im Lehnstuhl sitzen und konnte sich überzeugen, daß das Weinglas noch gefüllt auf dem Nachtschränkchen stand. Daß Malte von Tübingen ebenfalls schlief, konnte er konstatieren, als er von der anderen Seite des Fensters aus nach dem Bette blickte.

Die Gelegenheit, sein Verbrechen auszuführen, war also günstig. Er nahm das bereitgehaltene Gift zur Hand, beugte sich zum Fenster hinein und schüttete es in das Glas, jedes Geräusch vermeidend. Aber dabei behielt er Frau Jutta scharf im Auge. Sensitive Menschen können im Schlafe unruhig und nervös werden, wenn man sie scharf fixiert. Möglich, daß Frau Jutta schon durch diesen scharfen Blick gestört wurde. Aber schon war das Gift in das

Glas gelangt. Bei der konzentrierten Aufmerksamkeit, die er den beiden Schlafenden widmen mußte, entging es Norbert von Hall, daß sich aus seinem Manschettenknopf die kleine Kristallinse löste, die ich dir und Frau Jutta gezeigt habe. Sie fiel zu Boden in dem Moment, da er seine Hand zurückzog und lautlos vom Fenster verschwand. In demselben Moment erwachte Frau Jutta, die wohl schon nicht mehr sehr fest geschlafen hatte, als der fixierende Blick auf ihr ruhte. Sie hörte das leise Dahinrollen der Linse, die unter das Bett rollte, bis sie hinter dem einen Bettbein, zwischen Wand und Bett, zur Ruhe kam. Hier fand ich sie, nach zwei Jahren, von einer Staubfaserschicht eingehüllt. Das Bett ist sehr schwer vom Platz zu rücken, und beim Reinigen des Zimmers ist dieses winzige Fleckchen hinter dem Bettbein nicht gesäubert worden. Die Untersuchungskommission hat sich jedenfalls auch nicht die Mühe genommen, das Bett abzurücken.«

»Du aber bist gottlob gründlicher vorgegangen«, sagte Frank aufatmend.

»Nun, ja – das Geräusch, von dem mir Frau Jutta erzählte, hatte mich nachdenklich gemacht, aber ich hoffte nicht, daß mir die ordnungsliebenden Dienstboten den Gegenstand, der dies Geräusch verursacht hatte, beiseitegeschafft hatten. Doch weiter. Du erinnerst dich, daß Frau Jutta, als sie dann erschauernd das Fenster schloß, von einem Gefühl der Furcht sprach, das sie beschlichen hatte. Nun – dies unbehagliche Gefühl hatte wahrscheinlich darin seinen Grund, daß Norbert von Hall sie aus einem Versteck auf der Terrasse scharf fixierte. Bei sensitiven Naturen pflegt das ein Unbehagen auszulösen, und ich sagte mir schon damals, daß das Gift unbedingt in der Zeit, da Frau Jutta am Bett ihres schlafenden Gatten schlief, in das Weinglas gelangt war – und zwar durch das offene Fenster.«

»Und damit hattest du gleich das Richtige getroffen. Ich kann dich nur restlos bewundern.«

Heinz Diehl winkte ab. Dann fuhr er fort: »Ich ließ mir nun die Zimmer des Herrn von Hall zeigen und fand in seinem Schreibtisch in einem Kästchen die Manschettenknöpfe. In dem einen fehlte das Mittelstück – die kleine Kristallinse mit der Schwalbe. Das war der Beweis, daß Norbert von Hall an jenem Abend am offenen Fenster von seines Onkels Schlafzimmer gewesen war. Aber ich fand bei dieser Gelegenheit noch etwas Gravierenderes. Jeder Verbrecher begeht einen Fehler, aus dem ihm einmal ein Strick gedreht werden kann. Norbert von Hall wickelte diese nicht mehr brauchbaren Manschettenknöpfe achtlos in ein Stück Papier, das er vielleicht ebenso achtlos zu sich gesteckt hatte. Dies Stück Papier war ein Rezept über eine ziemlich starke Dosis Morphium. Auf dem Rezept fand ich den Stempel der Apotheke, in der es angefertigt wurde. Ich hatte nun den Beweis, daß meine Vermutung, Norbert von Hall sei Morphinist, berechtigt war, und außerdem wußte ich nun, daß er im Besitz dieses Giftes gewesen war. Ich reiste darum nach München, um mir in der betreffenden Apotheke bestätigen zu lassen, daß Norbert von Hall wiederholt ähnliche Rezepte dort hatte machen lassen, unter anderm auch wenige Tage vor dem Morde. Er war also tatsächlich im Besitz des erforderlichen Quantums gewesen. Als vorsichtiger Morphinist sorgte er sicher immer dafür, daß ihm dies geliebte Narkotikum nicht ausging. Und das führte ihn in Versuchung. Ein Glück für ihn war, daß er damals in München vermutet wurde, sonst hätte die Untersuchung doch schon damals kritisch für ihn werden können. So stand er außerhalb jeden Verdachtes, und die arme Frau Jutta mußte für ihn büßen.«

»Und du wirst ihn an Hand dieser Beweise überführen?«

Heinz Diehl nickte. »Das wird geschehen. Frau Juttas Schuldlosigkeit soll klar bewiesen werden. Wie ich das mache, darüber sprechen wir noch. Erst muß ich sein Bekenntnis in der Hand haben. Das werde ich mir ganz gewiß von ihm verschaffen. Und wenn das geschehen ist – werde ich ihm vielleicht Zeit lassen, sich den Händen der Gerechtigkeit zu entziehen – auf die eine oder andere Weise. Das tue ich Blandines wegen, ich will sie schonen, soviel in meiner Macht liegt. Uns liegt ja nur daran, Frau Juttas Schuldlosigkeit einwandfrei festzustellen. Den Mörder auszuliefern bin ich gottlob nicht verpflichtet.«

Frank Rüdiger nickte. »Ich verstehe dich. Aber natürlich läßt sich nicht vermeiden, daß bekannt wird, wer der Mörder ist, damit Frau Juttas Schuldlosigkeit vor aller Welt bewiesen wird. Darüber hinaus haben wir kein Interesse an dieser Angelegenheit.«

Heinz Diehl nickte. »So ist es! Ich sehe, du verstehst mich.«

»Und nun, Heinz – wie soll ich dir danken?«

»Gar nicht, mein lieber Frank, was ich getan habe, geschah im Dienst der Gerechtigkeit. Und meine Genugtuung, Frau Jutta erlöst zu haben, ist mir Lohn und Dank genug. Ich würde mich noch viel mehr darüber freuen, wenn ich nicht an Blandine denken müßte. Gottlob ist Hall nur ihr Halbbruder, und sie führt einen anderen Namen. Und sie mag ihn auch nicht sehr. Aber immerhin, meine arme, kleine Blandine wird schlimme Stunden haben, die ich ihr leider nicht ersparen kann.«

Die Freunde sprachen noch lange über diese Angelegenheit. Doktor Diehl berichtete nun auch noch alle Einzelheiten seiner Untersuchung, und sie berieten, daß Heinz Diehl gleich am nächsten Vormittag nach Untergriesbach fahren und Norbert von Hall stellen sollte.

»Am besten wäre es, wenn die Damen nicht im Schlosse anwesend wären. Aber wie sollen wir sie entfernen?« sagte er.

Frank dachte nach; dann richtete er sich schnell auf.

»Ich weiß es. Morgen vormittag schicke ich an Frau Jutta ein Schreiben und bitte sie, mit Frau und Fräulein von Tölz nach Obergriesbach zu kommen, weil ich den Vorbereitungen zu meinem Feste am Sonntag hilflos gegenüberstehe. Ich bitte die Damen, mir mit Rat und Tat zu helfen.«

Doktor Diehl nickte. »Sehr gut – während du die Damen hier empfängst, erledige ich alles.«

Unruhig sah Frank den Freund an.

»Sollte ich dich aber nicht lieber begleiten – es ist vielleicht riskant für dich, diesem Menschen allein gegenüberzutreten?«

»Unbesorgt – ich werde allein mit ihm fertig. Im übrigen habe ich schon gestern ein Telegramm aufgegeben an einen meiner Gehilfen für solche Fälle. Er ist sehr zuverlässig und wird wahrscheinlich schon heute abend in Griesbach eintreffen und als harmloser Tourist im Roten Löwen logieren. Morgen früh, ehe ich ins Schloß gehe, werde ich mich überzeugen, daß er zur Stelle ist. Seine Hilfe genügt mir für alle Fälle. Du kannst also unbesorgt hier zurückbleiben und die Damen empfangen. Und du wirst sie irgendwie so lange festhalten müssen, bis ich zurückkomme. Ich werde es einrichten, daß ich gleich, nachdem die Damen das Schloß verlassen, dort zur Stelle bin, damit die Sache schnell erledigt wird.«

»Also, ich kann dich unbesorgt allein lassen?«

»Ganz gewiß. Aber nun will ich dir erst noch sagen, daß ich Frau Jutta davon Mitteilung gemacht habe, daß ihre Schuldlosigkeit erwiesen und der wahre Mörder entdeckt worden ist.«

Frank richtete sich auf. »Sie weiß es schon?«

»Nicht, wer der Mörder ist. Nur, daß sie ruhig schlafen kann.«

»Wie nahm sie es auf?«

»Tieferschüttert und fast unfähig, ein Wort hervorzubringen. Ich fragte sie, ob ich dir etwas bestellen solle, denn ich ahnte, daß es sie danach verlangte, dir ihre Freude auszudrücken.«

»Und was sagte sie darauf?« forschte Frank in tiefer Erregung.

»Sie sagte wörtlich: ›Sagen Sie ihm – o nein – sagen Sie ihm nichts – alle Worte sind zu arm für das, was ich empfinde‹.«

Franks Augen leuchteten auf. »Wie beneide ich dich darum, daß du ihr diese Nachricht bringen durftest.«

Ein Lächeln flog über Heinz Diehls Züge. »Ich hätte es dir auch gegönnt und sagte ihr das, aber ich wollte sie doch nicht länger als nötig quälen. Ich merkte gestern, daß sie in tiefster Unruhe war.«

»Ja, sie fühlte, daß etwas im Werke war. Du hast recht getan, ihr Erlösung zu bringen. Wie leicht wird ihr das Herz nun sein. Wenn du sie damals gesehen hättest, als sie verzweifelt im Walde zusammenbrach unter dem Schimpfwort, das dieser Schurke für sie geprägt hat, könntest du erst ganz ermessen, welchen Dienst du ihr erwiesen hast. Sie hat viel gelitten.«

»Deine Liebe wird sie für alles entschädigen.«

»Das hoffe ich, Heinz. Was für ein Mensch muß dieser Norbert von Hall sein, daß er ruhig zusehen konnte, daß eine schuldlose Frau für sein Verbrechen büßte.«

»Ja, er ist ein völlig haltloser Charakter. Und dabei liebt er Frau Jutta.«

Frank fuhr auf. »Er wird es nicht wagen!« rief er drohend.

»Du kannst es mir glauben, er liebt sie – freilich auf seine Art, mit einer unreinen Leidenschaft. Ich habe ihn beobachtet, wenn sie mit dir sprach. Die Eifersucht lohte dann im wilden Feuer aus seinen Augen, und ihre Kälte ihm gegenüber quälte ihn. Als sie dir erlaubte, ihr Reitunterricht zu geben, sah er dich haßerfüllt an. Soviel noch Leben und Gefühl in seinem von Morphium zerrütteten Körper ist, gehört es Frau Jutta.«

»Und trotzdem ließ er sie für sich leiden.«

»Er ist ein erbärmlicher Feigling! Aber nun laß uns zur Ruhe gehen, Frank, morgen ist ein schwerer Tag. Gute Nacht.«

»Gute Nacht, Heinz, ruhe auf deinen Lorbeeren aus.«

»Sie sind etwas stachelig, diese Lorbeeren.«

Jutta hatte ihre Verwandten nach ihrer Rückkehr von München nur flüchtig begrüßt. Aber Blandine kam noch in ihr Zimmer und berichtete ihr von den Einkäufen, die sie für Jutta gemacht hatte. Sie hatte eine vollständige Reitausrüstung für Jutta bestellt.

Diese dankte ihr herzlich, gab sich aber den Anschein, sehr müde zu sein, und so zog sich Blandine bald wieder zurück.

Es war Jutta peinlich gewesen, Blandine eine Komödie vorzuspielen. Das Herz war ihr so voll, daß sie ihr gern alles mitgeteilt hätte. Aber Doktor Diehls Gebot hielt sie davon zurück, und so trennte sie sich lieber von Blandine. Am nächsten Morgen hatte sie sich aber wieder ganz in der Gewalt, nur ihre Augen strahlten in einem anderen Licht als sonst, und sie sah schöner aus als je.

Das konstatierte Norbert, während er mit den drei Damen beim Frühstück saß. Er konnte seine Augen nicht von ihr lassen. Während sie noch beisammen saßen, kam ein Bote von Obergriesbach und brachte für Jutta ein Briefchen von Frank Rüdiger. Sie errötete jäh und öffnete mit unsicheren Händen das Schreiben, auf welches der Bote Antwort haben wollte.

Norbert beobachtete Jutta eifersüchtig.

Das Schreiben lautete:

»Sehr geehrte gnädige Frau! Darf ich Ihnen mit einer Bitte lästig fallen? Ich armer unbeholfener Junggeselle komme mit den Vorbereitungen zu meinem Feste nicht zu Rande und weiß nicht aus und ein. Wenn mein Fest nicht kläglich mißlingen soll, muß ich mir bei Ihnen und Ihrer verehrten Frau Tante Rat holen. Ist es sehr anmaßend, wenn ich Sie bitte, mit Frau und Fräulein von Tölz heute vormittag auf ein Stündchen nach Obergriesbach zu kommen? Bitte, legen Sie ein gutes Wort für mich bei Ihrer Frau Tante ein, damit auch sie und ihr Fräulein Tochter meiner Not zu Hilfe kommen. Bitte, sagen Sie meinem Boten Bescheid, wann ich Sie erwarten darf. Mit ergebenem Gruß und einer ebensolchen Empfehlung an die Damen

Ihr Frank Rüdiger.«

Jutta sah mit nachdenklichen Augen auf diese Zeilen. Sie hatte das Empfinden, daß diese Nachricht einen besonderen Grund hätte. So unbeholfen, wie Frank Rüdiger sich hinstellte, war er gewiß nicht. Aber aus irgendeinem Grunde wünschte er, daß sie mit den beiden Damen nach Obergriesbach kam, und darum stand es bei ihr fest, daß dieser Wunsch erfüllt werden mußte. Mit einem unbefangenen Lächeln reichte sie Frau von Tölz den Brief. Diese hatte sie schon mißtrauisch beobachtet.

»Bitte lesen Sie, Tante Herta, und sagen Sie mir, ob Sie geneigt sind, Herrn Rüdigers Wunsch zu erfüllen.«

Frau von Tölz las und fand an dem Schreiben nichts auszusetzen. Sie neigte zustimmend den Kopf.

»So ein Junggeselle ist ein bedauerliches Wesen. Wir müssen ihm natürlich zu Hilfe kommen.«

Jutta gab auch Blandine den Brief. »Du kommst doch auch mit, Blandine?«

»Selbstverständlich«, erwiderte diese, als sie gelesen hatte. Hoffte sie doch, Heinz Diehl zu sehen.

»Wann wollen wir hinüberfahren?«

»Sagen wir um elf Uhr, damit wir zum Mittagessen wieder zurück sind«, sagte Frau von Tölz.

Jutta gab dem Boten Bescheid.

Und so machten sich die drei Damen bald nach dem Frühstück fertig, um nach Obergriesbach zu fahren. Jutta war voll heimlicher Erwartung und Unruhe, sie wußte nicht, was dieser Besuch für eine Bedeutung haben sollte. Auch Blandine war erregt, galt es doch ein Wiedersehen mit Heinz Diehl. Sie ahnte nicht, daß sie diesen nicht antreffen würde.

Als die Damen abfuhren, begleitete sie Norbert von Hall bis zum Wagen und half ihnen beim Einsteigen.

»Reitest du auf die Felder, Norbert?« fragte seine Mutter.

»Nein, Mama, ich habe in den Büchern noch Verschiedenes in Ordnung zu bringen.«

»Du siehst in letzter Zeit sehr blaß und elend aus, Norbert – ich sah dich aber lange nicht im hellen Sonnenlicht wie jetzt, und da fällt es mir noch mehr auf.«

Hastig wandte Norbert sein Gesicht ab. »Das ist doch unwichtig, Mama, ich bin ja keine Salondame, die unbedingt schön aussehen muß«, suchte er zu scherzen.

»Aber ich sorge mich um dich. Fehlt dir etwas?«

Da traf sein Blick qualerfüllt in Juttas Augen. »Du weißt ja, was mir fehlt, Mama«, sagte er heiser.

Sie strich zärtlich über sein Haar.

»Mein armer Junge«, sagte sie mitleidig und warf Jutta einen vorwurfsvollen Blick zu. Nur Jutta war schuld, daß ihr Sohn leiden mußte. Diese unselige Leidenschaft für Jutta machte ihn so elend. So glaubte sie. Keine Ahnung kam ihr, daß das schlechte Aussehen ihres Sohnes noch andere Gründe hatte.

Der Wagen fuhr davon, und Norbert starrte ihm nach. Die letzten Worte seiner Mutter hatten seltsam auf ihn gewirkt. Sie lagen ihm noch in den Ohren. Mein armer Junge! Ob seine Mutter wohl eine Ahnung hatte, wie armselig und bedauernswert er war? Mit schweren, müden Schritten ging er ins Haus zurück und begab sich auf sein Zimmer. Hier warf er sich in einen Sessel und starrte vor sich hin. Die Leidenschaft für Jutta, die von Tag zu Tag stärker wurde, zehrte allerdings auch an seinem halbzerrütteten Körper. Er war fast von Sinnen vor Eifersucht, weil er wußte, daß sie jetzt zu Frank Rüdiger fuhr. Er wußte, fühlte, daß sie ihn liebte und daß ihre Liebe erwidert wurde. Nichts trennte diese beiden Menschen als Juttas Ehrenwort, daß sie nicht heiraten würde, solange der Mörder Malte von Tübingens nicht entdeckt war. Er schauerte wie im Frost zusammen bei diesem Gedanken und sah sich scheu und furchtsam um. Daß er an dies Haus gefesselt war – daß er nicht fliehen konnte vor dem Grauen, das ihn oft beschlich, und vor der unseligen Leidenschaft, die ihm Herz und Sinne verbrannte. Als es in diesem Moment an seine Tür klopfte, schrak er zusammen und starrte die Tür an wie ein Gespenst. Er mußte sich erst fassen, ehe er zum Eintritt rief.

Ein Diener trat ein und meldete ihm, daß Herr Doktor Diehl ihn zu sprechen wünsche.

Erstaunt sah er auf. »Doktor Diehl?«

»Ja, gnädiger Herr!«

»Lassen Sie ihn eintreten.«

Der Diener entfernte sich und gleich darauf trat Doktor Diehl ein. Norbert trat ihm entgegen.

»Sie wollen gewiß die Damen abholen, Herr Doktor, aber die sind seit ungefähr zehn Minuten schon nach Untergriesbach unterwegs. Sind Sie ihnen nicht begegnet?«

Ruhig und aufrecht blieb Heinz Diehl vor ihm stehen. »Nein, Herr von Hall, ich hatte auch nicht die Absicht, Ihren Damen zu begegnen oder sie abzuholen. Ich begrüße es im Gegenteil, daß sie abwesend sind, denn ich bin nur hergekommen, um mit Ihnen zu sprechen«, sagte er, ohne eine Miene zu verziehen.

Norbert sah ihn erstaunt an. Aber da fiel ihm ein, daß seine Mutter ihm gesagt hatte, daß Doktor Diehl sich für seine Schwester interessiere und entschieden Absicht auf sie habe. Sollte sein Besuch damit zusammenhängen? Er zeigte auf einen Sessel.

»Bitte, nehmen Sie doch Platz, Herr Doktor. Was haben Sie mir zu sagen?«

Doktor Diehl ließ sich in den Sessel nieder. »Gut, wir können unsere Angelegenheit auch im Sitzen erledigen«, sagte er ernst.

»Sie machen mich ein wenig neugierig«, erwiderte Norbert und ließ sich seinem Besucher gegenüber am Kamin nieder.

Über seinem Haupte stand auf dem Kaminsims Blandines Bild. Darauf ruhte Heinz Diehls Blick mit einem seltsam sorgenvollen Ausdruck.

Norbert fing diesen Blick auf. Er wußte, daß Blandines Bild hinter ihm stand. Also, es gilt Blandine, dachte er und lehnte sich im Sessel zurück, die Beine übereinanderschlagend und die Arme auf die Armlehne stützend.

Heinz Diehl riß seinen Blick von Blandines Bild los und richtete sich auf. In seinen Augen erschien jetzt der scharfe, zufassende Blick voll konzentrierter Willenskraft. Jeder Muskel seines Gesichts verriet angespannte Energie.

»Herr von Hall, ich bin gekommen, um Ihnen zu sagen, daß der Mörder Ihres Onkels gefunden ist«, sagte er fest und bestimmt.

Norbert von Hall zuckte zusammen und wurde aschfahl im Gesicht. Wäre Doktor Diehl seiner Sache noch nicht ganz sicher gewesen, jetzt wäre ihm jeder Zweifel genommen gewesen. Norbert riß sich zusammen, so gut er konnte, und starrte seinen Besucher mit großen Augen an.

»Was sagen Sie?« stieß er heiser hervor.

»Ich sagte, daß der Mörder Malte von Tübingens gefunden ist.«

Grell lachte Norbert auf. »Machen Sie keine schlechten Witze, Herr Doktor! Wie kommen Sie auf diese Idee?«

Kein Zug in Doktor Diehls Gesicht veränderte sich. »Das ist sehr einfach, Herr von Hall. Ich muß da zunächst einen kleinen Irrtum aufklären – ich bin nicht Philosoph, wie ich aus schwerwiegenden Gründen angab, sondern Jurist und im Spezialfach Kriminalist. Es ist mir gelungen, einige rätselhafte Kriminalfälle aufzuklären, und aus diesem Grunde hat mich mein Freund Frank Rüdiger im Interesse Frau von Tübingens ersucht, hierherzukommen, um das Geheimnis, das ihres Gatten Tod umgab, aufzuklären. Ich kam also – und tat, was man mir aufgetragen hatte.«

Norbert von Halls durch Morphium zerrüttete Nerven hielten diesem Anprall kaum stand. Aber mit dem letzten Rest seiner Kraft nahm er sich zusammen, um sich nicht zu verraten.

»So? Sie klärten das Geheimnis auf? Das ist ja interessant. Und – Sie sagen, daß Sie den Mörder gefunden haben?« fragte er heiser, sich zu leichter Ironie zwingend.

Heinz Diehl blieb ganz ruhig. Er sah Norbert fest an. »Ja, Herr von Hall.«

»Und – haben Sie ihn auch schon dingfest gemacht, Herr Doktor?«

»Noch nicht – aber Herr Norbert von Hall, der Mörder Malte von Tübingens sitzt vor mir, und ein Wink von mir genügt, ihn dingfest zu machen, wie Sie es nennen.«

Norbert trat der Angstschweiß auf die Stirn, aber er sagte sich: Um Gottes willen jetzt nicht die Nerven verlieren, jetzt geht es ums Ganze. Und sich zu einem leichten Ton zwingend, sagte er: »Ich habe es gleich gedacht, Sie wollen einen schlechten Scherz machen.«

»O nein, Herr von Hall, die Sache ist bedauerlich ernst. Sie wissen so gut wie ich, daß es Ernst ist, was ich Ihnen sage, und glauben nur, mich durch Ihre gutgespielte Ruhe düpieren zu können. Aber das wird Ihnen nicht gelingen. Soll ich Ihnen erzählen, wie Sie dies Verbrechen begangen haben?«

Ein heiseres Lachen brach über Norberts Lippen. »Da wäre ich wirklich neugierig«, sagte er, auf den Armlehnen seines Sessels hin und her streichend.

Doktor Diehl verneigte sich.

»Sie wollten von hier aus vor zwei Jahren, am 14. Mai, mit Ihrer Mutter und Ihrer Schwester nach München reisen, weil an diesem Tage Ihr Onkel von Nauheim eintreffen und Sie nicht mehr vorfinden wollte. Am 15. Mai sollte seine Hochzeit stattfinden. Sie unterbrachen aber die Reise bereits an der nächsten Station, weil Ihre Mutter krank wurde. Und da kam die Versuchung über Sie. Wenn Malte von Tübingen die nächste Nacht nicht überlebte, konnte er am nächsten Tage nicht Hochzeit halten, und wenn er dann ohne Testament starb, würden Sie bzw. Ihre Mutter seine

Erben sein. Sie kehrten also am Abend zu Fuße nach Schloß Untergriesbach zurück, kletterten über den Parkzaun, schlichen sich auf die Terrasse bis an das Fenster des Schlafzimmers Ihres Onkels. Sie wußten, daß er bei offenem Fenster schlief und daß er jede Nacht ein Glas Portwein an seinem Bette stehen hatte, das er auszutrinken pflegte, wenn er erwachte. Darauf gründeten Sie ihren Plan. Sie hatten eine genügende Menge Morphium zur Verfügung, das Sie sich nur abzusparen brauchten von Ihrem eigenen Bedarf. Das wollten Sie in den Portwein schütten, während Ihr Onkel schlief.«

Norbert von Hall war schlaff in seinem Sessel zusammengesunken und sah Heinz Diehl mit stierem Blick an.

»Sie phantasieren!« stieß er heiser hervor.

Doktor Diehl ließ sich aber nicht beirren und fuhr fort: »Sie fanden das Zimmer erleuchtet und das Fenster offen, aber, was Sie nicht erwartet hatten, war der Umstand, daß die Braut Ihres Onkels an seinem Bette saß. Aber sie schlief, zu Ihrer Erleichterung. Die Gelegenheit war günstig, ohne langes Besinnen schütteten Sie das Morphium in das Glas mit dem Süßwein, indem Sie sich zum Fenster hineinbeugten, so weit es nötig war. Dann zogen Sie sich leise zurück, warteten in einem Versteck, bis die Braut Ihres Onkels, die erwacht war, das Fenster schloß, und schlichen sich dann wieder durch den Garten. Sie kletterten über den Zaun zurück, liefen sofort wieder zur nächsten Station und begaben sich in den Gasthof, wo Sie Mutter und Schwester zurückgelassen hatten. Dem Hausknecht, der Ihnen öffnete, erzählten Sie, daß Sie in der Laube des Gasthofgartens eingeschlafen und infolgedessen ausgesperrt seien. Ist es nicht so?«

Norbert von Hall sprang auf und sah sich um, als suche er einen Weg zur Flucht.

»Sie sind von Sinnen! Was wollen Sie von mir?« keuchte er.

Doktor Diehl zog ein Dokument hervor, das er heute am frühen Morgen schon niedergeschrieben hatte.

»Ich will nichts von Ihnen, als daß Sie dies Dokument unterschreiben. Sie können es erst durchlesen – es ist genau die Darstellung Ihres Verbrechens, wie ich es Ihnen jetzt erzählt habe.«

»Das fällt mir nicht ein! Sie sind mit Jutta von Tübingen im Bunde, um sie reinzuwaschen und mich zu verdächtigen.«

»Nun gut, wenn Sie das Dokument nicht unterschreiben, dann verlassen Sie dies Zimmer nur als Festgenommener. Ich lasse Sie sofort verhaften, meine Leute stehen bereit. Unterschreiben Sie aber dies Bekenntnis Ihrer Schuld, dann werde ich Ihnen Gelegenheit geben, sich den Händen der Gerechtigkeit zu entziehen – auf welche Weise Sie wollen. Dies tue ich, weil ich Ihre Schwester Blandine liebe und es ihr ersparen möchte – daß ihr Bruder hingerichtet wird.«

Norbert von Hall brach lautlos in seinem Sessel zusammen.

»Sie sind ein Teufel!« stieß er hervor.

»Nein, nur ein Werkzeug der Gerechtigkeit, das Ihnen natürlich sehr unbequem ist. Aber ehe Sie unterschreiben, kann ich Ihnen noch einige Einzelheiten aus diesem Dokument enthüllen. Wie Sie aus der Verhandlung wohl wissen werden, wachte Frau von Tübingen in jener Nacht auf und hörte ein leises, seltsames Geräusch, als wenn ein winziger Gegenstand am Boden dahinrollte. Haben Sie sich nie Gedanken darüber gemacht, daß dieser Gegenstand Ihnen entfallen sein könnte, in dem Moment, als Sie das Gift in das Glas schütteten und den Arm dann schnell zurückzogen?«

Norbert hob den Kopf und starrte ihn an, ohne ein Wort zu sprechen. Heinz Diehl fuhr fort:

»Also nein, Sie machten sich keine Gedanken darüber. Solche Kleinigkeiten dürfte aber kein Verbrecher außer acht lassen. Dieser kleine Gegenstand war nämlich eine niedliche Kristallinse, auf deren Grund eine kleine, blaue Schwalbe zwischen Meer und Himmel aus Perlmutter schwebt.«

Norbert zuckte betroffen zusammen. »Was meinen Sie?«

»Das Mittelteil aus Ihrem Manschettenknopf. Es ist Ihnen abhanden gekommen, aber Sie wissen anscheinend nicht, wann und wo. Dieses hübsche kleine Ding löste sich in dem Moment, als Sie das Verbrechen begingen, und wurde Ihnen zum Verräter. Ich fand es nach 2 Jahren noch wohlkonserviert in dem Eckchen, wohin es gerollt war. Und die dazugehörigen Manschettenknöpfe liegen da drüben in Ihrem Schreibtisch.«

Ein dumpfes Stöhnen kam aus Norberts Brust. Seine Augen starrten entsetzt auf seinen Schreibtisch.

Doktor Diehl nickte.

»Ja – ich mußte etwas indiskret sein. Die Manschettenknöpfe befinden sich da drinnen. Und mit der Sorglosigkeit eines Verbrechers, der sich sehr sicher weiß, weil seine Schuld einem anderen schuldlosen Menschen aufgebürdet wurde und den Sie obendrein wenig liebenswürdig mit dem Schimpfnamen Gifthexe bedachten, wickelten Sie diese Manschettenknöpfe in irgendeinen Fetzen Papier, der Ihnen gerade in die Hand kam. Dieses heimtückische Papier war aber ausgerechnet ein ärztliches Rezept, auf welches Sie in der Apotheke in München wiederholt Morphium entnahmen, und zwar erst wenige Tage vor dem Mord. Sie brauchten dies Gift in der Regel für sich selbst, da Sie Morphinist sind. Aber Sie gaben großmütig Ihrem Onkel davon ab, in der sicheren Voraussetzung, daß er es weniger vertragen würde als Sie selbst.«

Jetzt hatte Norbert von Hall keine Kraft mehr zum Widerstand. Haltlos sank er in den Sessel zusammen und wischte mit zitternder Hand den Angstschweiß von der Stirn. Endlich raffte er sich wieder auf und stotterte heiser hervor:

»Nun wohl! Ich sehe – Sie wissen alles – alles – und – ich will nicht weiter leugnen. Ja – ja – ich habe es getan – weil ich verzweifelt war – und mir das Erbe erhalten wollte, das mir durch meines Onkels Heirat entging. Daß es umsonst war – daß die Heirat schon stattgefunden hatte und auch noch ein Testament zu Juttas Gunsten vorhanden war – das wußte ich nicht – sonst hätte ich es nicht getan. Es war furchtbar, als ich erfuhr, daß ich umsonst zum Mörder wurde – ich brach zusammen – war ich doch ohnedies schon am Ende meiner Kraft. Dieses verfluchte Gift, das mir das Mark aus den Knochen saugt, hat mich halb unzurechnungsfähig gemacht. Und – daß ich Jutta für mich leiden ließ – aus feiger Angst vor Entdeckung – das ist mir am härtesten angekommen. Denn – ich liebe sie – ja – ich liebe sie mit einer verzehrenden Leidenschaft, liebe sie bis zum Wahnsinn. Und ihre Kälte war die Hölle für mich – war Strafe genug – glauben Sie mir das – ich habe in diesen zwei Jahren namenlos gelitten. Ich habe versucht, ein besserer Mensch zu werden, habe für Jutta gearbeitet und geschafft – nicht einen Pfennig habe ich ihr als Verwalter veruntreut. Und – daß sie einen anderen liebt, war Höllenpein für mich. Ja – sie liebt den Mann, der Sie herbeirief zu ihrer Hilfe – und – ihm wird sie nun angehören. Das ist mehr – als ich ertragen kann – geben Sie das Dokument – ich unterzeichne es, dann – um Gottes Barmherzigkeit willen – um Blandine und meine Mutter zu schonen – gönnen Sie mir eine kurze Frist – ehe Sie mich den Häschern ausliefern. Retten Sie mich vor dem Scharfrichter.«

Mühsam war das alles aus seiner Brust emporgestiegen. Heinz Diehl blickte nicht ohne Mitleid auf ihn hinab, als er sich nun erhob und das Dokument vor ihn hinlegte.

»Lesen Sie und unterschreiben Sie«, sagte er.

Norbert setzte seinen Namen mit zitternder Hand unter das Dokument, ohne es zu lesen, und fügte noch hinzu:

Ich bescheinige die Wahrheit des oben Geschriebenen. Jutta von Tübingen ist unschuldig – ich bin der Mörder Malte von Tübingens. Mögen alle mir verzeihen, denen ich Böses getan.

Norbert von Hall.

Dann warf er die Feder hin und schob Doktor Diehl das Dokument zu. Dieser las die wenigen Worte durch und sah Norbert mit einem langen, ernsten Blick an. Dann steckte er das Dokument zu sich und sagte nicht ohne Bewegung:

»Ich lasse Sie jetzt allein. In einer Stunde werden Beamte kommen, um Sie zu verhaften – eine Stunde gönne ich Ihnen zum Ordnen Ihrer Angelegenheiten. Was Sie zu tun haben, werden Sie wissen. Ich werde Ihre Mutter, Ihre Schwester und Frau von Tübingen um Verzeihung für Sie bitten – wenn Sie nicht mehr dazu in der Lage sind.«

Mit erloschenen Augen sah ihn Norbert an. Das unstete Flackern war aus seinem Blick gewichen.

»Ich danke Ihnen.«

Mit einer Verneigung verließ Doktor Diehl das Zimmer. Draußen stand kein Beamter, das hatte Doktor Diehl nur vorgegeben. Er war ganz allein zu Norbert gegangen, denn er wußte, daß er allein mit ihm fertig werden würde.

Und – er wußte, daß es für Norbert von Hall jetzt nur noch einen einzigen Weg gab, einen Weg, der ihn vor jeder Verfolgung schützte und ihn in ein Land führte, aus dem es keine Wiederkehr mehr gab.

Mehr ergriffen, als er zeigen wollte, verließ Doktor Diehl Schloß Untergriesbach und ging in den Wald, um sich zu fassen und ruhig zu werden. Erst nach Verlauf einer Stunde begab er sich in den Roten Löwen, wo der Gehilfe auf ihn wartete, den er von Berlin hatte kommen lassen.

»Gehen Sie zum Gemeindevorstand, Fuller, und lassen Sie sich einen Haftbefehl ausstellen für Norbert von Hall auf Schloß Untergriesbach. Nehmen Sie noch einen Beamten mit und gehen Sie mit ihm zum Schlosse, wo Sie Herrn von Hall sofort verhaften. Sie liefern ihn dann beim Gemeindevorsteher ab. Ich werde Sie dort erwarten, denn ich muß selbst noch mit dem Gemeindevorsteher einiges besprechen.«

Fuller folgte dem Befehl und ging. Nach einer Weile folgte ihm Doktor Diehl. Der Gemeindevorsteher empfing ihn in einiger Aufregung, er hatte sich weigern wollen, einen Haftbefehl für Norbert von Hall auszustellen, aber Fuller war für solche Fälle mit Vollmachten versehen, und so hatte er sich gefügt.

Doktor Diehl legte ihm nun das Dokument vor und gab ihm die nötigen Erklärungen. Der Gemeindevorsteher war fassungslos.

»Sie sehen«, sagte Doktor Diehl ruhig und bestimmt, »daß Frau von Tübingen die ganze Zeit zu Unrecht verdächtigt war. Ihre Unschuld ist jetzt einwandfrei bewiesen, und ich nehme als selbstverständlich an, daß Sie als ein Mann von Ehre alles tun werden, um in Ihrem Bezirk die ganze Affäre aufzuklären. Frau von Tübingen muß Genugtuung erhalten. Auch den Dorfkindern muß beigebracht werden, daß sie mit dem häßlichen Schimpfnamen Gifthexe eine Unschuldige gekränkt und beleidigt haben. Die Eltern können das ihren Kindern beibringen. Ich bin überzeugt, Herr Gemeindevorsteher, daß Sie alles tun werden, was in Ihrer Kraft steht, um die Schuldlose in Ihren Schutz zu nehmen.«

Der Gemeindevorsteher kam sich ungeheuer wichtig vor. Heinz Diehls Worte schmeichelten ihm. Er versprach, alles zu tun, was möglich war, um Doktor Diehls Wünsche zu erfüllen. Immerhin war ihm die ganze Angelegenheit ein wenig peinlich. Er kratzte sich hinter den Ohren.

»Eine verteufelte Geschichte, Herr Doktor! Wenn wir jetzt Herrn von Hall verhaften, das gibt eine Menge Scherereien. Man muß–«

Weiter kam er nicht. In diesem Moment wurde die Tür aufgerissen und Fuller erschien auf der Schwelle.

»Herr Doktor – wir haben Herrn von Hall nicht mehr lebend angetroffen – er ist tot. Wir fanden ihn in seinem Zimmer vor dem Schreibtisch in einem Sessel sitzend. Er hat sich erschossen.«

Doktor Diehl erhob sich mit blassem Gesicht.

»Er hat sich selbst gerichtet! Er ruhe in Frieden!« sagte er ernst.

Und er begab sich sofort mit dem Gemeindevorstand zum Schloß hinüber. Sie fanden die Dienerschaft in heller Aufregung. Doktor Diehl betrat mit dem Gemeindevorsteher Norbert von Halls Arbeitszimmer, vor dem der Beamte, der mit Fuller gekommen war, Wache stand. Man hatte nichts angerührt. Norbert von Hall saß in einem Sessel vor dem Schreibtisch. Der Browning, mit dem er sich in die Schläfe geschossen, war seiner Hand entfallen und lag auf dem Teppich. Vor ihm auf dem Schreibtisch lag ein Zettel, von seiner Hand beschrieben:

»Verzeihen Sie mir, Jutta, wenn Sie es vermögen. Lassen Sie meine Mutter und Schwester nicht entgelten, was ich getan. Ich weiß, Sie sind großmütig. Verzeih auch du mir, Mutter – bete für mich, deinen unglücklichen Sohn Norbert.«

Beklommen sah der Gemeindevorsteher Doktor Diehl an: »Wo sind denn die Damen – sind sie bereits unterrichtet worden?«

»Die Damen sind auf meine Anordnung nach Obergriesbach gefahren, ich wollte sie nicht hier haben, wenn – wenn Herr von Hall verhaftet würde.«

»Wer soll ihnen das Schreckliche mitteilen?«

»Das werde ich selbst tun, ich reite sofort nach Obergriesbach und werde sie so schonend wie möglich von allem unterrichten. Bitte lassen Sie hier vorläufig alles stehen und liegen, bis die Damen kommen.«

Damit verabschiedete sich Doktor Diehl, ging zum »Roten Löwen«, wo sein Pferd stand, und jagte im schnellsten Tempo nach Obergriesbach.

Frank Rüdiger hatte die Damen vor seinem Hause empfangen und begrüßt. Seine und Juttas Augen trafen aufleuchtend ineinander, und ihre Hände umfaßten sich mit einem festen, warmen Druck. Sprechen konnten sie momentan nicht über das, was sie auf dem Herzen hatten, denn Frau von Tölz wich nicht von ihrer Seite.

Blandine aber war sehr enttäuscht, als sie vernahm, daß Heinz Diehl nicht anwesend war.

»Ich hoffe aber, er wird zeitig genug zurückkommen, um die Damen noch anzutreffen. Eine Sache von unaufschiebbarer Wichtigkeit hat ihn fortgetrieben«, sagte Frank entschuldigend.

Er führte die Damen in sein hübsches Empfangszimmer, und hier servierte Frau Remblin eine Erfrischung. Blandine, die wieder in bester Stimmung war, seit sie wußte, daß Heinz Diehl noch kommen würde, neckte Frank ein wenig.

»Sie bewirten uns hier so aus dem Stegreif mit herrlichen Dingen, Herr Rüdiger, und behaupten doch, daß Sie sich mit Ihrem Fest nicht zu helfen wissen.«

»Das weiß ich auch in der Tat nicht, mein gnädiges Fräulein. Ich habe Damen noch nie in meiner Häuslichkeit empfangen, außer auf Borneo, wo ich einmal eine sehr bunte und internationale Gesellschaft bei mir empfing. Damals waren so ziemlich alle Hautfarben in meinem Salon vertreten. Sogar ein Häuptling der Dyak, eines Volksstammes, der noch heute ziemlich barbarische Sitten hat, war mit seiner Tochter dabei«, erwiderte er lächelnd.

»War das Dyak-Mädchen schön?« scherzte Blandine.

Er zuckte die Achseln. »Geschmackssache, mein gnädiges Fräulein. Bei ihrem Stamm galt sie als Schönheit, aber ob sie in einer europäischen Schönheitskonkurrenz prämiiert worden wäre, ist fraglich. Mir gefiel sie nicht besonders.«

»Aber diese internationale Gesellschaft auf Borneo gaben Sie ohne fremde Hilfe?«

»Allerdings, aber daß sie als gelungen bezeichnet werden konnte, verdankte ich bloß meiner dortigen Dienerschaft, die solche Dinge vorzüglich versteht.«

»Oh – ich schlage vor, Sie geben uns am Sonntag ein Fest ganz im Stil des damaligen Festes auf Borneo«, sagte Blandine.

»Das wäre sicher sehr originell«, pflichtete Frau von Tölz bei.

Frank schüttelte den Kopf. »Ein Tropenfest in den bayerischen Alpen? Nein, meine Damen, das wäre eine Dissonanz. Wie wäre es mit einem ländlichen Fest im Charakter dieser Gegend? Die Damen müßten im Dirndlkostüm erscheinen, die Herren in Kniehosen und Janker. Wenn ich dann bei meinem Fest irgendeine Dummheit mache, dann fällt es nicht so auf. Ich nehme doch an, daß die Damen im Besitz von Dirndlkostümen sind?«

»Daran fehlt es nicht, und die Idee ist sehr nett. Aber

dann muß im Freien getanzt werden, das gehört zu einem ländlichen Fest«, sagte Blandine heiter.

»Einverstanden – es soll getanzt werden. Gnädige Frau – ich hoffe, daß Sie mir einen Ländler bewilligen«, wandte er sich an Jutta.

Diese war sehr still gewesen. Sie fühlte instinktiv, daß Franks heiterer, unbefangener Ton nicht echt war, und wußte überhaupt nicht, weshalb er sie und die beiden andern Damen hierhergebeten hatte. Unruhig fragend sah sie ihn an, antwortete jedoch scheinbar unbefangen:

»Ich habe seit Jahren nicht mehr getanzt und habe es wahrscheinlich ganz verlernt.«

»Oh, das lernen Sie schnell wieder.«

»Wir tanzen uns ein, Jutta«, schlug Blandine vor.

So plauderte man noch eine Weile in dieser heiteren Art. Frank schlug dann vor, die Damen möchten sich draußen einen Platz zum Tanzen aussuchen. Blandine ging mit ihrer Mutter voraus. Jutta zögerte eine Weile neben Frank und flüsterte ihm zu:

»Was ist geschehen, weshalb sind wir hier?«

Er küßte ihr schnell die Hand. »Helfen Sie mir, die Damen hier festzuhalten, bis Doktor Diehl zurückkommt. Später erfahren Sie alles. Sind Sie froh und glücklich, Jutta?«

Sie nickte.

»Sehr – oh, wie sehr.«

Sie konnten nicht weiter sprechen, Frau von Tölz war stehengeblieben und sah sich nach ihnen um. Anscheinend war sie nicht gewillt, Jutta und Frank Rüdiger unbeobachtet zu lassen.

Blandine und Frank Rüdiger suchten nun scheinbar mit Feuereifer einen Tanzplatz aus. Frau von Tölz fand die Idee dieses ländlichen Festes ziemlich absurd, aber da die jungen Herrschaften entzückt schienen, wollte sie nicht abreden. Sie bat sich nur aus, daß sie im Gesellschaftskleid erscheinen dürfe. Sonst gab sie Frank liebenswürdig und bereitwillig allerlei Ratschläge und konferierte sogar mit Frau Remblin. Jutta merkte immer wieder, daß Frank nur halb bei der Sache war und daß ihn etwas beschäftigen mußte. Hing das mit ihrer Angelegenheit zusammen?

Es war ihr nicht mehr möglich, noch ein unbelauschtes Wort mit ihm zu sprechen. Frau von Tölz wich nicht mehr von ihrer Seite, denn sie war besorgt, daß sich zwischen Frank Rüdiger und Jutta etwas anspinnen könne.

Frank Rüdiger war in keiner beneidenswerten Lage. Er wußte ja nur zu genau, daß aus seinem Feste am Sonntag überhaupt nichts werden würde. Frau von Tölz und Blandine würden nicht in der Stimmung sein, Feste zu feiern, wenn sie erst erfuhren, wer der Mörder Malte von Tübingens war. Immer wieder flog sein Blick die Straße entlang, die nach Untergriesbach führte, und endlich sah er auf dieser Straße einen Reiter angesprengt kommen.

»Da kommt Doktor Diehl«, sagte er, und Jutta merkte ihm die unterdrückte Erregung an. Blandine wandte sich um, und ein heißes Rot stieg in ihre Wangen. Erwartungsvoll sahen sie alle Doktor Diehl entgegen, auch Frau von Tölz, die ihn sehr vermißt hatte. Schnell war Heinz Diehl herbeigekommen. Mit einem Satz sprang er vom Pferde. Aber die lachenden Gesichter, die sich ihm zuwandten, wurden ernst, als sie in sein blasses, erregtes Gesicht blickten. Dies Gesicht verriet, daß er eine Unglücksbotschaft brachte. Blandine blieb stehen, als wenn ihre Füße im Boden wurzelten. Sie wußte nicht, was plötzlich über sie kam, aber ihr Gefühl verriet ihr, daß irgendein Unglück geschehen sein müsse; ein Unglück, das sie vielleicht im Unterbewußtsein schon seit langer Zeit gefürchtet hatte, ohne es mit Namen nennen zu können.

Auch Jutta merkte Doktor Diehl sofort an, daß etwas Schlimmes geschehen war, und sie fühlte, daß es mit ihrer Angelegenheit zusammenhing. Mit großen Augen sah sie in sein blasses Gesicht. Frank trat an den Freund heran.

»Was ist geschehen, Heinz?« fragte er leise.

»Er ist tot. Laß uns hineingehen mit den Damen.«

Und dann trat er zu Frau von Tölz, begrüßte sie und wandte sich dann an Blandine.

»Kommen Sie mit hinein ins Haus, mein gnädiges Fräulein, ich bin in der peinlichen Lage, Ihnen eine schlimme Botschaft bringen zu müssen, Ihnen und Ihrer Frau Mutter.«

Damit führte er Blandine in das Empfangszimmer.

Sie faßte nach seiner Hand. »Herr Doktor – mein Bruder?« fragte sie mit trockenen Lippen.

Erbarmend sah er sie an. »Sie fühlen es, daß es ihm gilt, Blandine. Seien Sie stark und tapfer – ich muß Ihnen wehe tun«, bat er und drückte beschwörend ihre Hand.

Sie versuchte tapfer zu lächeln, aber die Angst sprang ihr aus den Augen, die Angst vor etwas Grauenvollem. Aber wie um sich selbst zu beruhigen, sagte sie leise: »Nein – von Ihnen kann mir doch nichts Schlimmes kommen.«

Sein Gesicht zuckte wie im Schmerz. Und nun traten die anderen ein. Heinz Diehl trat vor Frau von Tölz hin, nachdem er Blandine einen Sessel zugeschoben hatte, und führte auch sie zu einem Sessel. Frank faßte, als müsse es so sein, Juttas Hand fest in die seine.

«Machen Sie sich auf Schlimmes gefaßt, Jutta«, flüsterte er ihr zu und geleitete sie auch zu einem Sessel.

Das alles war sehr schnell geschehen. Alle starrten wie hypnotisiert in Doktor Diehls Gesicht, nur Frau von Tölz schien noch ahnungslos. Heinz Diehl wandte sich an sie.

»Verehrte gnädige Frau, ich bin sehr unglücklich, daß

ich Ihnen eine Schreckensbotschaft bringen muß.«

Die alte Dame zuckte betroffen zusammen.

»Was ist geschehen – mein Sohn? –«

Er nickte. »Ja – es betrifft Ihren Sohn, gnädige Frau, ein Unglück ist ihm zugestoßen.«

Sie verfärbte sich, und auch Blandine wurde blaß und sah ihn zitternd an. »Sagen Sie uns alles – quälen Sie uns nicht lange«, stieß sie erregt hervor.

Mit einem Blick zärtlicher Sorge sah er in ihr Gesicht.

»Was ist geschehen?« rief nun auch Frau von Tölz wie außer sich.

Doktor Diehl atmete tief und schwer. »Gnädige Frau – mein gnädiges Fräulein – Norbert von Hall – ist nicht mehr am Leben.«

Frau von Tölz stieß einen dumpfen Laut aus und fiel halb ohnmächtig in ihren Sessel zurück, und Blandine sank in sich zusammen. Jutta aber faßte Franks beide Hände, als brauche sie einen Halt.

»Er? Er war es?« fragte sie ahnungsvoll. Ganz plötzlich kam ihr jetzt der Verdacht, daß Norbert von Hall ihres Mannes Mörder sein könnte. Frank nickte ihr zu.

»Ja, Jutta – er war es«, sagte er flüsternd.

Da sah sie bleich und erschüttert auf die beiden Damen.

»O mein Gott – die Ärmsten.«

Das war so echt Juttas Art – sie dachte jetzt nicht egoistisch an sich und ihre Befreiung. Schnell erhob sie sich und trat an Blandine heran, ihren Arm um sie legend. Aber Blandine richtete sich plötzlich, wie von Grauen gepackt, hoch empor und streckte die Arme wie in höchster Not nach Heinz Diehl aus.

»Das ist noch nicht alles – noch nicht das Schlimmste, was Sie uns zu sagen haben. Ich ahne – ich fühle es – jetzt kommt das Grauenvolle, das ich immer über mir gefühlt habe. Sprechen Sie – so sprechen Sie doch«, drängte sie in höchster Erregung. Jutta umfaßte sie.

»Blandine – arme Blandine – fasse dich.«

Ein irrer Blick lag in Blandines Augen.

»Ich habe es ja immer kommen sehen! Es hing ja wie ein drohender Schatten über uns. Warum hatte ich immer ein so furchtbares Gefühl, wenn ich Norbert ansah? So sprechen Sie doch, Herr Doktor! Wir müssen alles wissen, Mama und ich.«

Mit aschfahlem Gesicht richtete sich Frau von Tölz aus ihrer schmerzvollen Erstarrung hoch.

»Was denn noch? Ist es noch nicht genug des Leides, das ich erdulden muß?«

Heinz Diehl strich sich über die Stirn. Das Amt, das er übernommen hatte, war schwerer, als er gedacht.

»Gnädige Frau – Sie dürfen den Tod Ihres Sohnes nicht beklagen – er durfte nicht mehr leben. Er hatte sich selbst verloren, schon lange – und sein Dasein wäre nur noch eine Kette von Mißhelligkeiten für ihn und seine Angehörigen geworden.«

»So sagen Sie mir doch, was Sie nicht auszusprechen wagen, was mir aber aus Ihren Augen entgegenschreit wie eine Verurteilung. Was ist mit meinem Sohn? Warum mußte er sterben?«

Doktor Diehl sah Frank Rüdiger flehend an und sagte, auf Blandine zeigend: »Sag du es, Frank – ich kann es nicht vor diesen angstvollen Augen.«

Frank Rüdiger faßte nun all seinen Mut zusammen. Lieber hätte er im dichtesten Kugelregen in der Schlacht gestanden. Aber er wußte, daß er es dem Freunde abnehmen mußte.

»Gnädige Frau – mein gnädiges Fräulein, Norbert von Hall durfte nicht mehr leben, er hat sich selbst gerichtet –

denn er war es, der Malte von Tübingen vergiftete.«

Tiefe Stille folgte diesen Worten. Frau von Tölz lag wie zerbrochen in ihrem Sessel, und Blandine krampfte die Hände zusammen und barg ihr Gesicht an Juttas Schulter, die sie liebevoll umschlungen hielt. So verging eine Weile in furchtbarem, tödlichem Schweigen. Endlich erhob sich Frau von Tölz mühsam, von Doktor Diehl gestützt.

»Lassen Sie den Wagen vorfahren – ich will – zu meinem armen Jungen«, sagte sie tonlos.

Sie war nicht ohne Größe in dieser Stunde. Blandine riß sich von Jutta los und stürzte auf ihre Mutter zu.

»Mama – liebe Mama!«

Aber Frau von Tölz tastete um sich wie eine Blinde und schob Blandine von sich.

»Laß mich – ich habe jetzt nur einen Gedanken – mein Sohn war ein Mörder, und er starb daran. Ich kann ihn nicht verdammen – ich nicht – ich weiß, wie sehr er gelitten hat, wenn ich auch nicht ahnte, warum. Aber was er auch getan – er war mein Sohn – und ich liebte ihn.«

Damit ging sie an Blandine vorbei, als sei sie ihr fremd. Blandine ließ die Arme schlaff herabhängen und sah der Mutter mit trüben Augen nach. Sie fühlte – auch in dieser Stunde stand ihr die Mutter fremd gegenüber. Was sie an Liebe hatte geben können, hatte immer nur dem Sohne gehört und gehörte ihm jetzt noch.

Auf Frank Rüdiger gestützt, wankte Frau von Tölz aus dem Zimmer.

Doktor Diehl trat an Blandine heran und sah voll erbarmender Liebe auf sie hinab. So gern hätte er sie tröstend in seine Arme genommen, aber er durfte es nicht.

»Blandine – können Sie mir verzeihen, daß ich es war, der die Schuld Ihres Bruders an das Licht brachte?«

Sie sah ihn mit großen Augen an. »Sie?«

»Ja, Blandine – ich bin nicht der, für den ich mich ausgab. Ich kam hierher, um den Mörder Malte von Tübingens zu suchen und Frau von Tübingens Schuldlosigkeit zu beweisen. Daß ich dabei Ihren Bruder vernichten mußte, ist die Tragik des Schicksals.«

In ihren Augen lag ein rätselhafter Ausdruck. »Es sollte wohl so sein – Sie haben getan, was recht war. Und – plötzlich ist eine Ruhe in mir – ich wußte ja nicht, was ich immer geahnt und gefürchtet habe, wenn ich Norberts zerfahrenes, unstetes Wesen sah. Immer war eine rätselhafte Angst in mir, und ich wußte nicht, warum. Jetzt weiß ich es.«

Er küßte ihre Hand. »Sie haben seine Schuld mit der Seele geahnt, Blandine. Das machte Sie unfrei.«

Blandine warf sich plötzlich in Juttas Arme. »Deshalb war ich wohl von deiner Unschuld fest überzeugt. Ach, Jutta – Jutta, kannst du verzeihen? Wirst du nicht voll Entsetzen uns von dir weisen?«

Liebevoll umschlang Jutta das erregte Mädchen. »Meine arme Blandine, du bist doch schuldlos und deine Mutter auch. Sei ruhig, ich hab' dich so lieb wie zuvor.«

Und sie küßte Blandine herzlich und schwesterlich.

Mit einem traurigen Blick reichte Blandine Doktor Diehl die Hand. »Leben Sie wohl, Herr Doktor.«

Sie glaubte, daß zwischen ihr und ihm alles aus sei. Wer sollte sie, die Schwester eines Mörders, zur Frau begehren? Doktor Diehl würde jetzt ganz sicher nicht Lust haben, sein Schicksal mit dem ihren zu verbinden. In ihren jungen Liebestraum war ein düsterer Schatten gefallen.

Doktor Diehl mißverstand Blandine. Er glaubte, sie lehne mit diesem Lebewohl jede Gemeinschaft mit ihm ab, weil er ihren Bruder zur Strecke gebracht hatte. Wie beschwörend sah er sie an.

»Blandine!«

Sie schlug die Hände vor das Gesicht und eilte davon, ihrer Mutter nach.

Doktor Diehl faßte Juttas Hand. »Liebe gnädige Frau, nehmen Sie sich Blandines an, und legen Sie ein gutes Wort für mich bei ihr ein. Ich liebe Blandine – allein sie wird nichts mehr von mir wissen wollen, weil ich ihren Bruder entlarvt habe.«

Jutta drückte seine Hand. »Seien Sie ruhig, Blandine wird darüber hinwegkommen. Ich werde kaum nötig haben, für Sie zu sprechen. Lassen Sie die Ärmste erst zur Ruhe kommen – wir alle müssen erst ruhig werden. Ich will Ihnen auch jetzt nicht von meiner Dankbarkeit sprechen – sie wird ewig in meinem Herzen leben. Wir sehen uns wieder. Jetzt will ich mich Blandine und ihrer Mutter widmen.«

»Tun Sie das, gnädige Frau, es macht Ihrem edlen Herzen Ehre. Und hier – dies Dokument lege ich in Ihre Hand. Es ist der Beweis Ihrer Unschuld und zugleich die volle Aufklärung über das Verbrechen. Lesen Sie es durch, wenn Sie zur Ruhe gekommen sind, und geben Sie es auch Blandine und ihrer Mutter. Es wird ihnen helfen, das Unglück leichter zu ertragen. Wenn Sie in diesen Tagen männlicher Hilfe bedürfen, rufen Sie uns. Frank und ich sind jederzeit bereit, zu kommen und Ihnen alles Schwere abzunehmen.«

Jutta nickte ihm zu. »Ich will daran denken. Und jetzt leben Sie wohl – auf Wiedersehen.«

Er führte sie hinaus. Frank Rüdiger hob gerade Blandine in den Wagen, in dem Frau von Tölz schon Platz genommen hatte. Nun half er auch Jutta einsteigen. Einen Moment ruhten ihre Hände fest ineinander, und ihre Augen schimmerten feucht. Sie fühlten beide, daß sie jetzt nicht an ihr heimliches Glück denken durften – erst mußten sie ihrer Menschenpflicht Genüge tun.

In tiefem Schweigen fuhren die drei Damen nach Schloß Untergriesbach. Jutta und Blandine saßen Hand in Hand. Aber Frau von Tölz saß starr und aufrecht, mit fahlem, schlaffem Gesicht. Sie suchte keinen Trost bei ihrer Tochter. Ihr ganzes Empfinden konzentrierte sich auf ihren toten Sohn. Im Schlosse angekommen, scheuchte Jutta erst einmal die neugierig herbeidrängende Dienerschaft hinweg. Sie wußte aus Erfahrung, wie solche neugierige Blicke schmerzen konnten. Und wenn ihr das auch niemand erspart hatte, sie wollte es diesen beiden Unglücklichen ersparen, soweit es in ihrer Macht stand.

Frau von Tölz begab sich mit Blandine sofort in das Zimmer ihres Sohnes, vor dem der Beamte noch Wache hielt. Als sie ihren toten Sohn erblickte, brach sie neben ihm zusammen und starrte mit brennenden Augen in stummer Frage auf ihn hin. Blandine erblickte den Zettel, den Norbert beschrieben hatte, und diese Worte lösten endlich Tränen aus bei ihr.

Sie hielt den Zettel weinend der Mutter vor die Augen – und da brach auch diese in erlösende Tränen aus.

Mit ruhiger Selbstverständlichkeit hatte Jutta die nötigen Anordnungen getroffen. Sie bemerkte sehr wohl, daß die Dienerschaft besonders dienstwillig war und ihr zeigen wollte, daß ihre Schuldlosigkeit ihnen bekannt geworden war. Es hatte sich nicht nur im Schlosse, sondern auch im ganzen Dorfe wie ein Lauffeuer verbreitet, daß Norbert von Hall Herrn von Tübingens Mörder sei und daß er deshalb Selbstmord verübt habe.

Als Jutta am nächsten Tage nach Anordnung alles Nötigen auf die Terrasse hinaustrat und sich dort eine Weile unter dem jetzt aufgespannten Sonnenzelt ausruhen wollte, sah sie eine Kinderschar auf der Freitreppe stehen. Sie waren alle sonntäglich gekleidet, die Dorfkinder, und drüben am Parktor standen der Lehrer und der Pfarrer, die wahrscheinlich die Kinder angeführt und geleitet hatten.

Alle Kinder trugen selbstgepflückte Frühlingsblumen in den Händen. Verlegen, aber ganz anders als sonst kamen die Kinder zu Jutta heran, die sich in einen Sessel niedergelassen hatte. Und eines der Kinder nach dem andern kam zu ihr heran und legte ihr die Blumen in den Schoß und vor sie hin auf den Tisch, der neben ihr stand.

Wie eine warme Welle ging es über Jutta dahin. Diese stumme Ovation ergriff sie mehr als tausend Worte der Entschuldigung.

Sie griff sich ein kleines, flachshaariges Dirndel und sah ihm lächelnd in die Augen.

»Habt ihr nun keine Furcht mehr vor mir?« fragte sie.

Ein älteres Mädchen antwortete statt der Kleinen.

»Nein, gnädige Frau, Mutter hat gesagt, es is nit wahr, dös du a Hexen bist. Du bist lieb und guat, wie die Engerln im Himmel, und du sollst uns nit harb sein, dös wir dich g'schimpft haben. Es soll nimmer g'schehn. Und der Herr Lehrer und Hochwürden haben dös a g'meint und uns herg'führt. Mit unsern Blümerln soll'n wir dir halt eine Freude machen.« Aufatmend nach der langen schweren Rede, schwieg das Mädchen.

Jutta strich dem Flachskopf über das Haar.

»Ich bin nicht harb – und wir wollen von nun an gute Freunde sein. Und nächstens einmal lade ich euch alle in den Schloßgarten zu Schokolade und Kuchen. Heut geht still heim zur Mutter – es ist Trauer hier im Haus.«

Die Kinder nickten und unterdrückten ihren Jubel über die angekündigte Schokolade. Erst als sie beim Lehrer und bei Hochwürden am Parktor angelangt waren, vermochten sie nicht länger an sich zu halten und brachen in lautes Jauchzen aus.

Der Lehrer führte die Kinder von dannen, und der Pfarrer begab sich in das Schloß, um den Trauernden seinen Trost zu bringen. Er grüßte Jutta und sprach einige Worte mit ihr, dann suchte er Blandine und ihre Mutter auf.

Als Jutta allein war, faltete sie still die Hände.

»Du hast alles wohl gemacht, Vater im Himmel. Ich danke dir«, sagte sie leise vor sich hin.

Blandine und ihre Mutter waren bis jetzt für Jutta unsichtbar geblieben. Sie hatten Norberts Zimmer noch nicht verlassen. Jutta hielt sich zurück, sie wollte die Trauernden nicht stören.

Nach einer Weile ging Jutta wieder hinein und las noch einmal das Dokument durch, das Norbert unterschrieben hatte. Ihre Dankbarkeit gegen Doktor Diehl war grenzenlos, wie gegen Frank Rüdiger auch. Frank, das wußte sie, konnte sie ihre Dankbarkeit beweisen dadurch, daß sie sich ihm zu eigen gab, aber Doktor Diehls Schuldnerin mußte sie für immer bleiben.

Während Jutta gedankenverloren dasaß, öffnete sich die Tür, und Blandine trat ein. Sie trug ein schwarzes Kleid und sah sehr blaß aus. Ihre Augen sahen sehr verweint aus.

Ganz still setzte sie sich zu Juttas Füßen und legte den Kopf in ihren Schoß. Jutta streichelte ihr Haar.

»Wie geht es deiner Mutter, Blandine?« Das junge Mädchen sah zu ihr auf.

»Sie weint noch immer – aber es ist gut, daß sie weinen kann. Es wird ihr Erleichterung bringen. Ich habe sie endlich bewogen, sich niederzulegen, und jetzt ist der Herr Pfarrer bei ihr. Da konnte ich sie unbesorgt verlassen. Denn wenn ich ihr auch leider keinen Trost geben kann, so ist es doch meine Pflicht, ihr nach Kräften beizustehen. Wir haben beide nicht geschlafen in dieser Nacht, und ich hatte Sehnsucht nach dir, Jutta. Bei meiner Mutter friert mein Herz – bei dir wird es warm. Und mich verlangt auch danach, mit dir über alles zu sprechen. Weißt du, wie das alles gekommen ist?«

»Ja, Blandine. Willst du es auch erfahren?«

»Ich möchte klar, ganz klar sehen, damit meine Seele endlich frei wird. Sieh, Jutta, es war zuweilen etwas in mir, was mich wie ein unklarer Verdacht gegen Norbert durchzuckte, sein ganzes Verhalten war mir rätselhaft. Aber es hat mich namenlos gequält, und ich habe mich selbst ausgescholten, daß ich mit diesem unklaren Gefühl gegen meinen Bruder herumlief. Nun möchte ich alles wissen.«

Jutta gab ihr das Dokument. »Lies das, Blandine.«

Das junge Mädchen entfaltete das Dokument und las es durch, bis zum Ende. Dann barg sie aufschluchzend das Gesicht in den Händen.

»Der Unselige! Wohin hat ihn seine Gier nach diesem Erbe getrieben? Jutta, oben auf seinem Schreibtisch lag ein Zettel mit seinen letzten Worten an uns – auch an dich. Ich habe ihn dir mitgebracht und wage es nun doch kaum, ihn dir zu geben.«

»Gib nur, Blandine.«

Zögernd tat sie es, und Jutta las, daß Norbert sie um Verzeihung bat und darum, daß sie Mutter und Schwester seine Schuld nicht entgelten lassen möge.

»Ich verzeihe ihm von ganzem Herzen, Blandine, und ganz gewiß werde ich euch nicht entgelten lassen, was er getan hat. Ich hoffe, daran hast du nicht gezweifelt.«

»Ich nicht, Jutta, aber Mutter hat schwere Sorgen, wenn sie jetzt auch noch vor ihrer Trauer in den Hintergrund treten.«

»Laß es meine Aufgabe sein, sie zu gegebener Zeit von

ihren Sorgen zu befreien.«

»Ja – du bist großmütig, du edles Herz. Und – gottlob – du darfst nun glücklich werden, darfst deinem Herzen folgen. Alles wird gut werden für dich, und darin muß auch für mich eine Befriedigung liegen.«

Jutta hob ihr den Kopf und sah sie lächelnd an. »Kleine Blandine, warum so entsagungsvoll? Blüht nicht auch für dich ein Glück am Wege, nach dem du nur zu fassen brauchst?«

Traurig schüttelte Blandine den Kopf. »Damit ist es vorbei für alle Zeit.«

»Warum? Kannst du nicht darüber hinwegkommen, daß Doktor Diehl seine Pflicht tat und dadurch Norberts Schuld entdeckte? Er hatte durch Frank Rüdiger den Auftrag bekommen, das Geheimnis aufzuklären, das Onkel Maltes Tod umgab. Er tat es, obwohl er dir weh tun mußte damit. Der Gerechtigkeit mußte Genüge geschehen.«

»Das ist zweifellos, Jutta, und nicht das trennt uns. Wie könnte ich ihm nachtragen, daß er seine Pflicht getan? Aber – er wird niemals daran denken, die Schwester eines Mörders heimzuführen.«

Jutta horchte auf. »Das also bedrückt dich?«

»Soll es mich nicht bedrücken, daß mein Glück, das ich so leuchtend aufgehen sah, in Trümmer geht?«

Liebreich zog Jutta das junge Mädchen an sich. »Es braucht nicht in Trümmer zu gehen. Denkst du so klein von Heinz Diehls Liebe? Dann kennst du ihn schlecht. Er denkt nicht daran, dich aufzugeben, und war nur in schwerer Sorge, daß du ihn aufgeben könntest. Er bat mich, ich möchte bei dir ein gutes Wort für ihn einlegen, denn er fürchtete, daß du nichts mehr von ihm wissen wolltest, weil er deinen Bruder entlarvt hat.«

Blandine hob rasch den Kopf. »Hat er dir das gesagt?«

Jutta nickte. »Das und noch mehr, aber das will ich ihm nicht vorwegnehmen – es wird dir lieblicher klingen, wenn du es von ihm selber hörst. Er wartet nur darauf, daß wir ihn rufen lassen, denn er ist in schwerer Sorge um dich. Aber vorläufig wollen wir ihn noch nicht rufen – erst muß dein Bruder unter der Erde sein. Dann aber, Blandine – dann werden wir zwei Hilflose sehr gut tun, wenn wir uns unter männlichen Schutz begeben. Sobald deine Mutter imstande ist, sie zu empfangen, bitte ich sie um ihren Besuch, und meiner Treu – sie werden sich nicht lange nötigen lassen.«

Blandines Augen leuchteten hoffnungsvoll auf. Sie küßte inbrünstig Juttas Hand.

»Nur Gutes kommt mir von dir! Du Liebe, Gute, wie leicht machst du mir das Herz. Ich hatte schon alle Hoffnung auf Glück eingesargt.«

»Ei, so laß sie schnell wieder auferstehen. Wir haben wahrlich anderes zu tun, als unser Glück einzusargen. Lang genug sind wir zwei einsame, traurige Geschöpfe gewesen. Und glaube mir, Norberts Tod wird keine unausfüllbare Lücke hinterlassen, nicht einmal bei deiner Mutter. Sie ist – hier möchte ich sagen, gottlob – eine ziemlich kalte Natur und wird bald überwunden haben, zumal du ihr bald einen Sohn zuführen wirst, auf den sie stolz sein kann, stolzer als auf Norbert, der ihr doch nur das Leben durch Kummer und Sorgen verbittert hat. Und du, Blandine, mußt dir zum Trost sagen, daß dein Bruder sein Leben schon zu zerstören begonnen hatte, als er ein Spieler – und Morphinist wurde. Das war der Anfang vom Ende, und daraus kamen alle anderen Übel. Deshalb hätte ihn auch Onkel Malte nie zum Erben eingesetzt. Wir wollen ihm unsere Verzeihung nicht versagen und für seine arme Seele beten, aber wir dürfen nicht zulassen, daß er auch im

Tode noch unser Dasein verdüstert und zerstört. Damit ist keinem Menschen genützt. Laß uns mit frohem, frischem Mut in die Zukunft sehen, damit wir denen, die wir lieben und die uns lieben, tapfere, frohgemute Weggenossen sein können auf der Lebensfahrt.«

Blandine schlang die Arme um Jutta. »Wenn ich dich nicht hätte – wie kläglich wäre mein Lebensschiff gescheitert.«

»Wohl mir, wenn ich dir helfen konnte. Hast du mir doch auch Trost gegeben in schlimmer Zeit.«

Blandine strich sich das Haar aus der Stirn. »Wie leicht hast du mir das Herz gemacht. Nun will ich wieder nach meiner Mutter sehen, ich glaube, ich kann sie jetzt wirksamer trösten, weil ich selbst getröstet worden bin. Erlaubst du, daß ich Mutter dies Dokument mitnehme? Wenn sie es gelesen hat, wird sie sich sagen, daß es gut ist, daß Norbert den Mut fand, einen Schlußstrich unter sein verfehltes Leben zu ziehen.«

»Nimm es mit, Blandine, aber verwahre es mir gut – es ist mein Freispruch ohne Klauseln – nicht aus Mangel an Beweisen.«

»Du kannst unbesorgt sein, ich verwahre es dir gut. Und innigsten Dank für deine Güte.«

»Und zugleich habe ich Doktor Diehl einen Dienst erweisen können. Das freut mich von Herzen. Denn ihr hättet euch beide sicher noch lange nutzlos gequält, weil ihr euch mißverstanden hattet.«

»Gott lohne dir deine freundliche Hilfe.«

Sie umarmten sich noch einmal, und dann ging Blandine zu ihrer Mutter. Sie fand diese etwas ruhiger. Der Pfarrer hatte sie soeben verlassen. Blandine gab ihr das Dokument zu lesen. Als das geschehen war, gab Frau von Tölz Blandine das Blatt zurück. Sie sprach kein Wort darüber, aber sie wurde seltsam still und ruhig in ihrem Kummer.

Und in dieser Nacht fand Frau von Tölz Schlaf. Sie hatte das Schlimmste überstanden.

Auch Blandine war viel ruhiger geworden, und ihre junge Seele öffnete sich einer beglückenden Hoffnung.

Jutta hatte an Frank Rüdiger geschrieben:

»Lieber Herr Rüdiger! Verstehen Sie es nicht falsch, wenn ich Sie und Doktor Diehl nicht zu unsrer Hilfe herbeirufe. Es ist für uns alle besser, wenn wir uns einige Tage nicht sehen. Der Herr Pfarrer und der Herr Gemeindevorsteher helfen uns alles ordnen, und so bedürfen wir Ihrer nicht. Wir wollen uns erst wiedersehen, wenn Norbert von Hall zur letzten Ruhe bestattet wird. Bitte, sagen Sie Herrn Doktor Diehl, daß ich nicht nötig hatte, bei Blandine ein gutes Wort für ihn einzulegen, sie fürchtete nur, daß er in ihr nur noch die Schwester Norberts sehen würde. Das machte sie sehr elend und verzagt. Dieses Zagen habe ich ihr aus der Seele genommen, und nun ist sie ruhig und gefaßt. Auch ihre Mutter wird diesen Schicksalsschlag verwinden. Übermorgen wird Norbert von Hall beerdigt – dann sehen wir uns wohl an seinem Grabe. Auf Wiedersehen!

Ihre Jutta von Tübingen.«

Die beiden Herren hatten Juttas Beweggründe verstanden und hatten sich ihrem Hause ferngehalten. Aber als Norbert von Hall zur letzten Ruhe bestattet wurde, befanden sie sich unter dem Trauergefolge, das nicht sehr zahlreich war. Der Unselige wurde in aller Stille der Erde übergeben. Frank und Jutta hatten sich fest und warm die Hände gereicht, ehe sie sich trennten, und er hatte leise gesagt:

»Halten Sie mich nicht länger fern, als nötig ist, Jutta. Sie können sich denken, wie ich mich danach sehne, mich mit Ihnen auszusprechen. Wenn ich noch nicht in Ihr Haus kommen soll – draußen im Wald dürfen wir einander doch ohne Rücksicht auf andre begegnen.«

Und dabei hatte er sie mit so heißen, zärtlichen Blicken angesehen, daß sie ihn nicht länger quälen konnte.

»Ich bin morgen um vier Uhr im Walde, an unserm Rendezvousplatz«, sagte sie errötend.

Dankbar küßte er ihr die Hand.

Doktor Diehl hatte nicht gewagt, Frau von Tölz zu begrüßen. Sie sah und hörte nichts von allem, was um sie her vorging. Ihr stolzer Sinn litt unter der Schmach, die mit ihrem Sohne zu Grabe getragen wurde. Der Schmerz um seinen Verlust wurde fast von ihrem verletzten Stolze erdrückt. Und Blandine stand blaß und zitternd neben der Mutter. Auch sie litt unter dieser Schmach, die ihr aus den neugierigen Augen der Umstehenden entgegenblickte. Sie wagte Doktor Diehl kaum anzusehen. Aber er ließ sie nicht aus den Augen, und als sie endlich unruhig und scheu zu ihm hinübersah, grüßte er sie und sah sie mit seinen treuen, guten Augen flehend an. Da wurde ihr leichter ums Herz. Und sie wich ihm nicht mehr aus, als man sich nach der Beerdigung voneinander verabschiedete. Zitternd lag ihre Hand in der seinen.

»Blandine!«

Tausend sorgenvolle Fragen lagen in diesem einen Wort. Da sah sie ihn an mit einem Blick, der ihm all ihre Liebe offenbarte. Sie sprach kein Wort, aber dessen bedurfte es jetzt nicht. Er küßte ihre Hand und trat zurück.

Am nächsten Nachmittag ging Jutta in den Wald. Es war ein wundervoller, klarer Maientag, und der ganze Wald grünte und blühte im vollen Frühlingsschmuck. Frank Rüdiger wartete bereits auf Jutta. Sein Pferd graste neben ihm auf dem Waldboden. Er ließ es stehen und eilte ihr entgegen, und seine Arme ausbreitend, sah er sie an.

»Jutta!«

Sie ließ sich willig von den treuen, starken Armen auffangen, die ihr Schicksal so herrlich gelenkt hatten.

»Mein, Jutta – mein?« fragte er zärtlich.

Sie sah mit strahlenden, glücklichen Augen zu ihm auf.

»Bis in alle Ewigkeit, Frank.«

Und sie küßten sich mit einer feierlich inbrünstigen Andacht und sahen sich glückstrunken an und küßten sich wieder.

»Gottlob, daß nun alles licht und klar um dich ist, mein geliebtes Herz. Du hättest dich mir sonst nicht zu eigen gegeben.«

»Nein, Frank, wie hätte ich das tun können. Ein Mann wie du darf nicht im Schatten leben – und das hättest du tun müssen, wenn meine Schuldlosigkeit nicht klar bewiesen worden wäre. Glaube mir, du hättest es nicht ertragen, wenn die Menschen deine Frau scheel von der Seite angesehen hätten.«

Er zog sie fest an sich. »Keiner hätte das wagen dürfen! Aber um deinetwillen ist es besser so. Wir können Heinz Diehl nicht dankbar genug sein.«

»Ganz gewiß nicht, Frank, und es ist mir nun eine ganz kleine Genugtuung, daß ich ihm helfen konnte, sein Glück zu bergen. Blandine hätte sich ohne mein Dazutun von ihm zurückgezogen.«

»Er dankt es dir von Herzen, daß du Klarheit zwischen ihm und ihr geschaffen hast. Seine Liebe zu Blandine ist in diesen schweren Tagen noch viel stärker und tiefer geworden – er kann nicht ohne sie leben. Und wir müssen noch mehr für ihn tun – er muß Blandine ungestört sehen und sprechen und will doch jetzt nicht in dein Haus kommen, aus Rücksicht auf Frau von Tölz. Er hat mir ein Briefchen mitgegeben, das sollst du Blandine geben. Er weiß, daß ich dich heute treffe und sendet dir herzliche Grüße.«

Jutta nahm den Brief an sich. »Blandine soll ihn sofort erhalten, wenn ich nach Hause komme.«

»Und hilf dazu, daß sie Heinz' Wunsch erfüllt – er will sie sehen.«

»Dazu brauche ich nicht viel zu helfen, Frank – du kannst dir denken, daß auch sie sehnsüchtig einer Aussprache entgegensieht.«

»Nun wohl – dann brauchen wir uns um das Glück dieser beiden Menschen nicht zu sorgen und dürfen egoistisch an uns selbst denken. Wann wirst du meine Frau, Jutta?«

Ihre schönen Augen blickten innig zu ihm auf.

»Sobald du willst, mein Frank.«

Er küßte sie zärtlich. »Lieber heute, als morgen.«

Ein reizendes Schelmenlächeln, das Jutta um Jahre verjüngte, huschte um ihren Mund.

»Es geht weder heute noch morgen – ein wenig länger wirst du wohl warten müssen.«

»Aber nur ein wenig«, bat er dringend.

Sie überlegte. Dann sagte sie aufatmend: »Sobald sich eine passende Gelegenheit findet, werde ich Frau von Tölz mitteilen, daß wir uns verlobt haben, und ihr dann auch gleich sagen, daß wir bald Hochzeit halten wollen. Verträgt sie es nicht, glückliche Menschen um sich zu sehen, werde ich ihr freistellen, ihr Domizil an einem andern Ort aufzuschlagen. Sorgen werde ich für sie, denn wenn sie auch sehr feindlich gegen mich gewesen ist, so war sie doch ehrlich und glaubte sich im Recht. Und Malte hätte sie auch nie Not leiden lassen.«

»Wenn Blandine sich mit Heinz verheiratet, wird sie sicher darauf rechnen, daß ihre Tochter sie bei sich aufnimmt. Aber – das wird nicht guttun. Sie ist nicht die

Frau, die man als Schwiegermutter mit in eine Ehe hineinnehmen kann«, sagte Frank nachdenklich.

In Jutta leuchtete ein Gedanke auf. »Frank – hier ist eine Gelegenheit für uns, Heinz Diehl unsere Dankbarkeit zu bezeugen.«

Er küßte ihre Hände und sah sie erwartungsvoll an. »Wie denn, mein geliebtes Herz?«

Sie atmete rasch wie ein glückliches Kind. »Frank – wo wollen wir unseren Wohnsitz nehmen, in Ober- oder in Untergriesbach?«

Frank dachte nach. Dann sagte er schnell: »Wo du willst. Ich will nicht, daß du dir Opfer auferlegst, und Schloß Untergriesbach ist schöner und geräumiger als mein Haus. Es liegt auch bequemer für dich. Im Winter hauptsächlich liegt Obergriesbach doch ziemlich einsam, und ich hörte, daß man da oben tagelang eingeschneit ist. Mir macht das nichts, aber für dich ist es beschwerlich.«

Sie faßte seine Hand und drückte sie an ihre Wange. Zärtlich bittend sah sie zu ihm auf.

»So laß uns im Schloß wohnen, Frank. Und Frau Remblin nehmen wir zu uns herunter, damit sie mir hilft. Ich will doch Zeit haben für meinen Mann. Du lehrst mich reiten, und ich begleite dich auf die Felder, denn du wirst nun viel Arbeit bekommen und deinen und meinen Besitz verwalten müssen. Da will ich nicht immer allein zu Hause sitzen. Und in Obergriesbach stellen wir Frau von Tölz als Haushälterin ein. Sie ist sehr tüchtig und umsichtig und versteht zu herrschen. Sie kann in deiner Abwesenheit nach dem Rechten sehen und Haus und Gesinde in Aufsicht und Ordnung halten. Dann hat sie eine Aufgabe und kommt sich nicht unnütz vor. Wir brauchen sie nicht direkt im Hause zu haben, denn das wäre mir nicht angenehm. Und Doktor Diehl bekommt in seine junge Ehe keine lästige Schwiegermutter. So wäre uns allen geholfen. Blandine kann ihre Mutter jedes Jahr einige Wochen sehen, wenn sie uns mit ihrem Gatten besucht. Daß dies geschieht, sehe ich als selbstverständlich an. Was sagst du zu diesem Vorschlag?«

Er küßte sie begeistert. »Daß du nicht nur ein gutes, edles Herz hast, sondern auch ein organisatorisches Talent bist«, neckte er übermütig.

»Du willigst also ein?«

»Selbstverständlich – was die Frau will, will Gott.«

»Nein – ernsthaft, Frank – ich will tun, was mein Mann will.«

»In diesem Falle will ich aber ganz bestimmt, was du willst. Und ich werde Heinz deinen Vorschlag übermitteln.«

Sie schüttelte lächelnd den Kopf.

»Noch nicht – laß die beiden erst einig sein, wir wollen nicht vorgreifen.«

Er legte die Arme um sie und sah sie im übermütigen Glücksbewußtsein lachend an.

»Und jetzt, finde ich, haben wir uns reichlich genug um andere Menschen gekümmert. Jetzt will ich mit dir von uns reden und von unserer Liebe. Vor allem aber möchte ich endlich den Tag unserer Hochzeit festsetzen.«

Sie lachte aus vollem, frohem Herzen.

»So tu es doch, Frank.«

»Wirst du meinen Termin ohne Weigerung akzeptieren?«

»Ja, mein hoher Herr.«

Er küßte sie entzückt.

»Du Schelm, wirst du ernsthaft sein?«

Sie schmiegte sich an ihn.

»Ach, Frank, ich habe so schrecklich lange ernsthaft sein müssen, und bin doch immer so gern froh und heiter gewesen. Stets habe ich lieber gelacht als geweint.«

Er dachte an ihr erstes Zusammentreffen im Walde, an den Tag, da er sie so verzweifelt zusammenbrechen sah. Innig küßte er sie.

»Mein geliebtes Herz, du sollst nie mehr weinen, wenn ich es hindern kann. Also – wir heiraten am 5. Juli.«

Sie rechnete schelmisch an den Fingern aus.

»Das sind ja kaum noch sechs Wochen.«

»Eine endlose Zeit«, seufzte er.

»Liebster – kann man denn in so kurzer Zeit eine Hochzeit richten?«

Er nickte energisch.

»Man kann – und man wird.«

»Dann muß ich mich fügen«, seufzte sie, drollig ergeben.

Er sah ihr tief in die Augen.

»Kommt es dich hart an, daß du dich fügen mußt?«

Sie nahm seinen Kopf in beide Hände und sah ihn innig an.

»Nichts kommt mich hart an, was du mich tun heißt.«

»Ich bin ein Despot«, scherzte er mit gerunzelter Stirn.

Sie küßte diese Runzeln fort.

»Weg mit dem Despoten!« scherzte sie.

Er zog sie fest an sich, als wollte er sie nie mehr loslassen, und flüsterte ihr heiße, zärtliche Worte ins Ohr. Sie schmiegte sich erglühend in seine Arme. Aber endlich machte sie sich los.

»Jetzt muß ich nach Hause, Frank, Blandine soll nicht länger auf diesen Brief warten müssen.«

Er seufzte tragisch.

»Schon wieder die andern.«

»Aber Frank – vergißt du, was wir Heinz Diehl schuldig sind?«

»Wenn ich dich in meinen Armen halte, vergesse ich alles. Aber ich bin schon ganz gehorsam und gehe. Du sorgst dafür, daß Heinz bald Antwort bekommt?«

»Blandine wird ihn sicher nicht lange warten lassen. Jedenfalls bekommt er sofort Nachricht. Bitte, grüße ihn herzlich von mir und sage ihm, daß ich nie, niemals vergessen werde, was er für mich getan hat.«

»Das mußt du ihm selber sagen, dann freut es ihn noch mehr.«

Sie nahmen zärtlichen Abschied, der sehr lange dauerte. Aber dann riß sich Jutta schnell los und lief davon.

Mit leuchtenden Augen sah Frank ihr nach, und erst als sie seinen Blicken entschwunden war, bestieg er sein Pferd und ritt davon.

Als Jutta nach Hause kam, erwartete Blandine sie in ihrem kleinen Salon. Mit ernsten Augen sah sie ihr entgegen.

»Du warst lange aus, Jutta.«

Diese legte den Arm um das junge Mädchen.

»Habe ich dich warten lassen, Blandine? Verzeih mir, es ging nicht anders. Ich traf mich mit Frank Rüdiger und – du sollst die erste sein, die es erfährt – wir haben uns verlobt.«

Blandine umarmte Jutta herzlich.

Du weißt, Jutta, daß ich dir von ganzem Herzen Glück wünsche.«

»Ja, Blandine, das weiß ich. Und ich wünsche dir ein gleich großes Glück, wie ich es gefunden habe. Ich würde mich meines Glückes nicht so unbekümmert freuen, wenn ich nicht wüßte, daß dir ein gleiches blüht, sobald du nur willst. Sieh – was ich dir hier bringe – einen Brief von Heinz Diehl.«

Errötend steckte Blandine die Hand danach aus. Jutta küßte sie auf die Wange.

»Ich lasse dich allein. Bleib hier in meinem Zimmer, da bist du ungestört. Aber das will ich dir noch sagen, daß ich mich verbürgt habe, daß du sofort Antwort nach Obergriesbach sendest. Nicht wahr, du sorgst dafür, daß ich nicht wortbrüchig werde?«

»Ja, Jutta, ich antworte sogleich.«

Jutta verließ das Zimmer und begab sich hinüber in das große, behaglich und vornehm ausgestattete Wohnzimmer. Dort ließ sie sich am Fenster nieder, mit einem Buche. Aber sie las nicht. Ihre Augen blickten hinaus, dahin, wo Obergriesbach lag und – ihr Glück. Sie hatte noch nicht lange so gesessen, da öffnete sich die Tür, und Frau von Tölz trat ein. Sie sah in dem schwarzen Gewande sehr blaß und elend aus. Die letzten Tage hatten doch tiefe Furchen in das Antlitz dieser Frau gegraben. Ihre Augen blickten gramvoll zu Jutta hinüber. Nahe trat sie zu ihr heran und blieb vor ihr stehen.

»Verzeihen Sie mir, Jutta, daß ich in all den Tagen noch kein Wort mit Ihnen über die ganze traurige Angelegenheit gesprochen habe – aber ich war bisher nicht dazu imstande, es fehlte mir an der nötigen Fassung. Jetzt endlich bin ich so weit, daß ich darüber sprechen kann. Zuerst will ich Sie um Verzeihung bitten, daß ich Sie mit meiner Feindseligkeit, mit meinem Mißtrauen verfolgt habe. Das Schicksal hat Sie gerächt – jetzt stehe ich tief beschämt und erniedrigt vor Ihnen und habe die Schmach zu tragen, die der Mutter eines – Mörders zukommt. Mein unglücklicher Sohn hat sein Verbrechen schon eher gebüßt, als er sich richtete, ich weiß es, obwohl ich keine Ahnung von seiner Schuld hatte. Verzeihen Sie mir und ihm, Jutta, ich weiß, wie edel und großmütig Sie sind, begreife es jetzt erst im vollen Umfange.«

Jutta hatte sich erhoben und drückte Frau von Tölz sanft in einen Sessel.

»Es bedarf keiner Bitte um Verzeihung, Tante Herta, ich habe Ihnen nie gezürnt und immer gewußt, daß Sie mir gar nicht anders gegenüberstehen konnten. Lassen Sie uns nie mehr davon reden – wir wollen vergessen – und auch dem Toten verzeihen.«

»Ich danke Ihnen. Dies alles wollte ich nur von der Seele haben, ehe ich Ihr Haus verlasse.«

»Sie wollen fort von Untergriesbach?«

Mit großen Augen sah die alte Dame Jutta an.

»Ob ich *will*? Es ist doch kein Zweifel, daß ich gehen *muß*. Wie könnten Sie mich ferner in Ihrer Nähe dulden?«

Jutta faßte ihre Hand.

»Davon kann gar keine Rede sein, daß ich Sie in eine ungewisse Zukunft hinausziehen lasse. Zwischen uns soll jetzt, so Gott will, ein besserer verwandtschaftlicher Ton herrschen. Wir wollen versuchen, uns näherzukommen. Und ich will damit den Anfang machen, daß ich Ihnen mitteile, daß ich mich heute mit Frank Rüdiger verlobt habe.«

Frau von Tölz nickte seufzend.

»Das habe ich kommen sehen. Und ich wünsche Ihnen alles Glück, Jutta, mir scheint, Sie verdienen es. Und wenn Sie verheiratet sind, dann ist ohnedies kein Platz mehr in diesem Hause für Blandine und mich. Ich war ja schon längst überflüssig.«

»Aber wenn Sie nur wollten, könnten Sie einen Wirkungskreis bekommen, der Ihnen zusagen und Sie zufrieden machen würde, das weiß ich.«

»Wovon sprechen Sie?«

»Wenn Blandine heiratet, dann sind Sie an nichts gebunden.«

Ein bitteres Lächeln umspielte den Mund der alten Dame.

»Blandine heiraten? Wer sollte sie nach allem, was hier geschehen ist, heiraten?«

»Nun – ich hoffe, Doktor Diehl.«

»Wir haben weder Glück noch Stern – alles geht uns verloren – auch diese Hoffnung.«

Jutta nahm ihre Hand wieder in die ihre.

»Nein, nein – ich hoffe ganz zuversichtlich, daß sich Blandine mit ihm verlobt, sobald sie will und Sie es gestatten. Und nun hören Sie mich an. Ich habe schon alles mit meinem Verlobten besprochen.«

Und sie setzte Frau von Tölz auseinander, daß sie in Obergriesbach die Führung des Haushalts und die Aufsicht über die Dienerschaft übernehmen sollte.

Frau von Tölz sah Jutta fassungslos an.

»Ist das Ihr Ernst, Jutta, würden Sie und Ihr Verlobter mir ein so großes Vertrauen schenken nach allem, was geschehen ist? Ich soll wieder schaffen und nützen können, soll mir mein Brot verdienen dürfen? Ach – Sie ahnen wohl kaum, was Sie mir damit für eine Wohltat tun.«

»Doch, ich weiß es, daß ich Ihnen nur so gründlich helfen kann, und ich tue es von Herzen gern. Außerdem leisten Sie uns auch einen großen Dienst, denn auf fremde Menschen ist kein Verlaß, freilich – im Winter wird es zuweilen sehr einsam für Sie.«

»Das ist mir gerade recht. Freilich – um Blandine tut mir das leid.«

»Blandine wird sich sehr bald verheiraten und wahrscheinlich gar nicht mit nach Obergriesbach übersiedeln. Aber im Sommer wird sie jedes Jahr einige Wochen mit ihrem Gatten hier verleben, und Sie können sich dann sehen.«

Frau von Tölz schüttelte ungläubig den Kopf.

»Sprechen Sie doch nicht von Blandines Hochzeit wie von einer feststehenden Tatsache. Herr Doktor Diehl wird sich hüten, ein Mädchen zu heiraten, dessen Bruder er als Mörder entlarvt hat.«

»Ich gebe Ihnen mein Wort, Tante Herta, es fehlt nichts, als daß Blandine will und Sie Ihre Einwilligung geben.«

Frau von Tölz schluchzte plötzlich krampfhaft auf und schlug die Hände vor das Antlitz.

»Ich glaubte, der liebe Gott habe uns ganz verlassen. Will er es wirklich noch so gut mit uns meinen?«

Da trat Blandine ein. Sie hatte rotgeweinte Augen, aber trotzdem leuchtete in diesen Augen ein stiller, reiner Glanz.

»Mama – bitte lies diesen Brief und dann meine Antwort darauf. Verzeihe, wenn ich in deine Trauer etwas hineintrage, was sich nicht damit verträgt, aber ich kann nicht ein Glück in nichts zerfließen lassen, das mich so groß und herrlich dünkt, daß ich es kaum zu fassen vermag.«

Frau von Tölz nahm zuerst Heinz Diehls Brief und las:

»Liebe, teure Blandine! Frau Jutta hat mir Mut gemacht, sie hat mir mitteilen lassen, daß Sie mir nicht zürnen, weil ich etwas tun mußte, was Ihnen und Ihrer Frau Mutter Schmerzen brachte. Ich habe Ihnen einmal gesagt, Blandine, daß ich nicht von hier fortgehen würde, ohne eine Frage an Sie zu richten, von der mein Lebensglück abhängt. Ich muß diese Frage brieflich tun, da ich keine Gelegenheit habe, es mündlich zu tun, und weil ich nicht viel Zeit zum Warten habe. Blandine – wollen Sie meine geliebte Frau werden? Sie wissen, daß ich Sie liebe, daß Ihnen mein Herz gehört, wie ich weiß, daß Sie mich lieben. Ich kann nicht fort, ohne von Ihnen Antwort auf diese Frage zu erhalten, obwohl ich weiß, daß ich damit in Ihre Trauer hineinstöre. Bitte, senden Sie mir eine Zeile, wann und wo ich Sie sehen und sprechen darf, um mir Ihre Entscheidung zu holen. Ich warte mit Sehnsucht auf Ihre Antwort.

Ihr Heinz Diehl.«

Frau von Tölz gab Blandine den Brief zurück und zog sie zu sich heran.

»Und was hast du geantwortet, Blandine?«

»Was ich mußte, Mama. Bitte zürne mir nicht, daß ich jetzt an mein Glück denke.«

»Du tust recht daran, mein Kind – nur die Lebenden haben recht.«

Blandine reichte der Mutter das Antwortschreiben. Es enthielt nur wenige Worte: »Kommen Sie, wann Sie wollen zu

Ihrer Blandine.«

Die Mutter nickte.

»Es ist gut so.«

Blandine reichte auch Jutta die beiden Schreiben zur Einsicht. Jutta durchflog sie schnell und sprang auf.

»Schnell einen reitenden Boten nach Obergriesbach – wir wollen Heinz Diehl nicht warten lassen.«

Und sie gab den nötigen Befehl.

Als der Bote fort war, erfuhr Blandine auch, was Jutta mit der Mutter besprochen hatte. Sie fiel Jutta wortlos um den Hals, sprechen konnte sie nicht.

Voll Unruhe wartete Blandine nun auf Doktor Diehls Erscheinen. Wenn er sie so liebte, wie sie ihn, dann mußte er heute noch kommen.

Und er kam.

Jutta sah ihn kommen, weil sie am Fenster saß, während Blandine am Kamin Platz genommen hatte. Unter einem Vorwand verließ Jutta das Zimmer und empfing ihn im Vestibül.

»Lieber Herr Doktor, Blandine ist dort drüben in dem Zimmer – ich werde dafür sorgen, daß Sie nicht gestört werden.«

Er zog ihre Hand an die Lippen. Sie sah, daß er sehr erregt war. Und lächelnd nickte sie ihm zu und öffnete die Tür. Er betrat das Zimmer. Blandine wandte ihm den Rükken zu und sah gedankenverloren vor sich hin. Sie glaubte, Jutta sei wieder eingetreten, und sagte mit einem unruhigen Aufatmen:

»Glaubst du, Jutta, daß er heute noch kommen wird?«

Heinz Diehl trat einen Schritt vor.

»Er ist schon da, Blandine!«

Sie sprang erschrocken auf und sah ihn mit einem Blick an, der ihn erschütterte. Schnell trat er auf sie zu und zog sie in seine Arme.

»Blandine – ich hätte es nicht ertragen, wenn ich dich verloren hätte. Ich liebe dich unsagbar, das habe ich erst in diesen letzten Tagen so recht empfunden. Gottlob, daß du mein eigen sein willst.«

Sie konnte nicht sprechen. Ihre Lippen zitterten und ein krampfhaftes Schluchzen erschütterte sie.

»Ich hab' dich doch lieb, Heinz – ich hab' dich lieb«, stieß sie endlich zitternd und bebend hervor. Er preßte seine Lippen auf die ihren.

»Dann ist alles gut, meine kleine Blandine. Und nun weine nicht mehr – das kann ich nicht sehen.«

Und ihre Lippen fanden sich wieder und wieder. So standen sie lange, innig umschlungen, und sprachen sich vom Herzen, was darauf gelastet hatte.

»Und deine Mutter, Blandine? Darf ich ihr jetzt mit einer Werbung kommen? Ich muß morgen schon abreisen, eine wichtige Angelegenheit ruft mich nach Berlin. Und ich möchte nicht reisen, ohne ihr Jawort erhalten zu haben.«

»Du kannst ruhig mit ihr sprechen, Heinz, sie weiß, daß ich dich gerufen habe, und sie will nicht, daß mein Glück durch die Trauer um Norbert getrübt wird!«

Und Blandine erzählte Heinz, was Jutta für ihre Mutter tun wollte, um ihr einen Wirkungskreis zu schaffen, der sie befriedigte. Heinz Diehl durchschaute sofort, daß Jutta ihm damit einen Dienst hatte erweisen wollen, und er dankte es ihr im stillen. Blandine führte ihren Verlobten zu ihrer Mutter, und diese gab dem jungen Paar ihren Segen. Jutta befand sich bei ihr und gratulierte den Verlobten von ganzem Herzen. Blandine sagte Jutta, daß ihr Verlobter schon am nächsten Tag nach Berlin abreisen müsse, und da sah ihn Jutta lächelnd an.

»Dann lassen wir Sie jetzt nicht wieder fort, Herr Doktor. Die wenigen Stunden, die Sie noch frei haben, gehören Ihrer Braut.«

Heinz sah sie bittend an.

»Gnädige Frau – mein Herz hält mich natürlich hier fest. Aber Frank – ihn darf ich doch am letzten Abend auch nicht allein lassen? Was tun wir da?«

Seine alte Munterkeit leuchtete durch diese Frage. Juttas Gesicht überflog ein schelmisches Lächeln und errötete.

»Dann werden wir wohl Frank herüberbitten müssen, lieber Herr Doktor.«

Er nickte vergnügt.

»Ja – das wäre das Netteste, liebe gnädige Frau. Ich hoffe, Frank bringt mir das Opfer.«

Sie sah in seine lachenden Augen und lachte mit.

»Ich hoffe es auch!«

Und so schickte Jutta abermals einen reitenden Boten nach Obergriesbach. Er brachte ein Briefchen von Jutta an Frank, das folgenden Inhalt hatte:

»Liebster! Hier vor mir sitzt ein närrisch glückliches Brautpaar – Heinz und Blandine. Warum sollen wir nicht ebenso glücklich sein? Ich habe gar keine Lust, als einsame, verlassene Braut dabeizusitzen. Dein Freund wird für heute abend hier festgehalten, und ich hoffe, es kostet Dich nicht zuviel Überwindung, herunterzukommen und mit uns zu

Abend zu essen. Wir werden eine kleine, intime Verlobungsfeier inszenieren für zwei Brautpaare.

Nun könnte ich schließen – aber dies ist mein erster Liebesbrief und mich dünkt, er ist entsetzlich nüchtern ausgefallen. Wenn er nur ein wenig von dem widerspiegeln sollte, was in mir ist – wie anders müßte er dann ausfallen. Aber ich kann dem Papier nicht anvertrauen, was mich bis ins tiefste Herz bewegt, Frank, liebster Mann – ich hab' Dich lieb und zähle jede Minute, bis Du bei mir bist.

Deine – Deine Jutta.«

Frank Rüdiger folgte diesem Rufe natürlich mit tausend Freuden. Und so saßen die beiden Brautpaare denn mit Frau von Tölz zusammen bei Tische. Und wenn es auch keine laute Feier war, dies Verlobungsfest, so leuchtete das Glück aus den Augen der vier Menschen um so strahlender.

Am nächsten Morgen reiste Doktor Diehl ab. Er wollte in Berlin seine Wohnung zum Empfang seiner jungen Frau herrichten lassen. Es war bestimmt worden, daß Jutta und Blandine an einem Tage Hochzeit halten sollten. Die beiden Bräute hatten alle Hände voll zu tun. Frank und Jutta verlebten eine glückselige Brautzeit, und Jutta bedauerte Blandine oft, weil ihr Verlobter fern war. Aber Blandine sagte dann mit einem stillen, frohen Lächeln:

»Es ist gut so, Jutta, sonst wäre es zuviel des Glücks gewesen nach den furchtbaren Tagen, die wir durchleben mußten. Und wenn Mama auch tapfer ist und sich sogar auf ihren neuen Wirkungskreis freut, so weiß ich doch, daß ihr das Herz noch weh tut. So will ich diese Trennung von Heinz geduldig auf mich nehmen. Dieser Trennung folgt ja gottlob eine Vereinigung auf immer.«

Frau von Tölz bereitete sich auf ihre Übersiedlung nach

Obergriesbach vor. Sie sollte dort ganz unumschränkt schalten und walten. Frank und Jutta wußten, daß sie ihr vertrauen konnten. Heinz Diehl hatte vor seiner Abreise noch mit Frank darüber gesprochen, wie dankbar er Jutta sei, daß sie ihn auf diese Weise vor einem steten Zusammenleben mit seiner Schwiegermutter bewahrt habe.

»Versteh mich nicht falsch, Frank, wenn Blandines Mutter in einem innigeren Verhältnis mit ihr gelebt hätte, hätte ich sie um keinen Preis trennen mögen. Aber meine Braut ist unfrei und bedrückt in Gegenwart ihrer Mutter. Diese beiden Menschen, die sich am innigsten nahestehen sollten, werden sich immer fremd bleiben. Und ich will meine arme Blandine endlich in eine Atmosphäre verpflanzen, die alles zum Gedeihen bringt, was noch in ihr schlummert. Ich selber könnte auch nie warm werden mit meiner Schwiegermutter. Und wie gesagt – Jutta hat uns beiden eine Wohltat erwiesen. Das sage ihr, wenn du mit ihr allein bist, und bringe ihr meinen Dank dafür. Ich konnte ihn bisher nicht abstatten, da wir nicht allein waren.«

»Das will ich Jutta sagen, und sie wird glücklich sein, daß sie ihre Dankesschuld ein wenig abtragen durfte.«

Der Tag der Hochzeit der beiden Paare kam schnell genug heran.

Jutta war jetzt im Dorfe eine beliebte und umschwärmte Erscheinung. Wenn sie den Kindern in den Weg lief, umringten dieselben sie und schwatzten zutraulich mit ihr. Seit Jutta ihnen im Schloßpark eine Feier mit Schokolade und Kuchen veranstaltet hatte, waren sie gut Freund mit ihr. Jutta hatte ihnen gesagt: »Wenn ich Hochzeit halte, lade ich euch wieder alle ein zu Schokolade und Kuchen.«

Und nun geschah es oft, daß die Kinder, wenn sie Jutta begegneten, sehr interessiert fragten:

»Hältst nit bald Hochzeit, gnädige Frau?«

Einmal war Frank in Juttas Begleitung, als die Kinder diese Frage an sie richteten. Er lachte herzlich darüber, aber seither fragte er Jutta oft seufzend oder neckend:

»Hältst nit bald Hochzeit, gnädige Frau?«

Und endlich brauchte er nicht mehr zu fragen. Ein wundervoller Sommertag war angebrochen, als die beiden Bräute zum letztenmal allein durch den Park promenierten. Die glückliche Unruhe hatte sie zeitiger als sonst von ihrem Lager getrieben, und sie konnten die Zeit nicht besser kürzen, als in einem traulichen Gespräch über ihr junges Glück.

Doktor Diehl war am Tage vorher eingetroffen mit seiner einzigen Schwester, die von ihrem Gatten begleitet wurde. Das waren Heinz Diehls einzige Verwandten, die zu seiner Freude mit Blandine sympathisierten.

Außer diesem Ehepaar waren nur wenige Hochzeitsgäste geladen. Absichtlich wollten die beiden jungen Paare keine laute, glänzende Feier. Aber das ganze Dorf war auf den Beinen, um mit daran teilzunehmen. Zu Fuß schritten die beiden jungen Paare hinüber zu der kleinen Dorfkirche, begleitet von den wenigen Hochzeitsgästen. Einige flachshaarige Dorfkinder streuten ihnen Blumen auf den Weg, und die Kirchenglocke läutete hell und klar während des ganzen Kirchganges.

Die Sonne schien strahlend herab und schien sich zu spiegeln in den glückstrahlenden Augen der vier jungen Menschen, die heute den Bund fürs Leben schlossen. –

»Bis daß der Tod euch scheide.«

Feierlich begab sich der Zug nach vollzogener Trauung wieder ins Schloß zurück. Während draußen im Garten die Kinder bewirtet wurden, saßen die Hochzeitsgäste mit den beiden Brautpaaren an der Tafel im Speisesaal.

Und Doktor Diehls Schwager erhob sein Glas und sagte, sich zu den beiden jungen Paaren wendend:

»Und sorge, daß dein Herze glüht
Und Liebe hegt und Liebe trägt,
Solang' ihm noch ein ander Herz
In Liebe warm entgegenschlägt.«

Da sahen sich die beiden jungen Paare tief in die Augen und drückten sich verstohlen die Hände.

Man sah ihnen an, daß sie gewillt waren, nach diesen Worten zu handeln, ihr Leben lang.

Heinz Diehl und seine junge Frau reisten am Spätnachmittag ab, um eine kurze Hochzeitsreise anzutreten. Frau von Tölz fuhr nach Obergriesbach in ihr neues Heim, und auch die Hochzeitsgäste verließen Schloß Untergriesbach.

Frank und Jutta waren allein. Und die junge Frau führte ihren Gatten in ihren kleinen Salon vor das Porträt Malte von Tübingens.

»Sieh, wie er gütig zu uns niederschaut, mein Frank. Er ist der Gründer meines Glücks, und ich weiß, er würde sich darüber freuen, wie ein guter Vater sich am Glück seines Kindes freut. Und du hast dazu geholfen, daß sein Geist nun Ruhe gefunden hat. Wie danke ich dir, mein Frank, daß du immer, von Anfang an, an mich geglaubt hast.«

Er zog sie in seine Arme.

»Ich konnte nicht anders, meine süße Frau. Augen wie die deinen können nicht lügen.«

Und er küßte diese schönen Augen in zärtlicher Andacht.